莫負蓁心

3

完

糖雪球 著

風文創 417

風文創 417

目錄

第二十五章

謝蓁昨晚被累著，渾身痠疼，睡得一點都不安穩。

她本想著今天要好好休息一下，可是大清早就被嚴裕鬧醒了。她原本就淺眠，稍微有一丁點動靜都睡不著，如今嚴裕只不過起床穿衣服，她就迷迷糊糊地睜開了眼睛。

嚴裕穿上外袍，回身用拇指摩挲她眼角的淚痕。「怎麼不多睡一會兒？」

昨晚她哭得厲害，怎麼哄都哄不住，他都不知道她這麼能哭，真是一個水做的人兒。

謝蓁氣鼓鼓的，語氣帶著點起床氣，綿軟的嗓音微微有點沙啞。「還不都怪你……」

她的澡都白洗了。

嚴裕心情很好，她說什麼就是什麼。「我去讓丫鬟燒熱水，給妳擦擦身子。」

謝蓁連忙拖著身子往後縮，白淨的小臉緊緊繃著。「不要……我自己來。」

嚴裕問她。「妳自己可以？」

她不說話，半晌把臉埋進枕頭裡，從臉頰紅透耳根，也不知道想到什麼害羞的畫面，悶悶地說：「那讓雙魚進來幫我。」反正不要他。

嚴裕知道她臉皮薄，怕把人一下子惹急了，不再逗她。「那我出去了？」

她嗯了一聲，屋裡便響起腳步聲，漸漸消失在屏風後面。

不多時雙魚進來，她才從被褥裡悄悄露出腦袋，眼眶紅紅的，一看就知道昨晚哭得可憐。雙魚原本有些不自在，但一看謝蓁比自己還害羞，頓時忍俊不禁，打起精神沾濕巾子，細心地伺候她洗臉洗漱。還要擦別的地方，謝蓁非要自己來，雙魚拗不過她，把巾子交給她。

她自己在屋裡磨蹭了半個時辰，正準備穿衣服，嚴裕卻從外面拿了個瓷瓶進來。

她慌忙把自己縮進去，睜著水潤清澈的大眼睛。「你怎麼又進來了？」

嚴裕坐在床頭，晃了晃手上的藥瓶。「妳身上的傷上了藥才能好得快。」

說得輕巧，也不想想怪誰！

謝蓁連坐起來的力氣都沒有，他把她攬進懷裡，把藥倒在手心裡慢慢化開，極其溫柔地塗抹在她身上每一個傷處。最後她不好意思，埋在他頸窩裡怎麼都不肯抬頭，他只好替她一件件穿好衣裳，在她唇瓣上啄了啄。「妳別叫羔羔了，叫小烏龜吧。」

謝蓁不解地問：「為什麼？」

他抱著她來到鏡子前面，摸摸她的腦袋。「妳看妳現在像不像縮頭烏龜？」

她在他脖子上咬了一口。「我不看！」說著雙手把他纏得更緊了一點，好在屋裡沒有別的丫鬟，否則一定該笑話她了。

鏡子裡照出兩個相擁的人，嚴裕低頭含笑，滿心滿眼都是她。若是她此刻抬頭，一定會看到他眼裡罕見的柔情。

他把她往上抬了抬，正準備這樣抱著她走出內室，她連連叫了兩聲。「你快放我下來！」

在屋裡膩歪就算了，在丫鬟面前也這樣，她的臉往哪兒擱……

嚴裕問道：「真要下來？」

她十分肯定地點頭，嚴裕一鬆手，她就手忙腳亂地從他身上爬下來，可惜腳剛沾地，就覺得身子一軟，差點摔到地上。

嚴裕眼疾手快地接住她，她又羞又氣。「都怪你！」

他頷首，薄唇抿起。「是是，都怪我。」

謝蓁狠狠瞪他，他卻笑出聲來。

用早膳時謝蓁的手疼，自己埋頭默默地喝粥，誰都不理。

忽然面前的碟子裡放了一塊榆錢蛋餅，她抬頭看向嚴裕，嚴裕咳嗽一聲說：「多吃點。」

她抿唇，眼巴巴地看著卻沒有動。

嚴裕偏頭問：「妳不喜歡吃榆錢嗎？這些榆錢還是妳從靈音寺帶回來的。」

那天她讓丫鬟婆子摘了大半袋子榆錢，想帶回來做榆錢蛋餅，沒想到路上被大皇子的人劫持，榆錢沒吃到，還差點遇險。好在榆錢被王嬤嬤抱在懷裡，只撒出來一點點，剩下的還能做好幾盤菜。

謝蓁舉起筷子挾住榆錢蛋餅，可惜還沒送到嘴裡餅就掉到碗裡了。她手疼得使不上一點力氣，所以才會一直低頭喝粥。

嚴裕總算發現了問題所在，坐得離她更近一些，重新挾起一塊榆錢蛋餅送到她嘴邊。

「吃吧。」

這逗貓逗狗的語氣是怎麼回事？謝蓁怒目而視，低頭哼一聲。「我喝粥就好了。」

可惜頭還沒低下去，嚴裕就用手抬起她的下巴，捏捏她的臉頰。「吃不吃？」

她很有骨氣。「不——吃！」兩個字故意拖得老長。

嚴裕笑了笑，露出一排乾淨整潔的牙齒。「那要不要吃點別的？」

謝蓁起初沒反應過來，但是一對上他似笑非笑的眼睛，再一聯想昨晚的畫面，登時騰地一下紅了臉。「你、你好不要臉！」

屋裡還有丫鬟，雖然她們未必聽得懂他在說什麼，可她就是覺得沒臉見人，一把推開他，氣呼呼地說：「我不吃了！」

嚴裕知道逗得過頭了，收起壞笑，肅容道：「快吃，一會兒還要入宮一趟，別餓著肚子。」

她轉過頭，眼裡滿是疑惑。「入宮幹什麼？」

嚴裕把榆錢餅餵進她嘴裡，漫不經心地回答：「不清楚，去了便知道了。」

他才從邊關回來，怎麼說嚴屹都要為他設宴的。昨日回來後他就去靈音寺找謝蓁了，沒來得及入宮面聖，嚴屹因此對他有了意見，今日再不去恐怕更不好收場。

就是苦了謝蓁……一身痠疼，還要跟著他東奔西走。

謝蓁咬一口榆錢餅，食物全裹進左邊腮幫子裡。「是不是為了大皇子？」

嚴裕又舀了一口粥餵她。「這事父皇還不知道，我打算今日宴後跟他說。」

謝蓁張口吃下，若有所思地點了點頭。

於是他一邊餵她，她一邊乖乖地吃下去，偶爾問一些問題，倒還算乖巧。

嚴裕看她吃東西是種享受，她粉嫩的小嘴張開把食物吃進去，慢條斯理地嚼了嚼，再吞下去，連吃東西的樣子都那麼勾人……

他餵完最後一口粥，拿帕子擦了擦她的嘴角。「吃飽了嗎？」

謝蓁點點頭，吃完東西連力氣都恢復不少。

再看嚴裕，一直都在餵她吃飯，自己反而沒吃多少。她去內室換衣服，他這才顧得上自己吃，草草吃了幾塊蛋餅和蘿蔔糕，她已經從裡面出來了。

謝蓁換上鵝黃春衫、花鳥紋挑線裙子，腰上垂掛兩個香囊，還有一塊箜篌玉珮，頭上別一支金絞絲燈籠簪和一對金玉梅花簪，略施脂粉，瑩澤無瑕。嚴裕到一旁淨手，讓趙管事準備好馬車，便帶著謝蓁往外走。

馬車在門口停著，他們坐上去以後直接前往宮門。

嚴裕把她抱到腿上，手放在她的腰上。「疼不疼？」

謝蓁睜著圓圓的杏眼瞪他。「你說呢？」

他咬住她的粉唇，手一下一下地替她按摩腰部，他的力道適中，每一下都按到點上，確實能消除不少疲乏。可惜謝蓁是個怕癢的，沒按兩下她就笑倒在他懷裡，哭喊著求饒。「小玉哥哥別碰我了！」

她不敢再坐他懷裡，一溜煙縮到角落裡，戒備地看著他。

嚴裕目露無奈。「不是妳說腰疼嗎？」

她擦擦眼裡的水花，聲音綿軟，嬌氣得要命。「可是我怕癢……」

他不碰她，她就說這也疼那也疼，他替她按摩，她就說怕癢。最後嚴裕索性把她的雙腿放到腿上，力道輕緩地揉捏她的小腿，她這才覺得舒服一點，不再怪他了。她眨巴著水汪汪的大眼，一動不動地打量他，語出驚人。「小玉哥哥是不是在邊關有別的女人？」

嚴裕動作一頓，扭頭狠狠瞪向她。「妳說什麼？」

她被他的眼神看得一哆嗦，連說話都沒底氣了。「要不然……你怎麼……會討人歡心了……」

不怪謝蓁疑惑，實在他以前給人的印象太差了。先不說不懂得體貼人，還動不動就擺臉色給她看……現在呢，他會顧慮她的感受，還會給她按摩腿腳，連說話都沒那麼討厭了。謝蓁覺得稀罕，除了這個原因她實在想不出別的什麼了。

偏偏觸到嚴裕的逆鱗，他薄唇抿成一條線，停下手裡的動作。「除了妳，我還討過誰歡心？」

謝蓁認真地想了想，好像還真沒有。

她不吱聲，他繼續揉捏她的小腿，慢悠悠地問：「妳希望我找別的女人？」

謝蓁差點跳起來。「你敢！」

說著一下子坐到他腿上，扳正他的腦袋與他四目相對，擲地有聲。「你要敢找別的女人，我們就和離！」端的是一點商量的餘地都沒有。

嚴裕眼睛微微閃爍，有些觸動。

過一會兒，她又自己坐回原來的地方，懶洋洋地趴在榻上，自言自語。「我剛才就是隨口一說。」頓了頓補充。「你不許放在心上。」

嚴裕唇角慢慢翹起。「哪句話是隨口一說？」

她的腦袋枕在雙臂上，輕聲哼哼。「你自己知道。」

其實她剛問完他在邊關有沒有別的女人就後悔了，因為他怎麼都不像有經驗的樣子……昨晚把她弄得那麼疼，她流了好多血，他笨得要死，也只有她這麼倒楣、這麼好，願意讓他折騰。

嚴裕的手慢慢放到她的腰上，一點一點替她按摩痠軟的腰，語氣一貫的清冷孤高。「有妳一個還不夠鬧騰嗎？我要別人做什麼。」

謝蓁回頭抗議。「我才不鬧騰。」

他問：「妳哪裡不鬧騰？」

她胡攪蠻纏。「這裡和那裡。」

嚴裕硬生生被她氣笑了，在她腦門上狠狠彈了一下。

到了宮門，謝蓁跟嚴裕先分開，一人去麟德殿，一人去昭陽殿。

謝蓁被宮人領去昭陽殿，王皇后正在殿內等著她。她到了那裡才知道，原來今天早朝時嚴屹下旨為嚴裕封王，封他為安王並任懷化大將軍，手握二十萬精兵，可由他自己任意調配。

謝蓁從王皇后口中聽到這個消息，忍不住想那她以後是不是就是安王妃了？

果不其然，王皇后與有榮焉地拍了拍她的手背。「恐怕你們在宮外的府邸還要重建，日後妳就是安王妃了，手底下的人會更多，妳若是管不過來，我可以指派宮裡幾個老嬤嬤過去幫妳。」

謝蓁當然不會拒絕，真誠地道：「多謝皇后娘娘。」

王皇后蒼白的臉上露出笑容，細細打量面前的姑娘。說實話，謝蓁剛嫁給嚴裕的時候，她並不看好他們兩個，嚴裕那樣性格古怪的孩子，不是一般的姑娘能收服的。她以為嚴裕只是看中了謝蓁的相貌，時間長了就會有矛盾，沒想到他們居然和和氣氣地走過了一年，如今感情益發好了，就連嚴裕在邊關那麼長時間都沒生分他們。

王皇后不得不重新審視謝蓁，不知道這位姑娘有什麼特殊的手段能讓嚴裕對她心悅誠服？

殊不知不需要什麼手段，只要一個人喜歡你，無論你做什麼他的心都牽掛在你身上，如果他不喜歡，那你做什麼都沒用。

謝蓁在王皇后這裡坐了一會兒，其間陸續來了平王妃、太子妃以及其他皇子妃。

看來今日宮中設宴，嚴屹邀請了不少人。

得到消息的人紛紛上前跟謝蓁道喜，謝蓁站起來一個個回禮。

平王妃來到她跟前，嘴上說得滴水不漏。「恭喜六弟妹，我早跟平王說六弟是幾個兄弟中最出色的，又得父皇賞識，六弟果真不負眾人期望，是眾位兄弟裡最年輕便封王的。」

平王妃穿著沉香色遍地金妝花緞子短衫，油綠宮錦寬襴裙子，妝容精緻、笑容完美，連道喜的話都說得真心誠意。彷彿那晚強行困住謝蓁的人不是她，也彷彿要劫持她的人與大皇子無關。

謝蓁只回道：「大嫂謬譽。」

好在和儀公主也來了，謝蓁才不至於沒人說話。這些人裡還有她從未見過的大公主嚴瑜安和三公主嚴璣安，二公主幼時體弱多病，沒活過五歲便病逝了，四、五公主遠嫁他方，逢年過節才會回來一趟。嚴瑤安為她一一引薦，然後便拉著她坐在一旁閒聊，說著說著，嚴瑤安忽然咦了一聲。

謝蓁扭頭，嚴瑤安指著她的脖子問道：「阿蓁，妳這裡怎麼紅紅的？」

謝蓁沒反應過來，伸手摸了一下。她很快想起這是昨晚嚴裕吮過的地方，登時面紅耳赤，羞紅了臉。「應該是被蟲子咬了一口……」

她出門的時候沒看到，嚴裕居然也沒提醒她！春天的衣裳都比較單薄，不像冬天那樣能遮住脖子，好在她這個痕跡不是很明顯，只有像嚴瑤安這樣離得很近才能看到。

嚴瑤安是未出閣的姑娘，對這些事情不大懂，很輕易就相信了。「妳屋裡還有蟲子？下人也太不上心了，要是我肯定責罰他們！」

謝蓁抿唇，訕訕一笑。

她們在昭陽殿待了大半天，晌午在這裡用午膳，下午便跟著王皇后一塊兒去太液池賞荷花，到了傍晚時分，才一起到麟德殿參加宮宴。

宴上來了不少人，有文官也有武將，因為這次主要是為嚴裕設宴，所以嚴裕坐在嚴屹右手邊，太子坐在左手邊，依次排開是各位王子皇孫。謝蓁和王皇后同坐一桌，周圍都是命婦和皇子妃，她笑靨盈盈，笑著回應上來道喜的人，每個動作儀態都教人挑不出毛病。

王皇后在一旁不動聲色地看著，最終一笑，認可地點了下頭。

謝蓁重新坐回去，嚴瑤安就坐在她旁邊。

她不由自主地往嚴裕那一桌看去，嚴裕身邊就是謝榮，兩人是剛從鄔姜回來的大功臣，免不了要有許多人上去敬酒，一撥接著一撥，就像沒完沒了似的，朝中這麼多大臣，每人敬一杯就足夠他倆喝的。

謝蓁一回頭，發現嚴瑤安也在定定地瞧著那邊，她循著看去，正好落在自家大哥身上。

要說謝榮今日穿得真是俊朗，一襲玄青繡金錦袍，紆青佩紫，腰上垂掛玉珮，比平常打扮得都要正式。他從邊關回來，謝蓁還沒來得及看過他，如今一見，發現哥哥也有很大的不同了，就連喝酒的樣子都那麼沈穩內斂，難怪嚴瑤安看得捨不得眨眼。

謝蓁轉過頭，卻不得不替大哥操心起來。

謝榮今年已經二十一了，卻還沒有說親。要她說，依照哥哥這樣的條件，配哪家的姑娘都沒有問題……可惜大哥的心思難以捉摸，就連阿娘都不知道他中意什麼樣的姑娘，寧願再拖一、兩年，也不想讓他娶一個不喜歡的人，既耽誤自己也耽誤別人。

嚴瑤安呢？

說實話，謝蓁還挺喜歡她的。可她是身分尊貴的公主，大哥同她注定沒什麼好結果……

謝蓁托腮，總算體會到阿娘的惆悵了。

嚴屹在宴上再次宣佈了封六皇子為安王的事，底下大臣一應附和，沒有異議。畢竟嚴裕的功績擺在那兒，就算有人想從中挑刺，也實在挑不出什麼毛病。只有大皇子嚴韞坐在位上，表情顯得很有些微妙，笑著朝嚴裕說了聲。「恭喜六弟。」

嚴裕面無表情地回應。「多謝大哥。」

宴會行將散去，眾大臣意興闌珊地放下酒杯，正準備一會兒宴席散後回家，卻聽嚴裕對嚴屹道：「兒臣有話要說。」

嚴屹很隨意。「你說。」

他娓娓道來。「昨日兒臣從鄔姜回來，剛一回府，便聽下人說皇子妃在去靈音寺上香的路上遇害，險些被歹人劫持。好在兒臣趕往及時，皇子妃才倖免於難。事後兒臣回府調查，才知有人假傳消息，欺騙皇子妃兒臣已經回來，並乘機在路上埋伏。」

為了謝蓁的名聲，他沒有說她在農家過夜，直說自己到得及時才能救下她。

此言一出，場上大臣都驚了，原本還融洽的氣氛頓時鬧騰起來，大夥兒都看向嚴屹。

嚴屹皺了皺眉。「查到怎麼回事了嗎？」

嚴裕道：「查到是府裡一個丫鬟假傳消息，如今已被抓了起來。」

嚴屹問：「一個丫鬟也敢有這麼大的膽子？莫不是背後有人指使？」

嚴裕道父皇英明，不著痕跡地往嚴韞的方向看去一眼，果見嚴韞繃著臉，一動不動看著他。他道：「如今那丫鬟就在兒臣府中。」

嚴屹一拍桌子，怒道：「是誰這麼大的膽子？」

他卻道：「兒臣不敢隨意揣測，還請父皇嚴加審訊。」

嚴屹想了想，讓侍衛去他府裡把那丫鬟捉起來帶到牢裡審問，畢竟謀害皇子妃不是小事，嚴屹又護短，這事當然不能就這麼過了。說完以後，嚴屹把謝蓁叫到跟前親自慰問幾句，還讓人賞了不少好東西，有玉如意、夜明珠，還有翡翠瑪瑙……

她屈膝謝恩，在眾人豔羨的目光下領賞，一轉頭恰好對上大皇子那雙深不見底的鷹目，她僵了僵，故作平靜地站在嚴裕身邊。

宴席散後，兩人坐上回府的馬車，回到六皇子府。

第二天宮裡就有人送來一塊新的牌匾，是嚴屹親自題字，上面寫著蒼勁有力、龍飛鳳舞的大字——安王府。

六皇子被封為安王，謝榮也被嚴屹賜官兵部員外郎，謝立青尚未從鄔姜回來，嚴屹便已承諾要擢升他為兵部左侍郎，一時間定國公府喜事連連，好不熱鬧。定國公在府裡設宴，大擺酒席，宴請了在朝為官的眾位同僚，還請了京城裡最有名的戲班子，連唱了三天三夜，任何人從定國公府門前走過，都知道裡面發生了喜事。

謝蓁和嚴裕一起前往定國公府，前頭在熱熱鬧鬧的款待賓客，後院則有各家女眷賞花對詩，閒談說笑。

和儀公主特意從宮裡出來，以王皇后的名義給謝榮送了一份大禮，是把不可多得的寶劍，光劍柄上就嵌了四、五顆寶石，明晃晃的耀眼。嚴瑤安的心思旁人不知道，謝蓁可是知道得一清二楚，她看在眼裡，卻不好多說什麼。

若嚴瑤安不是嚴屹寵愛的公主，或許真會是大哥的良配。

她的目光轉了轉，移動到公主身邊的顧如意身上。

顧如意今天穿著錦裙繡衫，沙藍潞綢羊皮金雲頭鞋，在月白秋羅裙子下若隱若現。她彷彿察覺到謝蓁的注視，烏黑眼珠子轉了轉，對上謝蓁的視線，彎眸一笑，既親切又矜持。

謝蓁回以一笑，態度坦然，一點也不像偷看被抓到的人。

府裡舉辦這場流水宴，很大一部分原因還是要給大哥物色媳婦吧？謝蓁看向一旁正與戶部侍郎夫人高氏說話的冷氏，會心一笑，有點能體會冷氏著急的心情。戶部侍郎正好有一個二八年華的女兒，名叫尹秋棠，待字閨中，性格品行都是一等一的好，冷氏一眼就看中了，正在跟高氏周旋呢。

謝蓁豎起耳朵偷偷聽她們談話，正聽得津津有味，餘光瞥見遠處來了個挺拔身影，正是哥哥謝榮。

謝榮停在八角涼亭前面，對冷氏斂衽行禮。「阿娘，阿爹從邊關寄來了書信。」

冷氏忙看過去，兒子回來了，丈夫卻沒回來，她心裡說不想念是假的，但當著這麼多人的面卻不好表現得太心急，只問道：「太爺看過了嗎？」

謝榮搖頭，從懷中掏出一封火漆家書。「父親寫了兩封信，一封已經拿給祖父了，這是專程寫給您的。」

不得不說，謝立青與冷氏是十足恩愛。

冷氏心中高興，面上也只是淡淡一笑，她讓一旁的丫鬟送回屋中。「我一會兒回去再看。」說著叫一聲榮兒，為他引薦一旁的幾位夫人。「你大抵還沒見過，這是戶部侍郎尹大人的夫人、這是翰林院申大學士的夫人……」

謝榮一一見禮，禮節周到。

幾位夫人對他讚不絕口，誇他是青年才俊，日後有大出息，又生得一表人才……無論誰家的母親都愛聽別人誇獎自己孩子，冷氏笑容比平常還多，謙遜地說哪裡哪裡。謝榮立在一旁笑容無奈，他彎腰向冷氏告辭。「前面還有事情，阿娘若是沒事，我便先回去。」

冷氏揮揮手讓他過去。

謝榮離開以後，嚴瑤安的目光也跟著他走了。

她原本就坐在位上坐立不寧，時不時往謝榮的方向瞟一眼，心想他怎麼這麼好看，哪裡都好，就連行禮的姿勢都讓人移不開視線，更別說他笑的時候了。嚴瑤安一看到他就胸口怦怦直跳，心裡頭好像有一隻小鹿亂撞，撞得她心神不寧。

謝榮走遠後，她忽然對身後的宮婢道：「我有些不舒服，妳扶著我四處走走。」

宮婢緊張起來，關切地問：「公主哪裡不舒服？可要婢子去請大夫，這宴會還有好一會兒才散……要不咱們先回宮？」

她擺擺手，不容置喙道：「不是什麼大問題，我四處走走就行了。」

她又對顧如意和謝蓁也如此解釋了一番，兩人一陣噓寒問暖，問得她心虛，只推說這裡人多，她要去別處透透氣。兩人見她真不像有什麼大病，這才放心地讓她去了，並叮嚀別走太久，一會兒記得回來。

嚴瑤安總算離開後院，站在月洞門另一邊長長地吁一口氣。

宮婢問道：「公主好些了嗎？」

她搖頭，指著謝榮離去的方向。「我們到那裡去！」

那是一條青石小路，一邊是通往前院的抄手遊廊，一邊是滿滿一排桐樹。春天到了，桐花開滿枝頭，紛紛揚揚地從樹上落下來，彷彿下雪。她顧不得欣賞美景，加快腳步往前走去，倒一點也不像身體不適的樣子。

沒走多久，果見前方出現熟悉的背影。

謝榮正在低頭跟一個小廝交代事情，他側臉俊朗，眼睫微垂，交代完事情以後，轉身繼續往前走。

嚴瑤安忙走上前，可惜兩人身高有差距，眼看就要追不上了，她靈機一動，身子一軟發出「哎呀」一聲。

前面的人果真停了下來，她低頭偷笑。

還沒想好說辭，一邊的宮婢便著急地問：「公主沒事吧？有沒有扭傷腳？」說著試圖把她從地上拉起來。

謝榮沒來，她怎麼能站起來？

嚴瑤安站到一半，成功地重新摔下去，哀哀喊了一聲疼。「別扶我……快去找大夫……」

宮婢雪茹手足無措，不知道該留下陪她還是該去找大夫。

嚴瑤安等了一會兒，面前出現一雙金線紋墨靴，頭頂響起謝榮低沈緩和的聲音。「妳能站起來嗎？」

她仰起小臉，平日飛揚跋扈的小臉竟有了種低眉順眼的感覺。「我的腳扭了，你扶我起來。」

謝榮在外待過一年，對付這種突發狀況有些經驗，他不好直接碰她，便讓雪茹把她扶到一旁的石頭上。他蹲到她身邊，隔著帕子用手輕輕捏了捏她的腳踝。「疼嗎？」

嚴瑤安做出齜牙咧嘴的模樣。「疼疼疼！」

謝榮沒說話，他按著她的腳踝又問了幾個地方，她無一例外都說疼，腦袋小雞啄米似的不住點頭。少頃，謝榮站起來平靜道：「公主的腳沒什麼事，起來多走幾步就行了。」說罷轉身便走。

嚴瑤安愣住了，他這就走了？怎麼跟她想的不一樣！

當即管不了腳不腳傷，忙跳下石頭追上他。「你怎麼知道我沒受傷？」

他停下看她一眼，目光耐人尋味。

她總算意識到自己剛才跑得飛快，哪裡像扭傷腳的樣子，訕訕一笑。「我剛才真有點疼……」

可惜謝榮不聽她解釋，繼續往前走。

她哎一聲擋住他的去路，挑眉蠻不講理。「就算我沒受傷，我是公主，我摔倒你扶我一下，難道不行嗎？」

謝榮卻道：「公主身邊的人何其多，哪裡輪得到我扶？」

嚴瑤安以為他對自己也有意，心跳不由自主地加快，連聲音都柔和了許多。「你若是願意，以後我只讓你一個人扶。」說完期盼地看向他。

十六歲的小姑娘，滿眼都是不加掩飾的情意，他怎會看不出來？

謝榮微怔，旋即冷漠道：「微臣不敢。」

她神采飛揚，彷彿要給他天大的特權。「你有什麼不敢的？連父皇都要聽我的話，我說什麼就是什麼。我說讓你扶我，誰都不敢有二話！」

謝榮沈默。

嚴瑤安以為他在考慮，滿心歡喜地等他的答案，沒想到他卻後退一步以君臣之禮說：「公主厚愛，微臣擔當不起。」

她不可思議地睜大眼。

他繼續說：「前院有事，微臣先告辭。」說罷轉身便走。

嚴瑤安在原地看著他的背影，氣急敗壞地問：「謝榮，你這話什麼意思？你竟敢對我這麼說話！」

謝榮頓了頓，沒有回頭。「正是公主理解的意思。」

嚴瑤安看著他一步步走遠，然後消失在垂花門外，她氣憤地把廊下幾株盆栽全摔了，花盆四分五裂，花朵跟土壤分離，躺在她腳邊。

她越想越生氣，在心裡罵謝榮不知好歹，她是身分尊貴的公主，能看上他是他的榮幸，他非但不知道感激，居然還拒絕她？他以為自己是誰？

「不知好歹！」她罵道。

雪茹在一旁擔驚受怕，想勸又不敢勸，不知道公主方才還好好的，怎麼忽然就發起脾氣要砸東西？雪茹眼睜睜地看著嚴瑤安砸碎了幾個花盆，正頭疼時，卻見她眼角忽然掉下一顆淚，然後越掉越多，沒一會兒整張小臉就掛滿淚痕。

雪茹手足無措。「公主怎麼哭了……」說著掏出絹帕為她拭淚。

她哭得傷心，一邊哭一邊控訴。「他居然敢拒絕我……」

雪茹連連附和。「謝公子真是不識好歹。」

「我看上他，那是他的榮幸……」

雪茹繼續點頭。「是是，旁人羨慕都羨慕不來的。」

可是沒用，別人怎麼安慰都沒用，她還是心裡難受，彷彿有一團東西堵在心口，不上不下，連喘氣都覺得困難。她從沒喜歡過人，第一眼看到謝榮就覺得他跟別人都不一樣，冷靜自持、寡言少語，正是因為他從不討好她，所以她才對他青眼有加。可是她今天都表示得這麼明顯了，他居然說「微臣不敢」。

她是公主，什麼時候這麼低聲下氣過？他簡直太過分了！

後院。

嚴瑤安回來時眼眶紅紅的，無論謝蓁和顧如意怎麼問，她就是不肯說。最後宮婢雪茹在一旁打圓場，說路上有一隻飛蟲撞進眼睛裡，公主覺得丟人，這才不想說。

顧如意噗哧一笑。「這有什麼可丟人呢？讓我看看，蟲子還在嗎？」

雪茹道：「婢子已經幫公主吹走了。」

嚴瑤安抿著唇，始終不發一語。

謝蓁卻覺得事情不如雪茹說的那麼簡單，然而究竟出了什麼事，她也不知道。她不想看到嚴瑤安不開心，站起來提議道：「阿蕁剛才跟幾位姑娘一起去掐蓮蓬了，咱們也去吧？看看誰掐得多，晚上還能煮銀耳蓮子湯。」

嚴瑤安興致缺缺。「妳們去吧，我在這兒坐一會兒。」

這可真不像她，平常她都是最積極的，一刻也閒不住，今天究竟怎麼了？

謝蓁和顧如意面面相覷，顧如意說：「那我和阿蓁去了？」

她一點也沒有挽留的意思，趴在桌上蔫蔫的說：「嗯……」

謝蓁和顧如意只好相攜離去，婆子找好小船，她們一人一艘，分別帶了一個會水的婆子和一個划船的丫鬟，往蓮花池塘深處划去。兩旁都是荷葉，接天蓮葉無窮碧，映日荷花別樣紅。謝蓁撥開密密麻麻的荷葉，看到個頭大的蓮蓬便讓丫鬟停下，不一會兒就摘了七、八個。

她回頭一看，已經看不到顧如意了，她想找到謝蕁，便讓划船的丫鬟沿著池塘划了一圈，途中遇到不少姑娘家，唯獨沒有謝蕁。

婆子勸慰。「七姑娘或許已經上岸了。」

她不放心地點點頭。

其實婆子說得沒錯，謝蕁確實已經上岸，不過卻不是有八角涼亭的那一邊，而是另一邊的柳樹蔭下。划船的丫鬟方向感不好，划著划著就划到這裡來了，謝蕁只好上岸，見岸上綠草如茵，頭頂有柳樹遮擋，索性坐下來先吃一個蓮蓬再說。

她剝開蓮蓬，露出裡面白嫩嫩的蓮子，放入口中，又香又脆。謝蕁一連吃了好幾個蓮子，還拿了一個問身邊的丫鬟。「妳吃不吃？」

丫鬟不敢，搖頭拒絕，她就放入自己嘴裡。

身後忽然傳來一個含笑聲音。「好吃嗎？」

謝蕁回頭，只見仲尚倚在柳樹旁，穿一襲天青色實地紗金補行衣，墨色鑲邊玉帶，軒昂整齊。他手中持一酒壺，歪嘴笑看著她，應該喝了不少酒，但是眼神卻十分清明。

謝蕁驚訝。「仲尚哥哥。」

謝蕁與仲柔走得近，經常去將軍府，有時候便會遇見仲尚，所以她跟仲尚之間並不陌生。他一步步走到她面前，俯身看她手裡的蓮蓬。「妳就在吃這個？」

仲尚帶來一身的酒味，可是他喝酒不上臉，即便喝了很多，臉上仍舊面色如常。

她點頭，甜滋滋地笑道：「嗯，很甜的。」

他語氣自然。「讓我嚐一個。」

於是謝蕁就給他掰了一個，他伸手接過去，扔到嘴裡嚼了嚼，味道還行，勉強可以下酒。

仲尚順勢坐到她身邊，隨口問道：「怎麼就妳一個人在這兒？」

謝蕁指指一旁的丫鬟，實話實說。「杜若停錯方向了，我們先在這裡歇一會兒。」

杜若羞愧不已。

仲尚低笑，偏頭看一心一意吃蓮子的小姑娘。正值晌午，她的臉蛋被太陽曬得紅撲撲的，卻掩不住原本的白嫩，鼻尖有細細的汗珠，越發顯得她像剛剛從水裡撈出來的嫩豆腐，一掐全是水。

仲尚見她只顧著吃，誰也不理，忍不住把手裡的酒壺遞過去，想逗逗她。「妳喝一口酒，再吃一口蓮子，味道會更好。」

謝蕁抬頭，乾淨澄澈的大眼睛滿是信任。「真的嗎？」

他昧著良心點了下頭。

謝蕁很想嘗試，可是又有點猶豫。「阿娘知道我喝酒會生氣的……」

仲尚覺得自己就像一條大尾巴狼，一點一點誘惑善良無知的小白兔落入圈套。「妳不說、我不說，誰會知道？」

她看向身後的丫鬟、婆子。

仲尚對她們說：「妳們轉過身去，沒有吩咐不許回頭。」

丫鬟、婆子對視一眼，只好轉身。

仲尚對謝蕁說：「這樣就沒人知道了。」

謝蕁很心動，她湊過去聞了聞他手裡的酒壺，抬起杏眼。「喝完這個再吃蓮子，真的會更好吃嗎？」

仲尚對上她的眼睛，喉嚨莫名其妙有點乾澀。

她天真地接過去，終究抵不住好吃的誘惑，倒出一點點酒忙湊上去，伸出粉嫩的小舌頭舔了舔，然後皺眉，咂吧咂吧嘴。「不好喝。」

仲尚把一顆蓮子放到她嘴邊。「張嘴。」

她乖乖地吃進去，一邊嚼一邊把酒壺還給他，帶著點埋怨。「仲尚哥哥騙人，這樣一點也不好吃。」

仲尚愉悅地笑出聲來，也不在乎那酒壺被她舔過，就著嘴喝了兩口。「應該是妳還沒習慣，等妳會喝酒以後再試試，就覺得好吃了。」一本正經地胡說八道。

謝蕁似懂非懂地哦一聲，吃完一整個蓮蓬，她站起來問道：「仲尚哥哥怎麼會來這裡？」

他仰頭看她，一陣風來，正好吹起她的碧紗裙，帶來清甜香味。「前面人太多，我到這裡來靜靜。」

她乖巧地指指前面的小船。「我要回去了，阿娘看不到我會擔心的。」

他頷首。「那我們改日再見。」

她坐上小船，臨走前還不忘送他幾顆親手掐的蓮蓬，笑著朝他揮揮手。丫鬟在前面划船，她漸漸消失在池塘深處。

仲尚目送她走遠，若有所思地轉了轉手裡的蓮蓬，彎唇失笑。

第二十六章

安王府總有人上門拜訪，無一例外全是賀喜的。

有朝中要員，也有皇家子嗣，最常見的還是那幾位皇子，經常三三兩兩結伴來到安王府，不是道喜便是要蹭吃蹭喝。有一次三皇子和四皇子來了，非要讓謝蓁過去作陪，雖說是弟媳，但兄弟們吃酒，她過去總歸有些不合適。嚴裕護短護得厲害，連面都沒讓他們見著，藉口說謝蓁身體不適，只把他們兩個留下用了一頓午膳便打發人回去了。

既然上門賀喜，便不能空手而來，有送珍奇古玩的，也有送珍禽異獸的，但更多的還是送美妾歌姬。

無一例外，但凡是送女人的嚴裕全部打發回去，甚至連門都沒讓她們進來。

那些官員悻悻然地回去，頗有些不解。到最後也不知道怎麼傳的，竟然傳出六皇子懼內這種話，口耳相傳，說安王被安王妃管治得嚴嚴實實，連其他女人的手指頭都不敢碰，就連送到家裡的女人都完完整整地送了回去。一時間有說安王懼內，也有說安王是百年難得一遇的好男人，但無一例外，都認定安王妃是一位悍婦。

謝蓁聽到後氣得不輕，對著嚴裕抱怨。「我怎麼成悍婦了？我哪裡凶悍了？我這麼貌美可人！」

屋裡丫鬟都在憋笑，沒聽過這麼誇自己的，安王妃可真說得出來。

嚴裕沒笑，一本正經點了下頭。「我也覺得他們傳得不真實。」
她氣呼呼地坐在他腿上，抱著他的脖子故意問：「你為什麼不要那些姬妾？我那天看了一眼，都很好看的。」
他任由她撒潑，聞言只是皺了一下眉。「好看嗎？」
「嗯嗯。」謝蓁點頭，想了想，底氣十足地補充一句。「不過沒我好看。」
他垂眸看她，薄唇彎起一抹弧度，似笑非笑，促狹中還帶著一點點壞。
謝蓁還真沒說錯。
她原本就生了一副禍水模樣，標緻無雙，尤其一雙眼睛極為明亮，盈盈一笑，比天上的太陽都還要明媚。再加上前幾日剛與嚴裕圓房，這些天嚴裕都沒放過她，每天晚上把她捉到身下一遍遍地疼愛，她整個人跟以前大不相同，似乎眉眼更柔媚了些，舉手投足都透著一種誘人的氣息，介於少女和女人之間，既天真又嬌媚，常常勾得嚴裕把持不住。
嚴裕自然而然地攬住她的腰肢，抬抬眉，沒說話。
她不依不饒，捧著他的臉讓他看著她。「小玉哥哥，我好看嗎？」
嚴裕對上她的視線，抿起薄唇。「誰像妳這麼……」
話沒說完，她就在他唇上親了一口，笑盈盈地又問：「我好不好看？」
他噤聲，眼神游移，因為想試試她會不會有進一步動作，於是便繃著沒說。
果不其然，謝蓁趴到他臉上，認認真真地啃他的嘴巴，試著把舌頭伸進去挑逗，非要問出個所以然。「小玉哥哥，她們好看還是我好看？」

姑娘家都愛問這些無厘頭的問題，一遍又一遍，樂此不疲。

嚴裕扶住她的頭，反客為主，嚐遍她嘴裡的滋味後才道：「妳好看。」

她嘻嘻地笑，埋在他頸窩蹭了蹭，小貓一樣。

天氣越來越熱，才到夏天，便能聽到後院池塘傳來的蛙鳴。

謝蓁晚上被吵得睡不著覺，第二天嚴裕便讓下人把池塘裡的青蛙全捉了，不知道放生到哪個地方，謝蓁這才得以睡一個囫圇覺。

她不喜歡身上黏黏膩膩的感覺，每天都要洗兩次澡，早晨一次傍晚一次，偏偏嚴裕老是把她身上弄得黏黏膩膩的。

這方面她根本反抗不了，一開始還能抗拒，到最後完全被他帶了過去，任憑她怎麼撒嬌哭鬧都沒用，直到他盡興才會放過她。

謝蓁很生氣，認為他實在不知節制，想約束一下他每天晚上的次數。然而每次都是他們白天說得好好的，到了晚上他就變卦、耍無賴，用各種理由搪塞她，謝蓁恨不得撓他的臉。

「你說話不算數！」

嚴裕握住她的手，在她臉蛋上偷香。「我在邊關素了一年，回來還不能碰自己的女人嗎？」

謝蓁氣鼓鼓。「可是我很累。」

他立即把手放到她腰上。「我給妳揉揉。」

貓哭耗子假慈悲！居心不良！

一瞬間各種各樣的壞話從心裡蹦出來，謝蓁推開他說：「不要不要！」

誰知道他揉著揉著會變成什麼樣？上一回他就說要給她揉揉，可是揉著揉著她的衣服就不見了，到最後她的腰更疼，連打他都沒力氣，只能可憐巴巴的瞪他，現在她可不會上當了！

她想洗澡，雙魚、雙雁把準備好的熱水抬進來，倒進浴桶裡，她試了試溫度，冷熱剛剛好。她把嚴裕趕出偏室，不放心地叮囑。「不許進來。」

嚴裕站在門外，看著她戒備的小臉，抿唇沒說什麼。

謝蓁甚至還叮囑兩個丫鬟看著他，不許他進來，然後才放心地關門走進屋裡，到屏風後面脫衣服。她身上好幾個印子還沒消下去，又被他添了幾處新痕跡……其實謝蓁也不是多排斥做那事，一開始會有些疼，慢慢地習慣了便能從中體會到歡愉，她大概能理解嚴裕為何食髓知味，可是也不能一天到晚就想做啊！

他是神清氣爽了，受苦受累的可是她。

謝蓁胡思亂想，坐進浴桶裡滴了兩滴蜜露便開始閉目養神。她想乘機在這裡好好休息一會兒，反正外面天熱，一出去便是一身的汗，還不如在水裡多待一會兒。

不知不覺就睡著了，她閉上雙眼，迷迷糊糊地作了個夢。夢裡有人舔她的嘴唇，還把她抱進懷裡，她以為自己又夢到那條大狗了，沒想到一睜眼，嚴裕就坐在她對面。

他什麼時候進來的？她就說怎麼感覺浴桶變擠了……

謝蓁沒來得及出聲，他便傾身堵住她的嘴，把她所有的話都吞進肚子裡。

偏室水聲嘩啦，連站在外面的丫鬟都能聽得一清二楚。兩個都是小丫鬟，十三、四歲的年紀，實在不適合聽壁腳，沒一會兒就紅得臉頰能滴血。

半個時辰後安王妃被安王從裡面抱出來，兩人衣衫還算整齊，若不是她們站在這裡，恐怕根本猜不到裡面究竟發生了什麼。

安王妃白嫩嫩的臉頰泛紅，閉著眼睛縮在安王懷裡，又長又翹的眼睫毛一顫一顫，像兩把小扇子撓在心上，看得人心裡發癢。安王抱著安王妃離開後，兩個丫鬟進屋收拾東西，一看到裡面的場景便愣住了。

浴桶裡的水溢出來一大半，整個屋子裡濕漉漉的，到處都是水，足以見得這裡剛才發生了什麼。兩人把頭埋進胸口，紅著臉收拾裡面的殘局，心道安王與安王妃實在如膠似漆，連洗澡這麼點時間都捨不得分開……

謝蓁很生氣！

為此她一整晚都沒搭理嚴裕，無論嚴裕說什麼好話她都不信，下定決心要冷一冷他。這也太過分了，還有完沒完了？連她洗澡都不放過！

用晚膳時謝蓁匆匆喝完一碗蓮子八寶湯就放下筷子，到屋裡洗漱一番，把自己裹在被子裡準備睡覺。不多時嚴裕也過來，想掀開她的被子看看，誰知道這姑娘倔起來不容小覷，他拽了兩下都沒拽開，只好叫她。「謝蓁？」

她不應。

「羔羔？」

她還是不應。

嚴裕在旁邊跟她耗了好一會兒，才如願以償地把她身上的被子掀開，這才發現她還穿著白天的衣裳，捂得一張小臉都是汗，連脖子上都濕濕的。

嚴裕用手抹掉她額頭的汗珠。「妳打算就這麼睡覺？」

她轉頭用後腦勺對著他，端的是下定決心不搭理他。

他躺到她身邊，摟著她湊上去問：「我把妳弄疼了？」

倒也沒有……

他把玩她纖細柔軟的手指頭，想了半天除此之外實在想不出還有別的原因讓她對他生氣，抿唇問道：「妳不喜歡我碰妳？」

一想到這個原因，他的臉色立即不好看了。

謝蓁把他的手拿開，往角落裡拱了拱，總算肯開口。「好熱，你別貼著我。」

他在邊關學會了耍賴，臉皮厚了不少，她一邊躲他就一邊貼上去。「那妳告訴我為何生氣？」

她抬腳踢在他胯上，讓他不能再前進。「我今天洗澡的時候你為什麼要進來？」

他回答得條分縷析。「我在屋外叫過妳，妳不應，我還當妳出事了，所以才進去看看。」

那時候她睡著了，沒聽到他叫她，她語氣放鬆了一點。「那你為什麼、為什麼要在浴桶裡……」話說到一半說不下去，狠狠地瞪他。

嚴裕若有所思。「妳不喜歡？」

她氣鼓鼓的。「丫鬟都聽到了！」

而且她們一進去，肯定也都看到裡面的狼藉了，這讓她怎麼在下人面前立威嚴？

原來是因為這個，嚴裕答應得很快。「那下回不讓她們站在門外就是了。」

謝蓁從未見過如此厚顏無恥之人，她惱羞成怒，原本準備了一肚子說辭要跟他辯解，到頭來卻被他這一句話輕輕鬆鬆地堵了回來，她無處發洩，指著地板對他說：「你今晚睡這裡，不許上來！」

嚴裕這才意識到事態嚴重性，忙向她保證日後不再在人前跟她親熱，也不讓外人聽去看去，若是有哪個不懂事的丫鬟說出去，他就狠狠地懲罰她們。

謝蓁聽他說完還算滿意，豎起小拇指與他拉勾勾。「還不能沒完沒了的……」

嚴裕勾住她的小拇指，趁她沒說完之前堵住她一張一合的粉唇。

上次從宮宴回來後，嚴裕讓趙管事把翠衫交給御前侍衛，侍衛領著翠衫回宮，把她押入牢中。翠衫不過一個小小的丫鬟，哪裡見過這等陣仗，當即就嚇傻了，不斷地磕頭認錯讓嚴裕饒她一命，嚴裕始終無動於衷。

翠衫被侍衛帶去牢中關起來，一聽說明日會有專門的人來審訊她，嚇得只知道哭，連話也說不索利。

她是有一回出門買東西的時候遇見大皇子的人，那人知道她是六皇子府的人，便開出條件問她願不願意替大皇子辦事。對方開的條件太誘人，足夠她成親以後好幾代人的開支，還不用給人為奴為婢，於是她沒多掙扎就答應了。她以為事情敗露頂多一死，如今看來連死都不那麼容易，牆上掛著各式各樣的刑具，上面還有殘留的肉糜，她一個姑娘家哪裡見過這些，立即嚇得兩眼一翻暈了過去。

她本想著等上刑之前就把大皇子供出去，可是沒等她見到第二天早上的太陽，夜裡就被人用刀割斷舌頭，沒撐住死了，翌日檢查起來，也可以說成是咬舌自盡。

人證死在獄中，此事傳到嚴屹耳中，他坐在龍椅上沈思了很久。

其實宮宴那晚，嚴裕已經告訴他懷疑是大皇子所為，他當時存疑，沒想到人才帶回來，當天晚上果真有人行動了。嚴屹揉揉眉心，那丫鬟什麼都沒來得及說，嚴韞就迫不及待地把人給殺了，只能用心虛來解釋。

嚴韞為何要劫持安王妃？是為了拉攏老六，還是為了把老六逼入絕境？如果是為了拉攏，他一個大皇子為何要拉攏底下的弟弟們？

其心叵測。

嚴屹越想越覺得心寒，叫了幾個侍衛暗地裡監視大皇子的一舉一動，若他有任何反常都要入宮稟告。

消息傳到嚴裕耳中，他似乎早就料到一般，一點也不驚訝。

倒是謝蓁氣惱得很，不用想也知道是怎麼回事。「一定是大皇子下的殺手，他怕翠衫把他供出來！」

嚴裕不置可否。

她見他沒什麼反應，扭頭奇怪地問：「你早料到他會這麼做了？我們沒了人證，不就吃啞巴虧了嗎？」

嚴裕彎唇，繼續給她紮風箏。「妳都能想到是大皇子所為，父皇為何想不到？」他們的一舉一動他都清楚，嚴屹雖然老了，一樣不能小瞧。

謝蓁似懂非懂，自己在一旁想了一會兒，坐到他身邊問：「所以大皇子是不打自招嗎？」

嚴裕刮刮她的鼻子。「妳說對了。」

謝蓁咬著唇瓣一笑，總算放下心來。

現在他們不需要做什麼，按兵不動便是，最先坐不住的肯定是大皇子，等他一有動作，嚴屹必定有所察覺。到時候順著一點點蛛絲馬跡往深處查，不難發現大皇子這麼多年的勃勃野心，到那時候不需要他和太子動手，嚴屹第一個不會放過他。

想起大皇子的所作所為，嚴裕眸色不由自主地黯了黯。

他一失神，竹篾便刺入指腹，很快流出豆大的血珠。

謝蓁忙把風箏竹架扔到一邊，仔細查看他手上的傷勢，好在刺得不深，她下意識把他的手指頭含在嘴裡，用舌頭舔掉上面的血珠。味道有點腥還有點鹹，一點也不好吃。

嚴裕一愣，只感覺一個溫溫熱熱的小舌頭舔了一下，他還沒來得及感受那滋味，她就拿絹帕給他纏起來了。

「好了，這下不流血了。」說完抬頭看他。「你怎麼這麼不小心？今天還紮風箏嗎？」

一年前他給她紮的風箏早就潮了，不能再飛起來，反正兩人在家閒著無事，他就說給她重新做一個。

嚴裕搖頭。「一點小傷，不礙事。」

說罷把風箏骨架拿來，反正還差最後一點，今天就能做完了，趁著天還不大熱，他可以帶她去城外放風箏。

於是他糊風箏，她在一旁看著。偶爾有漿糊沾到他臉上，她就拿帕子替他擦掉。

謝蓁正專心看他糊風箏，他忽然用沾滿漿糊的食指在她臉上抹了一下，她立即跳開老遠。「你——」說完覺得臉上黏糊糊的，用手擦了下，皺著小臉苦兮兮地說：「好髒……小玉哥哥怎麼那麼討厭！」

嚴裕把畫了一張大貓的風箏舉起來，大貓的尾巴在風中搖擺，神氣活現。他張開雙手，笑著對她說：「我討厭？過來抱抱。」

她把頭一扭。「不抱！」

山不來就我，我便就山。

於是嚴裕長臂一伸，把她撈進懷裡，順道用髒兮兮的手在她白淨的臉蛋上蹭了蹭。「還嫌我髒嗎？」

她在他懷裡拱了拱，故意跟他唱反調。「髒髒髒，髒死了……」

他哦一聲。「那我糊的風箏妳要不要？」

她不吭聲。

他抬眉劍眉。「妳不要的話，我一會兒就讓下人拿去燒了。」

她抬手在他腰上掐了一下，末了伸手圈住他精壯的腰，乖乖地抱住他。

這天，嚴裕帶著謝蓁一起去城外明秋湖遊玩。

一起同行的還有謝蕁、謝榮和仲柔、仲尚等人，嚴裕原本不打算叫這麼多人，人多反而不好，影響他和謝蓁濃情密意。不過既然謝蓁想帶著謝蕁，他自然不能有二話，到了明秋湖以後，支開謝蕁也是一樣的。

偏偏謝蕁就是一塊小牛皮糖，怎麼甩都甩不掉。無論他們走到哪裡，她都會眼巴巴地跟上來。

嚴裕和謝榮、仲尚坐在一棵大桐樹下，看到遠處謝蓁和謝蕁在放風箏，謝蓁的怎麼都飛不起來，兩人站著乾著急，一旁的仲柔笑出聲來。

嚴瑤安沒有來，若是擱在以前，她一聽說謝榮在場肯定也會過來。可是最近不知怎麼了，跟受了什麼打擊似的，誰也不見誰也不理，整個人精氣神都蔫蔫的。

謝蓁雖然不在場，但也大概能猜到她那天跟謝榮發生了一些事。她問過哥哥，謝榮只告訴她公主扭傷了腳，他幫忙看了一下，僅此而已。

誰信！但謝榮不肯說，饒是謝蓁有再大的能耐也不能從他嘴裡撬出一個字來。

反正她也管不著，索性不管了。

謝蓁正走神，沒有注意腳下，一不留神就被絆了個跟頭。丫鬟和謝蕁都來不及扶她，她坐在地上倒吸了一口氣，想著大概是擦破皮了，從膝蓋那裡傳來一陣陣疼痛。她正準備讓雙魚扶她起來，就見嚴裕緊張地從遠處大步走來，彎腰把她打橫抱起，繃著臉問：「妳怎麼這麼笨？」

謝蓁不悅地反駁。「石頭長在那裡，我又沒看見，怎麼能怪我？」

他把她抱到馬車上，定定看著她，抿唇不語。

雙魚、雙雁想為她檢查傷口，他揮手讓她們都下去，準備一些清水來。

丫鬟離開後，嚴裕跟她大眼瞪小眼，最後他先沈不住氣。「疼嗎？」

謝蓁眨巴眨巴眼，點點頭。「疼。」

他蹲在她面前，把她的縐紗裙掀起來，果然看到她的膝頭紅了一片，還有點破皮。他既心疼又生氣。「疼還亂跑亂跳？老老實實待著不行嗎？」

謝蓁看到他明明很擔心卻要板著臉訓她的模樣，忽然覺得不怎麼疼了，她噗哧一笑，捏捏他的臉。「小玉哥哥說什麼傻話，老老實實待著怎麼放風箏啊？你今天帶我出來，不就是陪我放風箏的嗎？」

她還知道是他陪她放風箏？她從頭到尾都跟謝蕁和仲柔待在一塊兒，正眼都沒瞧過他幾眼。

雙魚用竹筒盛了一杯清水送來，嚴裕扶著她的小腿，為她清洗膝蓋上的傷口。她往後縮了縮，但他把她的腿按得緊緊的，她動也不能動。「疼……」

清洗乾淨以後，嚴裕用乾淨的帕子給她包紮起來，抱著她坐到懷裡。「還疼不疼？」

她埋在他頸窩嚶嚶哭訴。「小玉哥哥對我凶，我就疼。」

嚴裕拿她沒辦法，在她頭頂親了一下。「我凶嗎？還疼不疼？」說著低頭在她臉蛋、鼻子、眼睛上分別親了一下，既輕柔又纏綿。

她往後縮，抬起一張盈盈笑臉，哪裡有剛才哭泣的模樣，狡猾慧黠地搖搖頭。「不疼了。」

嚴裕說她小騙子，她一點也不在意。

「還能走嗎？」

她站起來蹦躂兩下，證明自己真的沒事。「一點小傷，哪有這麼嚴重？」說得輕巧，彷彿忘了剛才喊疼的人是誰。

見她真的沒事，嚴裕才扶著她從馬車上下去。

方才眾人看著她摔倒，只看到那一下摔得不輕，也不知道她怎麼樣。目下見她出來，紛紛上前關懷，她擺手說沒事，大夥兒才鬆一口氣。

謝蕁卻不敢再跟她一起放風箏了，轉而去求仲柔。

這樣正好如了嚴裕的意，他讓吳澤拿來那只大貓風箏，替她放飛到天上。謝蓁在一旁看著，看風箏飛得越來越高，忍不住喝彩。「小玉哥哥好厲害！」

她按捺不住上前，嚴裕就手把手地教她，整個明秋湖裡就數他倆最顯眼，彷彿從畫裡走出來的一對璧人。

謝蓁仰頭看飛在天上的風箏，吳澤遞上來一把剪刀，嚴裕交給她。「把線剪斷，明年才不會有厄運。」

謝蓁接過去，依依不捨地剪斷絲線，直到風箏再也看不見了她才惋惜道：「我第一次放這麼高的風箏。」

她小時候在院子裡放風箏，總有樹木擋著，後來長大了也就不稀罕玩這個，是以她這話一點也不假。

嚴裕說：「以後我再帶妳來。」

她忽然想起什麼。「那你每年都要糊一個風箏嗎？」

他不說話，算是默認了。

謝蓁笑嘻嘻地，拉著他往樹下走去。「日後小玉哥哥不當王爺了，還可以靠糊風箏這門手藝過日子。」

嚴裕無奈地瞪她一眼。

仲尚嫌這裡無趣，騎馬到別處找樂子，他往林子深處騎了一段路，似乎早就料到那裡有人，來到溪邊時朝裡面喊了一聲。「你準備躲到何時？」

溪水澄澈，溪流淙淙，不多時，高洵騎馬從裡面走出，他沿著溪流往下游走。「我只不過偶然路過此地。」

仲尚發出一聲輕嘲，也不急著跟上，只是在溪邊徘徊。「偶然路過？你是如何從軍營路過這裡的，不如教教我？」

高洵比前陣子瘦了一些，臉也更黑了，以前意氣風發、朝氣蓬勃的人變得有些沈默，面對仲尚如此明顯的嘲諷居然也不吭聲。

今天仲尚說要到明秋湖來，他隨口問了一句還有誰，仲尚告訴他以後，他只是笑了一下，什麼也沒說，之後無論仲尚怎麼邀請，他始終不肯接受。

他這份感情原本就沒有希望，要斷只能趁早斷乾淨，拖得越久越捨不得。

有一句話說得對，長痛不如短痛。

高洵想清楚以後，這些日子努力讓自己不去想謝蓁，給自己找更多的事情。一開始還真有點用，後來有一天他夢裡出現謝蓁的身影後，猛然發現不過是自我麻痺罷了。他看向遠處站在嚴裕對面笑語嫣然的姑娘，不禁有些出神，末了一狠心，調轉視線不再多看。

仲尚笑話他，覺得他這樣實在沒出息。「京城有多少姑娘？以你的身分還怕找不到嗎？為何偏偏執著這一個？」

高洵若是能想得通恐怕也不至於變成今日這種局面，他現在連嚴裕都沒臉見。

高洵慢慢往前走，不發一語。

仲尚在後面叫住他。「你若真放不下，就去找些事情做，再這麼下去，連我都看不過眼……安王妃剛剛經歷磨難，又與安王久別重逢，實在沒有你插手的餘地。」

話說得簡單粗暴，卻很在理。

高洵猛然停住，似乎想到什麼，回頭目光灼灼地看著他。

仲尚被看得莫名。「怎麼？」

他似是下定決心，一揚馬鞭衝了出去。「我還有事，先走一步！」

留下仲尚看著他的身影漸漸遠去。

仲尚嗤笑，搖搖頭準備往回走，沒走幾步，看到謝蕁懷裡抱著兔子站在不遠處。

他上前，稀奇地問：「妳怎麼在這兒？」

謝蕁把懷裡的兔子舉起來。「我剛才追著一隻兔子過來，牠的腿受傷了。」說罷往高洵離開的方向看去，大眼寫滿疑惑。「仲尚哥哥，剛才那個人是高洵哥哥嗎？」

仲尚咧嘴一笑。「是他。」

她又問：「你們說了什麼？」

她剛才過來的時候正好看到高洵離開，是以沒聽到兩人的對話。

仲尚從馬上跳下來，臉不紅心不跳地騙小姑娘。「沒說什麼，他就是路過這裡，讓我問問妳和安王妃好不好。」

謝蕁彎起杏眼笑得很乖。「我和阿姊都很好。」

仲尚看著她的笑臉，心裡癢癢的，把她手裡的兔子接過去。「牠哪裡受傷了？」

兔子毛色灰黑，只有一截短短的尾巴是白色的。吃得圓圓滾滾，難怪會被謝蕁給逮到。

謝蕁上前，指指兔子的一條後腿。「牠的腿被樹枝劃傷了。」

不是什麼大傷口，只是流了點血，仲尚不以為意地抱著兔子來到溪邊，用水替牠把傷口周圍清洗乾淨，偏頭問謝蕁。「妳身上帶帕子了嗎？」

謝蕁忙從衣襟裡掏出一條繡梅花的素絹帕。「這個行嗎？」

他說行，然後三兩下就把兔子的後腿包紮好，重新遞給她。「妳喜歡？要不抱回家去吧。」

謝蕁一臉想要又不能要的樣子，掙扎了很久，最終搖搖頭。「我不能要，仲尚哥哥把牠放了吧。」

她剛剛連手都舉起來準備接了，為何又放下？仲尚挑眉。「為什麼不能要？」

她惆悵地說：「我阿娘碰不得動物毛髮，我們家從小就不養這些小動物。」

謝蕁小時候不懂事，看別人家都養貓兒狗兒什麼的，她也想養。小姑娘天生喜歡可愛的動物，冷氏不忍心她失望，勉強答應讓她養了一隻小奶貓，謝蕁高興極了，天天把小貓帶到床上跟牠一起睡覺。有一回小貓不聽話，闖進冷氏的房間，冷氏當時不在屋中，丫鬟也沒注意，當晚冷氏回來在屋裡睡了一覺，第二天便生了一場嚴重的病，渾身起疹子，燒得驚人，謝蕁嚇得放聲大哭，愧疚地趴在冷氏床邊說「阿娘不要死」。

當天謝蕁強忍著不捨把小貓送人了，從那以後，她再也沒養過任何小動物。

仲尚聽罷，露出個「原來如此」的表情。

謝蕁以為他會把兔子放了，沒想到他居然手一收，把兔子抱在懷裡。「妳若是不要，我就帶回去養著，哪天妳想牠的話，隨時可以去將軍府看看。」

謝蕁的眼睛霎時明亮起來，燦若晨星。「真的嗎？你要養牠嗎？」

仲尚走在前面，一手抱著兔子，一手牽馬，笑道：「真的。」

謝蕁高興極了，就跟她自己養小動物一樣，真心誠意地說「仲尚哥哥真好」，聽得仲尚心情愉悅。

她當場就給小兔子取好了名字，要叫牠阿短。
仲尚好奇地問：「為何要叫這個名字？」
她說：「因為牠尾巴短短的。」
兔子的尾巴原本就短，仲尚看了看，低笑出聲。
她興致盎然地跟他討論怎麼養兔子，擔心他養得不好，還說以後要常去將軍府走動，免得他把阿短養死了。仲尚還真就跟她說的一樣沒有養過動物，能把自己養得毫髮無損已經很不容易了，更別提一隻兔子。不過看這小姑娘高興的樣子，他覺得自己可以嘗試一下。
畢竟也不虧。
回到林子外面，丫鬟婆子找了她一大圈，見她沒受什麼傷才放心。
嬤嬤還當是仲尚救了她，連連對仲尚道謝。「多謝仲公子。」
謝蕁腦袋搖得像撥浪鼓。「我是去追一隻兔子了，沒有出事，仲尚哥哥也沒有救我。」
謝蓁把她拉到一旁。「那妳怎麼會跟他在一起？」
謝蕁看向仲尚，正想說看到他和高洵在一起，忽見他豎起食指抵在唇峰，朝她做了個噤聲的手勢，她不會撒謊，支支吾吾半天答不上來。「我們偶然碰見的……」
仲尚看著她輕笑，謝蓁摸摸她的頭，把她帶到另一邊去。
不是謝蓁不待見仲尚，實在是他以前的名聲不怎麼好。沒參軍之前是京城出了名的玩世不恭，連仲將軍都拿他沒辦法，參軍以後雖然逐漸走上正道，但是仍一身痞氣，不大正經。如果他是狡猾的大尾巴狼，那謝蕁就是天真無知的小兔子，謝蓁怕他把謝蕁帶壞了，所以才不想讓謝蕁跟他走得太近。

天色不早，該回去了。

謝蓁和謝蕁坐上回程的馬車，安王府和定國公府的下人都漸漸遠去。

仲尚把阿短交給府裡的下人，叮囑道：「給我帶回去好好養著，若是養死了唯你是問。」下人是他的隨身僕從，名喚李安。李安心中疑惑，少爺何時對這些小動物感興趣的？然而卻不敢多問。

仲柔看過來，隨口一問。「哪來的兔子？」

他笑著道：「撿的。」

仲柔一眼看到兔子受傷的後腿，知道自己弟弟是個什麼樣的人，無論什麼生物在他手裡都活不過半個月。「要不要我幫你養？」

孰料他居然搖頭，堅定地拒絕。「不用，我自己來。」

仲柔疑惑地看他一眼，沒有多問，走上自家馬車。

反觀仲尚的心情很好，騎馬走在一旁，不準備多做解釋。

嚴韞最近脾氣不好，下人都戰戰兢兢。

府裡最近已經處死了兩個下人，那兩人都是在嚴韞跟前服侍的，只是做錯了一點小事，連求情的餘地都沒有，就被他一句話給賜死了。下人連話都不敢多說，生怕厄運會降臨到自己頭上，是以服侍得更加小心翼翼。

自從嚴韞讓手下解決翠衫那個丫鬟後，嚴屹便命人時刻監視他的一舉一動，他這陣子不敢有任何動靜，只能在家偽裝成清心寡欲的平王。

父皇為何懷疑他？難道是六弟說了什麼？他越想越覺得不安。

他心情不好，遭殃的自然是身邊的人。平王妃已經被他莫名其妙訓了好幾次，這幾天除了必要的接觸，根本不主動招惹他，免得惹火上身。

這一日嚴韞正在書房看書，一直在書房待到戌末，下人見天色太晚，便勸他回房休息。

他多待了一刻鐘才起身。

廊下空無一人，只有頭頂的月亮作伴。今晚與往常沒什麼區別，只有牆角下的蛐蛐兒叫得更大聲了，一聲接一聲，此起彼伏。他被吵得心煩，準備加快腳步回屋，忽聽身後傳來一聲不正常的聲響，似有重物落地。

提燈的下人頓了頓。「王爺是否聽到什麼聲音？」

他蹙眉，聲音是從前方牆下傳來的。「你去看看。」

下人應是，提著燈籠謹慎地靠近，廊廡只剩嚴韞一人。

那邊下人走到牆下一看，提著燈籠照了一圈，發現是隻死貓，咒罵一聲抱怨道：「不知是哪個缺德往院裡扔來一隻斷氣的貓，真是晦氣！」

話剛說完，便聽廊下傳來打鬥聲，下人一驚，忙叫了一聲「王爺」。

嚴韞左胸口受了一劍，正與來人纏鬥中。

來人一身黑衣，蒙著臉看不到五官，但是身手十分敏捷矯捷，嚴韞與他過了十幾招，自覺功夫不如他，再加上胸口受傷，只想把他拖住，等府裡侍衛趕來以後把他拿下。

下人著急忙慌地叫：「來人，有刺客！」

那人發現不能再得手，不再戀戰，收劍往後院跑去。

嚴韞想追，奈何胸口的傷不輕，扶著廊柱吐了一口血，指著黑衣人離去的方向道：「給本王追！」

下人忙來扶他。

很快府裡侍衛趕來，朝後院追去，可惜那人已經翻牆而出，消失在夜幕中。

嚴韞大怒，揚言勢必要抓到此人，即便翻遍整個京城也要把這人找出來，他倒要看看是誰這麼大的膽子，敢闖進平王府行凶！府裡侍衛得令，連夜在京城各個街道尋找。

倒是嚴韞受了傷，差點傷及心脈，大夫來看過後，費了好大勁才把血止住，說他情緒不宜有太大波動，應該靜養。另外又開了幾副藥方，讓他按著上面寫的抓藥吃。

他現在一肚子火，哪裡聽得進去？連夜把府裡下人都罵了個狗血淋頭。「一群廢物，有人闖進府裡都不知道，要你們何用！」

黑衣人從平王府逃出後，沒有離開多遠，而是來到附近林巡撫府宅牆後換下一身黑衣，穿上準備好的衣裳，再泰然自若地走出來。

此時天方既白，晨曦微露。

高洵來到街道兩旁的早點鋪子上，要了一碗麵片湯和一張烙餅，坐到角落面色如常地吃起來，他一邊吃一邊觀察街上的動靜。

街道還跟往常一樣，兩旁皆是叫賣聲，熙來攘往，熱鬧非常。然而仔細看卻能發現不同，這條街上似乎有不少侍衛正在挨家挨戶地查看，百姓問起出了什麼事，他們便說平王府夜裡遭賊，被偷了一樣珍貴的寶貝，平王命令他們必須將這個賊人拿下，嚴懲不貸。

很快他們就來到高洵所在的攤販前，侍衛看了一圈，見沒有可疑之人便離開了。

高洵昨晚蒙住了臉，再加上夜色昏昧，烏雲擋住月光，嚴韞沒有看見他的五官，如今要在京城找到他簡直堪比大海撈針。

其實昨日高洵跟嚴韞交手時被他用貼身匕首劃破了胸膛，但嚴韞自己估計都沒有察覺，所以才漏掉了這個線索。嚴韞的那把匕首十分鋒利，劃在高洵的胸膛上切開一個不小的傷口。高洵只用布料匆匆包紮了下，沒來得及處理，想著等回軍營以後再上藥。

他喝完一碗麵片湯，用袖子擦擦嘴站起來準備離去，卻忽然一陣頭暈。

他停了一會兒，沒放在心上繼續往外走。

走了一段路正好看到前面有一家醫館，他推門而入，準備包一些治療外傷的藥，卻因為腳下不穩，與裡面出來的人撞了個滿懷。

「你——」對方是個穿天藍繡衫嫩綠縐紗裙的姑娘，不滿地皺起眉頭抱怨了一句，抬頭瞪他一眼。

他沒看對方，垂眸說一聲抱歉，繼續往裡面走。

林畫屏不滿地努努嘴，道了聲晦氣，沒跟他一般計較。

她是來給爹爹抓藥的，爹爹最近急火攻心，再加上咳嗽得厲害，她擔心這樣下去會出大病，這才想著親自來醫館抓藥。沒想到會遇見一個不長眼的男人……她哼一聲，坐上自家的馬車，不由自主地想起方才那人的容貌。

長得是挺好看的，就是太無禮了。

高洵自然不知林畫屏對他的評價，跟大夫抓了些藥便回到軍營裡。

他徹夜不歸，本是違背了軍中紀律，但他是千總，上頭又有仲尚包庇，自然也沒人說什麼。更何況他回來時滿頭大汗，旁人還當他偷偷去外面鍛鍊了，心中很是敬佩。

回到帳中，他脫下上衣露出光裸的胸膛，只見胸膛被匕首劃傷的地方已經變成紫黑色，血透出了包紮的布條。

匕首有毒！

他咬牙，這大皇子真是心機深沈，貼身的匕首都能淬上毒，可見隨時都在準備與人對抗，連身邊的人都不信任。

他對外面站崗的士兵吩咐，沒有允許誰都不許進來，然後便開始一個人艱難地包紮傷口。

當務之急是要清除毒素，可他還不知道自己中了什麼毒，軍營裡更沒有對應的解藥，只能先止血再說。他正往傷口上撒藥，簾帳唰地被人從外面掀起，仲尚大步走進來。「你昨天去了哪裡？」

他背對著門口，聲音嘶啞。「出去。」

仲尚聽出他聲音不對勁，非但沒有出去，反而繞到他跟前細看。這一看驚住了，仲尚盯著他受傷的胸口問道：「怎麼回事？」
他回答得輕描淡寫。「中毒了。」
這不是廢話嗎？瞎子才看不出來他中毒了！
仲尚坐到他對面，沒有上手幫忙，先仔細看了一下他的傷勢，不淺，加上中了毒，處理起來很麻煩，他難得露出嚴肅。「你怎麼受傷的，中了什麼毒？毒素未清，你打算就這麼草草處理了？」
高洵讓他去一旁拿來白紗，草草纏了一圈，暫時把血止住了。「還不知道什麼毒，一會兒我去街上讓大夫看看。」
他倒是一點不著急！這毒的毒性若是強烈一點，不等他走到醫館就沒命了。仲尚霍地站起來，指著他道：「你坐在這裡別動，我讓人去請大夫。」
沒走兩步便被高洵叫住。「不要聲張，對外說我只是患了風寒。」
高洵雖不知道怎麼回事，但也尊重他的意見。
不多時大夫過來，對著他的胸口仔細研究了一番，說這是西夷的一種毒，毒性不算強烈，就是解起來比較麻煩，需要好幾種藥做藥引，連續喝上一個月才能全部清除。這其間他都不能用武，需飲食清淡，慢慢調養。
仲尚讓大夫開藥，大夫在一旁寫好藥方交給他，他讓一位信得過的士兵跟過去抓藥。
帳中只剩下仲尚和高洵兩人，仲尚雙手環抱，好整以暇地看著他。「你從哪裡帶回來這種毒？」

他什麼都沒說，倒頭躺在床榻上。「我累了想睡一會兒，你先出去吧。這一個月就說我身體欠佳，不能跟你們一塊兒訓練了。」

仲尚真想朝他臉上踹一腳，念在他受傷的分上沒跟他一般計較，等他醒了以後再好好逼問。

仲尚掀開帳子走出去後，高洵躺在床上許久都沒睡著，翻來覆去地想事情。他想的很多，一會兒是謝蓁的笑臉，一會兒是謝蓁蹲在荒山野嶺哭泣的身影，一會兒是昨晚他跟嚴韞交戰的畫面……正在他昏昏欲睡差點睡著的時候，帳子突然被人從外面掀開，帶進來一股夏日燥熱的風。

仲尚三兩步來到他跟前，把他從床榻上提起來，看著他的眼睛問：「你去刺殺平王了？」

他的眼睛如古井無波，平靜地反問：「你怎麼知道？」

這句話等於默認。

仲尚也不管他有沒有受傷，把他摔回床榻上，氣得咧嘴一笑。「平王在城裡大肆找刺客，還有誰不知道？」

高洵閉上眼睛。

仲尚在床前走了兩圈，從最初的震驚中回過神來，偏頭好整以暇地看著高洵。「真是你？」

他倒也坦蕩，這時候沒什麼隱瞞的必要了。「是我。」

平王昨夜遇刺，他昨晚徹夜不歸，身上還受了傷，時間巧合得近乎詭異，不怪仲尚懷疑。

只是沒想到他承認得這麼快……

仲尚揚眉。「你怎麼想到要刺殺平王？不怕他要了你的小命？」

他虛弱一笑。「我這條命不值錢，誰想要拿去就是了。」居然有點破罐子破摔的意思。

他昨天去平王府時就想好了，若是不幸被抓住，他便即刻自盡。他不會給謝蓁和嚴裕添麻煩，他不怕死，只怕不能為謝蓁出一口氣。可惜下手的時候出了偏差，沒能一劍殺了大皇子，實在可惜。

仲尚不知他跟大皇子有何過節，但是勉強能猜到七、八成。大皇子與太子不和，嚴裕是太子的人，謝蓁又嫁給了嚴裕，難道高洵想幫太子剷除大皇子？未免太異想天開了。

他如今能不能躲過嚴韞的人還是個問題。

不過好在他們在軍中，嚴韞的人應該一時搜不到這裡，即便搜也不能搜得太仔細，高洵說不定能撿回一條小命。

仲尚坐到一旁，姿態隨意。「你這次失手了，以後還打算去嗎？」

他搖搖頭。「不去了。」

仲尚挑眉質疑，卻聽高洵道：「因為我發現一個更有價值的消息。」

「什麼消息？」

他心裡頭把仲尚當兄弟，是以什麼話都不避諱他。「剛才大夫說我中的毒是西夷才有的毒，這幾年我們與西夷幾乎斷絕往來，商賈也很少販賣他們那邊的東西，更不要說這種罕見的毒。可是大皇子手裡卻有，你說為什麼？」

仲尚支著下巴，吊兒郎當地笑了笑。「你懷疑他跟西夷人有來往？」

高洵頷首。「很有可能。」

雖不知平王與西夷來往的目的，但此事若是被嚴屹知道，那肯定會引起嚴屹潑天震怒，到那時候嚴韞可沒有好果子吃。嚴屹最近本就在懷疑平王有犯上作亂的嫌疑，若是再扣上一頂勾結外夷的帽子，他精心佈置多年的計劃也就到頭了。

高洵讓仲尚替他準備筆紙，他要給安王府寫一封信。

仲尚依言拿來筆紙，高洵坐在床榻上，就著榻上的小方桌提筆寫字。信上隻字不提他行刺嚴韞一事，只說看到大皇子與西夷人來往，懷疑他與西夷勾結，讓嚴裕多留意大皇子的動向，準備好充足的證據，再一五一十地彙報給嚴屹。

寫好以後，高洵用火漆把信封起來，讓仲尚找人送到安王府。

仲尚目光複雜地看著他，看得他莫名其妙。「怎麼？」

許久，仲尚才說：「你這麼做，是為了安王，還是為了安王妃？」

一針見血。

他無語凝噎，臉上有種被戳穿後的狼狽。「他們兩個是我幼時舊友，我當然希望他們都好。」

仲尚一笑。「但願你真這麼想。」說罷走出帳中。

高洵一人獨坐床上，思考良久。

嚴裕收到信時，平王遇刺的消息已經過了兩天。

平王遇刺，頭一個懷疑的便是太子黨羽。然而嚴韞卻找不出任何與他們相關的蛛絲馬跡，即便有心栽贓陷害也找不到由頭。

偏偏黑衣人的那身衣服是在林巡撫宅邸後門找到的，林睿在平王府院裡跪了三天以證清白。嚴韞雖然知道不可能是他，但還是忍不住遷怒於他，誰叫他這麼蠢？被人在家門口陷害都不知道！

此事傳到嚴屹耳中，到底是親生兒子，嚴屹指派宮裡的三個老太醫去給平王醫治傷口，並且把監視平王府的人撤走了一部分。平王也算因禍得福，心情不再如以前那麼糟糕了。

嚴裕展開書信放在案桌上，若有所思地看了許久。

謝蓁到時，他還在看那封信。

「丫鬟說你不吃飯，你在看什麼？」

他沈默片刻，把信紙疊起來收到袖中，搖搖頭道：「沒什麼。」

說罷站起來握住謝蓁的手，跟她一起到廳堂用膳。

第二十七章

宣室殿內，嚴屹坐在龍紋寶椅上，平王嚴韞跪在下方。

殿內死一般的寂靜。

龍椅兩旁的內侍垂首而立，大氣都不敢喘一聲，生怕自己一個不小心惹怒了聖上。

許久以後，嚴屹才緩緩開口。「你說是老六派人行刺你，你可有證據？」

嚴韞讓人呈上一把寶劍，一板一眼道：「這把兵器是兒臣遇刺那晚從地上撿到的，上面刻著麒麟紋，只有六弟手裡的精兵才會佩帶這種兵器，請父皇明察。」

嚴屹接過去，翻來覆去仔仔細細看了一遍，卻不發一語。

嚴韞有十足的把握，所以一點也不著急，孰料嚴屹居然面色如常地把寶劍放回去。

他費解。「父皇……」

嚴屹正要開口，門口的小內侍進來通傳。「聖上，安王求見。」

來得倒巧。

嚴屹宣嚴裕進來，不多時嚴裕一身靛藍柿蒂紋錦袍出現在大殿門口，他長腿步闊，看到殿內跪著的嚴韞時微微一怔，眸色轉深，旋即一臉平靜地上前向嚴屹屈膝行禮。

嚴屹誰都沒讓起來，只是促狹地問：「怎麼，你們兄弟倆是商量好一起過來的？」

嚴韞看向嚴裕，違心地叫了一聲。「六弟。」

嚴裕卻不回應，從袖中取出一樣東西呈遞給嚴屹。「兒臣有一樣東西，請父皇過目。」

嚴屹示意手邊的內侍接過來。

那是一封用火漆漆好的書信，信上寫了嚴韞最近兩年與西夷人來往的時間和地點，不一而足。前一年幾乎沒什麼來往，但是今年上半年卻與西夷大將察格兒見了不下五次面，不僅時間地點列得清清楚楚，甚至還有證人可作證。

嚴屹看後，臉色變得難看，緊緊握著那張紙揉成一團，扔到兩人面前。

「朕還沒死，你們就坐不住了！」他震怒非常，從內侍手裡奪過寶劍指著兩人，憤然道：「兄弟反目？互相揭發？就這麼想坐朕的位置嗎？」

打從嚴韞來的時候嚴屹的心情已經不大好，如今嚴裕又來火上澆油，他自然忍不住爆發了。

嚴裕信上的內容，不能不信也不能全信，嚴韞究竟有沒有跟西夷人來往還要好好調查，可這並不代表他能眼睜睜地看著他們兄弟窩裡鬥。

嚴屹雙眼赤紅，若不是有內侍在一邊勸著，估計他真會朝兩人身上捅幾個窟窿。

「方才不是有很多話嗎？怎麼這會兒都不吭聲了？」嚴屹重新坐回龍椅上，氣喘吁吁地問。

他有了年紀，又常年勞累，身體早已大不如前，平日看不出來，一旦動怒就喘不過氣來。

老內侍一臉擔心地給他順氣，口裡不住地勸道：「聖上息怒，聖上息怒……」

嚴裕知道今天來得不是時候，語氣平坦，不驚不懼。「回父皇，既然您已立了二哥為儲君，我便一心一意擁護二哥，不敢有任何二心。」

嚴韞跪在一旁，遲疑許久。「兒臣也不敢有二心。」

嚴屹吹鬍子瞪眼，冷哼一聲。「現在說得好聽，指不定背後又要做什麼小動作！」

兩人不語。

嚴屹如今看見他們就心煩，揮揮手讓他們下去。「這兩個月你們都在自己府裡待著，哪兒都不准去，誰若不從，朕便剝奪他的王爺封號，讓他嘗一嘗當平民百姓的滋味！」

嚴裕和嚴韞齊聲應是，從宣室殿退出來。

騎馬並肩走在出宮的小路上，嚴裕和嚴韞誰都沒先開口。

嚴裕那日收到一封沒有署名的信，看到信上內容後大吃一驚，抱著懷疑的態度讓吳澤和吳濱私底下調查，沒想到這一查還真查出點名堂來。本以為趁著最近的風頭把這封信呈遞給嚴屹能一舉扳倒平王，卻沒想到他晚了一步，讓平王先一步賊喊捉賊。

如今嚴屹非但兩個都不相信，還把他們禁足兩個月，真是失策……

嚴裕正想著，掉在後面的嚴韞忽然加快速度擋在他前面，鷹目直勾勾看著他，神情耐人尋味。「行刺本王的刺客真不是六弟的人？」

嚴裕從他身邊繞過，雖然平時不聲不響，但關鍵時候說話卻能把人噎死。「大哥值得我這麼魯莽嗎？」

嚴韞沒有生氣，一反常態地哈哈大笑。「本王只是覺得稀罕，沒想到六弟竟如此能忍。

換作是我，殺父殺母之仇，無論如何也要報的吧？」

到了這地步，撕破臉也沒什麼，繼續維持假惺惺的兄弟情反而顯得噁心。

嚴裕握緊韁繩，下頜緊繃。

他恍若未覺，繼續刺激他。「又或許六弟從沒把他們當成父母，雖然不是親生的，但怎麼說也養育了你七、八年……」

嚴裕眼瞳充血，咬得一口牙都要斷掉。

韁繩死死地嵌進他手裡，他手背青筋泛起，最終閉上眼睛，許久以後劇烈起伏的胸膛才平靜下來。他語氣冰冷。「平王終於承認是你所為？」

嚴韞跟在他身後，笑容極其放肆。「就算本王承認又如何？你有任何證據嗎？你為了兩個毫無血緣的人還能手刃親兄不成？」

當年嚴屹下旨一定要把流落民間的六皇子找回來，六皇子是當時最受寵的惠妃所出，彼時仍未立太子，大皇子與二皇子之間劍拔弩張，大皇子自然不希望再多一個人爭皇位，是以得到消息後便連夜派出侍衛，要在宮外神不知鬼不覺地取走嚴裕的性命。

只不過他沒想到，嚴裕的那對養父母如此執著，即便自己只剩一口氣了也要拚死護住嚴裕的安全。

侍衛最終殺了他們兩個，正準備解決嚴裕的時候，恰好嚴屹和二皇子的人馬來了，他才倖免於難，可惜宋氏和李息清已經斷了氣。

嚴裕背脊挺得筆直，父母臨終前那一幕再次浮現在他的腦海，他卻已經不是當初被恨意沖昏頭腦的少年。彼時他剛入宮，得知是大皇子的人殺了他的父母後，一次次企圖為父母報仇，卻一次次差點喪命於大皇子手中。若不是太子嚴韜護著他，或許他根本活不過今日。

如今他羽翼漸豐，慢慢懂得如何隱藏自己的情緒。

等等，再等等，他告訴自己，遲早有一日要為父母報仇，取下嚴韞的項上人頭。

這一等便是八年，很快就等到了頭。

他走在前面不卑不亢道：「大哥是前皇后所生，我是惠妃所生，你我算不上親生。」

嚴韞看著他漸漸遠去，唇邊笑意慢慢隱去，最終換上一張陰沈沈的臉，盯著他的背影。

嚴裕還沒回到安王府，外面便下起雨來。

今年夏天雨水格外充沛，三天兩頭便有一場大雨，每次都是下沒多久便停了。起初謝蓁坐在屋裡沒有在意，可一個時辰後雨仍舊不見停，而且外面的天色越來越陰。

嚴裕入宮兩、三個時辰還沒有回來，她不禁擔心起來，在屋裡來回走了一圈，讓雙魚去門口看看。

雙魚去而復返，搖搖頭道：「看不見安王爺。」

謝蓁問她什麼時辰，她說：「申時一刻。」

雖然不算晚，但因為下雨的緣故，天色顯得與傍晚無異。雨點砸在廊廡上發出咚咚聲響，頗有大珠小珠落玉盤之勢。謝蓁擔心嚴裕在路上出事，便讓府裡下人去外面尋找，下人沿著安王府到宮門這條路找了一遍，始終找不到嚴裕的身影。

謝蓁越來越憂慮，他怎麼還不回來？究竟去哪兒了？

她在屋裡坐不住，索性自己撐傘去外面尋找，雙魚和雙雁勸了又勸，最終勸不住她，只好一個替她撐傘，一個攙扶著她往門口走去。從瞻月院到門口這一段路，路上匯聚不少積水，打濕了她的鞋襪。

她往前走一段路，忽然看到前方有人騎馬而來，她幾乎一眼就看出是誰，歡喜地叫道：「小玉哥哥！」

嚴裕的衣衫被雨水打濕，濕漉漉地貼在他的胸膛，他勒馬在她面前停下，翻身下馬。「妳怎麼出來了？」

她把傘舉到他頭頂。「你出去這麼久還不回來，我擔心你出事……」

她粉白酥頰沾了幾滴雨水，鬢髮貼在頰畔，一雙妙目彷彿被雨水滌過，又清又亮。此刻她唇邊含著笑意，乖巧地舉著傘替他遮風擋雨，小手鑽進他的袖子裡牽住他的手。「你怎麼不說話？我們快回去吧。」

話音剛落，便被嚴裕扯進懷抱裡。

她一愣，轉頭看他。「小玉哥哥怎麼了？」

嚴裕也不知道自己怎麼了，就是很想抱她，想把她小小的身體納進懷裡，填補他的空缺。

他說：「讓我抱一會兒……」

謝蓁唔一聲，有點為難。「可是外面在下雨……」

他堅持：「就一會兒。」

「那好吧。」

謝蓁一手舉著傘，一手抓住他後背的衣服，沒一會兒就開始抱怨。「小玉哥哥我的手疫了……」

總是這麼愛撒嬌。

嚴裕偏過頭，在她臉上輕輕咬一口，最終鬆開她，接過她手裡的傘跟她一起走回安王府。

兩人的衣服都濕了，尤其嚴裕更加厲害，渾身都濕透了。

雙魚、雙雁從屋裡找出衣裳，本欲服侍他們兩人換上，可是嚴裕卻說不用，拉著謝蓁走進內室，沒多久便換好衣服重新走出來。

謝蓁換了一身衣裳，上面是白綾通袖衫，下面是一條嬌綠緞裙，襯得她像春天抽出的筍芽，又嫩又嬌。她拆散髮髻，半濕的長髮披在身後，從丫鬟手裡接過帕子為嚴裕擦拭手臉。

「你剛才去哪兒了？」

外面大雨還在不停地下，伴隨著斜斜輕風，把雨點吹入廊下。雨水落在廊下，留下斑斑駁駁的痕跡。

嚴裕坐在八仙椅上，眼睫微垂，沈默片刻才道：「我去了城外青要山上一趟。」

青要山是埋葬李氏夫妻的地方。

謝蓁動作微頓，仔細端詳他的臉色。「你怎麼想起來要去那裡？外面下那麼大的雨，萬一出事怎麼辦？」

他不出聲。

謝蓁在一旁的銅盂裡洗了一遍巾子，繼續擦他的雙手。「你下回若是想去，可以讓我陪你。」

他看著她，低嗯一聲。

謝蓁察覺到他情緒不對，但也沒逼問他什麼，等他自己想說的時候自然就說了。

只是沒想到他夜裡居然發起熱來，渾身燙得像火球，偏偏他手腳都纏著謝蓁，把她緊緊抱在懷裡，讓她連動都不能動，只能喚丫鬟去請大夫。

大夫看過以後，說是著涼才導致風寒，吃一副藥發發汗就沒事了。

謝蓁餵他吃過藥後，又拿了兩條被子捂在他身上，她今晚本想到偏室睡覺，沒想到他卻緊緊握著她的手不讓她走，謝蓁沒辦法，只好踢掉繡鞋上床陪他一塊兒睡。

大夏天的，儘管下過一場雨，還是熱得厲害……而且他身上太燙，沒一會兒謝蓁就出了一腦門汗，反觀嚴裕，睡得倒是很安穩。

他雙手摟住她的腰，兩人之間毫無縫隙，她抗拒地嚶嚀。「好熱，別動。」

他睡著了沒聽見。

到了第二天早晨，謝蓁是被熱醒的。

她一睜眼，就對上嚴裕漆黑如墨的雙眸。謝蓁下意識摸他的額頭，長鬆一口氣。「總算不燙了。」

說罷要從被子裡鑽出來，她非得先洗個澡才行……身上都是汗，也不知道昨晚怎麼睡著的。可剛一動就被嚴裕反身壓在身下，她呼吸一窒，雖然他是病人，可是也很沈啊！她抗議。「小玉哥哥起來，我讓丫鬟給你煎藥。」

他不為所動，反而默不作聲地埋在她頸窩蹭了蹭，聲音帶著病癒後的沙啞。「羔羔……妳陪我一會兒。」

謝蓁的小臉貼在枕頭上，回頭不解地看他。「我不是一直陪著你嗎？」

他的手掌放到她的腰上，沿著她光滑的肌膚來回摩挲。「以後也要陪著我。」

謝蓁覺得莫名其妙，好端端的為何要說這個？但是看他一本正經，於是先答應下來。「好好，你先放開我行嗎？」

他更緊地摟住她，跟個鬧脾氣的小孩子一樣。「不行。」

謝蓁既好笑又無奈，慧黠的眼珠子轉了轉。「那你今天不吃藥了？不下床了？你打算以後都這麼抱著我？不上朝了？」

他想了想。「起碼以後兩個月我可以天天抱妳。」

謝蓁從他的話裡品味出怪異，翻轉過身，直勾勾地看著他。「你昨天進宮，是不是聖上說了什麼？」

他答得渾不在意。「父皇禁足我和平王兩個月。」

謝蓁一愣，怎麼跟平王也有關係？她歪著腦袋。「你跟平王一起入宮的？」

他說不是，便把昨日進宣室殿後的情景跟她說了一遍，她這才恍然大悟。「你和平王一同入宮，聖上難免不相信你們任何一方。」頓了頓，安慰他。「這有什麼好難過的？禁足兩個月，就當休假了。」

她倒是看得很開，嚴裕被她輕鬆的語氣逗得一笑。

他貼著她的臉頰，在她耳邊道：「不是因為這個。」

她努努嘴。「那是因為什麼？」

頓了許久，嚴裕才跟她慢慢講述這麼多年的前因後果。「妳還記得當年我們在普寧寺遇險嗎？」

謝蓁想了半天，總算想起來了。當時他們謝家、李家一起去普寧寺上香，謝蓁和嚴裕被黑衣人劫持，那時他倆才七歲。她忘了他們是怎麼逃脫的，只記得他們後來去到一戶人家，被一對好心的夫婦收留一晚。

謝蓁說：「記得呀。」

那兩個黑衣人裡，其中一個是嚴韜，另一個是前皇后姬皇后的哥哥姬明。

當時姬皇后尚未離世，但是命不久矣，她怕自己死後嚴屹立惠妃為后，把嚴裕找回來立為太子，更怕嚴韞在朝中無立足之地，才會下此狠手。

不僅如此，就連當初將嚴裕和嚴瑤安偷龍換鳳一事也是姬皇后所為。

當時嚴韜尚未被冊封為太子，需要一個人聯手制衡大皇子，所以才會從姬明手中救下嚴裕。

後來嚴屹得知嚴裕的下落，一心想把他從民間找回來，嚴韞才因此對他起殺心，只是沒想到李氏夫妻會拚死護住他。

哪怕事後被嚴裕得知，嚴韞依舊不以為意，他大可以欺騙眾人，說李氏夫婦不同意他帶嚴裕回宮，侍衛失手殺了他們。嚴韞只需懲罰下手的侍衛就行了，他可以從中摘得乾乾淨淨。

謝蓁聽他說完這一切，總算知道宋姨是怎麼死的……她眨眨眼，想眨去眼裡的酸澀，最後反而兩隻眼睛都紅紅的。

她抱住嚴裕的脖子，想了半天也不知該安慰他什麼，最終在他胸口蹭了蹭，聲音軟軟地。「我唱首歌給你聽好不好？」

他摸摸她的頭。「唱什麼？」

她其實會唱很多歌，還會吹笛子，不過嫁給他這麼久一直沒機會表現，而且他最喜歡她唱那首童謠，所以她每次都給他唱那一首。

謝蓁想了一會兒，往他懷裡拱了拱，清了清嗓子開始唱。「滄浪之水清兮，可以濯我纓……」

曲調悠揚，從他懷裡輕飄飄地傳出，原本是豪邁壯闊的歌曲，卻被她唱出宛轉溫柔的味道。

她長腔綿軟，悅耳動聽。「滄浪之水濁兮，可以濯我足……」

少頃，沒聽到他有反應，她抬頭問：「你到底聽了沒？」

他點頭。「聽了。」

「那你怎麼不誇我呀？」

他方才的愁緒一掃而空，腦海裡都是她唱的曲子，俯身凝望她圓溜溜的眼睛。「羔羔，妳是我的滄浪水嗎？」

她嘻嘻一笑，不承認也不否認。

被嚴屹禁足兩個月，若說嚴裕一開始有些抑鬱，到後來想通了，完全是很愜意的態度。他不著急，每天就陪著謝蓁度過漫長的夏日。

要說著急的應該是平王。

嚴屹最近已經開始把朝中事務交給太子打理，常常讓太子留在御書房批奏摺，一批就是大半夜。底下官員都在紛紛猜測，聖上是不是要退位讓賢讓太子御極了……估計就是這一、兩年的事。

平王脾氣益發暴躁，稍有不順便拿身邊的下人出氣，下人個個戰戰兢兢，能多活一天都是僥倖。再加上最近林睿貪污受賄被人翻了出來，正好落在太子手裡，太子良善，沒有取他性命，只革了他的官職，把他貶為詹事府通事舍人。一個正九品的小官，諒他也翻不出什麼大風大浪來，反而還會感念太子的恩情。

嚴韜想得沒錯，林睿從此在官場小心謹慎，雖然本性不變，但卻老實了很多。

嚴韜如此明目張膽地收買平王的人，此事被嚴韞得知後，在家一陣大怒。他已經沒有多少時間可等了，再這麼拖下去遲早要把這江山拱手讓人。

太子之位原本就是他的……想到這裡，嚴韞握緊了手中的雲紋扶手。他怎麼會甘心？若不是母親死得太早，他孤身一人，何至於落得如此田地？

嚴韜不過是運氣好而已，他性格溫吞，不夠果決，根本不是當皇帝的料子，只有自己才是最適合的人。

思及此，嚴韞站起來，讓貼身侍從給仍舊跟他一心的大臣分別送封信，部署今後的計劃，不得讓人發現端倪。

嚴屹命人在府外監視他，他幾天前就已經知道了。他目前需要做的，就是老老實實安守本分做他的平王爺，可惜這不是他想要的。

相比嚴韞這邊的未雨綢繆、腥風血雨，安王府倒顯得和樂許多。

天太熱，嚴裕便讓人在後院搭了一個葡萄架子，葡萄架下有短榻，榻上鋪竹簟，外面還罩一層碧紗櫥，能夠驅蚊防曬。過了晌午最熱的那段時間，謝蓁便喜歡到葡萄架下睡午覺，頭頂是一串串圓溜溜的葡萄，想吃隨手就能摘到。不過她一般只吃雙魚洗好的，一邊吃葡萄還可以一邊看話本，別提有多舒服。

榻上剛好能容納兩個人，有時候嚴裕也會擠進來，她嫌熱，好幾次想把他趕下去，偏偏最後都被他抱在懷裡，兩個人鬧著鬧著就睡了過去。醒來已是酉正，太陽西斜，嚴裕把她圈在臂彎裡，隨手翻看她手裡的話本。「這裡面寫的什麼？」

謝蓁打了個哈欠，帶著睡音說：「就是一些民間小故事……說一個姑娘跟她的青梅竹馬一塊兒長大，兩人到了談婚論嫁的年紀，彼此也是情投意合，正準備說親，那姑娘卻忽然被一個惡霸看上，硬生生娶回家當媳婦了。」她說完這些，頭腦清醒不少，坐起來繼續津津有味地說道：「姑娘嫁給惡霸以後，每天都過得鬱鬱寡歡，她的青梅竹馬卻一直沒有娶妻，癡癡等著她……」

還沒說完，就看見嚴裕的臉色不大好。「你怎麼了？不喜歡聽這個故事？」

他把話本扔到一邊，語氣生硬道：「胡編亂扯，有什麼意思！」

謝蓁不贊同，笑吟吟地「哎」一聲。「我倒覺得挺好看的，那姑娘的竹馬真是一往情深……」

嚴裕不說話。

因為他想到了謝蓁和高洵，如果他們兩個也算青梅竹馬的話，那他豈不就是話本裡的惡霸？他冷哼，惡霸又怎麼了，能把媳婦娶到手就行，至於用什麼途徑一點都不重要。

想開以後，他捉住謝蓁的手把她按在短榻上，從方桌的碟子裡拽了一顆葡萄餵她。「妳這就感動了？」

謝蓁不吃，讓他剝完皮以後再餵她。「他等了那姑娘好幾年，現在哪還有這麼癡情的人！」

吃個葡萄也這麼多事，嚴裕嘴上說她麻煩，手裡卻聽話地為她剝好皮，餵進她嘴裡。「幾年？」

謝蓁豎起三根手指頭。「三年！」

他輕哼。「三年算什麼？」

他可是等了她七年，從八歲到十五歲。可惜沒好意思說出口，要他承認他小時候就喜歡她，那真是比登天還難。

其實七、八歲的時候感情都很懵懂，根本不知道什麼叫男女之情，只是單純的有好感，喜歡跟這個人在一起玩，僅此而已。嚴裕也不知道自己什麼時候喜歡上她的，只不過在宮裡過得很累時，總會想到謝蓁笑盈盈的小臉，她總是笑得這麼燦爛，彷彿世上沒什麼難事能打倒她。

他想她，所以跟她相處的每一幕都在腦海裡回憶很多遍，到最後想忘都忘不掉。

然而當他出現在她面前時，她居然目不斜視地從他面前走過，當時他真是又恨又惱，恨不得直接逼問她，是不是真把他忘了？

他也真這麼做了。

謝蓁推推他的頭讓他起來，太陽快落山了，院裡也沒那麼熱，她想到葡萄架外面走一走。「你起來，壓著我了。」

嚴裕沒有動，低頭看到她鬢髮鬅鬆、雙眼含嗔，忍不住心念一動，湊到她耳邊問道：「還想不想吃葡萄？」

謝蓁搖搖頭。「不吃了，今天吃得有點多。」

雙魚洗了兩串葡萄，她自己一個人都快吃完了，為此連午膳都沒胃口吃。話剛說完，嚴裕便又從旁邊拽了一顆葡萄，意味深長道：「我們今天換個吃法試試？」

謝蓁原本沒興趣，但是聽他這麼一說，眨巴眨巴眼睛問道：「換什麼吃法？」

他噙著笑，薄唇貼著她的臉頰滑到她雙唇，吻住她接下來脫口而出的尖細叫聲。葡萄架下只能聽到一聲細如貓叫的哭泣聲，被碧紗櫥擋著，看不到裡面的光景，光聽聲音就已經讓人浮想聯翩。謝蓁聲音又細又輕，好像在哭，又好像在求饒。「不要放進去……」

好在後院沒什麼下人走動，再加上天快黑了，大家都在前院忙著準備晚膳，這裡沒什麼人，否則被人聽去，可不僅僅是沒面子的問題。

半個時辰以後，謝蓁渾身無力地躺在嚴裕懷中，抬手憤憤地擰他的腰。「你不聽我的話！」

可惜她的手沒力氣，擰起人來一點也不疼，更像是小貓在撓癢。

嚴裕下巴抵著她的額頭，唇邊含笑。「我怎麼不聽話？」

她雙頰鼓鼓。「我說了不想吃……」

話說到一半，自己的臉蛋通紅。

嚴裕低低地哦了一聲，也不知是在軍營一年臉皮變厚了還是怎麼，居然用稀鬆平常的語氣道：「可是我喜歡吃。羔羔，我們下回也這樣吃葡萄好嗎？」

一邊說一邊給她繫上束帶，把她扶起來整理好衣服，又理了理她的鬢髮，左看右看一番總算滿意。

謝蓁腦袋搖得像撥浪鼓，飛快地拒絕。「不好不好！我不喜歡！」

經過這次以後，謝蓁都不敢再在葡萄架下納涼了，生怕嚴裕哪天突發奇想又要像這回一樣再來一次。

可是天氣很熱，除了那裡她實在無處可去，要麼就在屋裡躲著，沒幾天就悶壞了。

聽說山裡涼快，嚴裕讓人在城外長峪山山腳下買了一座別院，那裡位於山陰面，夏天很是涼爽。可惜嚴裕現在處於禁足狀態，不能隨意出行，否則便可以帶她過去避暑。

謝蓁很惋惜，讓嚴裕連連保證不會再逼她吃葡萄，她才肯重新躺回葡萄架下。

軍營。

高洵身體裡的毒清了一半，還剩下一半要每天到醫館針灸治療，把毒素逼出體外。仲尚想把大夫請到軍營來，省得每天兩地奔波。但是高洵卻拒絕了，把大夫留在軍營只會更加引人懷疑，還不如他每天過去，反正也花不了多少時間。

這天高洵從醫館出來，見天色尚早，便到一旁酒樓點了一壺酒。

他沒回軍營，直接坐在窗邊喝了起來。

他胸口上的傷好得差不多了，大夫說喝點小酒沒什麼大礙。但是他喝著喝著就停不下來，一杯接一杯，烈酒下肚，沒多久眼前的一切就開始模糊起來。他又喝了幾壺，直到把壺裡最後一滴酒喝乾淨，才站起來到櫃檯結帳。

走出酒樓，街上熙熙攘攘都是人，每一個人的面孔都很陌生，他找了一圈，都沒找到自己想看的那個人。

他腳步虛浮地往前走，路上似乎撞到幾個人，他只點頭道一聲歉，對方見他醉態醺醺，便也沒跟他一般計較。直到他撞上一個穿大紅妝花對襟衫的姑娘，姑娘皺著眉頭說了聲。「怎麼又是你？」

他瞇起眼睛，印象中謝蓁也有一件這樣的衣服，脫口而出。「阿蓁……」

話剛說完，人便直挺挺地往路旁倒去。

林畫屏嚇一跳，讓丫鬟往他鼻子底下探了探，發現他沒死才鬆一口氣。

想起他昏迷前叫出的那兩個字，林畫屏忍不住多看他兩眼，看到他嘴巴一張一合，似乎在呢喃什麼，便蹲下身湊到他嘴邊傾聽。

「阿蓁……阿蓁。」

來來回回只有這兩個字。

她拍拍他的臉。「哪個阿蓁？阿蓁是誰？」

他擰起眉頭。「謝……蓁……」

林畫屏眸子一亮，很快恢復平靜，對身後的兩個婆子道：「把他抬上馬車，送到最近一間客棧裡。旁人若是問起，就說他是我的遠房表哥。」

婆子雖不解，但也依照她的吩咐行事。

她爹爹剛被貶職，俸祿自然一落千丈，家裡的日子也不如以前寬裕，她本想把不常用的首飾當了補貼家用，沒想到路上卻又碰見這個人。上回他們在醫館見過一面，他也是無禮地撞了她一下，沒想到今天還這樣。

他喝了不少酒，嘴裡還叫著謝蓁的名字，不知道他跟謝蓁什麼關係？

林畫屏露出興趣。

婆子把高洵送到客棧，給他開了一個房間，他躺在床上很快睡了過去，沒再說什麼胡話，一直睡到第二天早上。

第二天早上醒來，高洵一眼看到陌生的房間，坐起來卻頭疼欲裂，他回想了一下，只記得自己從酒館出來，再後面便記不清了。

他目光一轉，看到屋裡圓桌旁站著的姑娘，微微一僵。「妳是誰？」

林畫屏走到他跟前，清麗乾淨的臉蛋露出一抹笑意，走到床前關切道：「你總算醒了，你昨天突然昏倒在大街上，我還當你出了什麼事。」

高洵揉了揉眉心。「是妳把我帶來這裡的？」

她笑著點頭。

屋裡還有兩個丫鬟，林畫屏見他頭疼，便讓丫鬟端上早已準備好的解酒湯。「你先把這碗湯喝了，應該會舒服一些。」

高洵戒心強，雖然道了聲謝，但卻什麼都沒說。

林畫屏坐在他對面的繡墩上，看著他問道：「你認識阿蓁嗎？」

高洵看著她，皺了皺眉。

他不說是也沒說不是，只要是跟謝蓁有關的事情都戒備得很，是以林畫屏這麼問他時，他下意識地選擇不回答。

林畫屏似是看穿他的想法，微微一笑道：「我是詹事府林通事舍人的女兒林畫屏，阿蓁未出嫁前和我交情很好。你昨晚昏迷時曾經叫過阿蓁的名字，我便猜測你們應該認識……現在看來我猜對了嗎？」

高洵看向她。「我叫了她的名字？」

這句話無異於默認了。

林畫屏含笑，十分體貼道：「只叫了一聲。我昨天命人去阿蓁那裡打聽了一下，她說你們確實認識。既然認識，醉酒後叫一聲名字當然不為過。」

她在替高洵打圓場，若是不知情的人，恐怕會被她此刻的笑容欺騙，誤以為她是個體貼溫柔的好姑娘。殊不知她根本沒去找過謝蓁，跟謝蓁更不熟，又何談交情很好這一說？

林畫屏見他還是不信，從懷裡拿出一支簪子。「這是阿蓁的簪子，你若是不信大可拿去看看。」說罷一頓，欲言又止地看他一眼，面露躑躅道：「阿蓁得知你酒醉，擔心你出什麼事，便想過來看看你……我想阻止她，但是她卻不聽我的，說什麼都要來。」

那根簪子是金鑲玉翡翠簪，高洵曾在謝蓁頭上見過。他拿著簪子，半晌才問：「她要過來？」

林畫屏頷首。「我騙你做什麼？」

他握著那根簪子，雙臂顫抖，輕輕的簪子似有千斤重。

林畫屏以為他是心情激動，趁他不注意彎起一抹笑，起身走出房間。「我到外面看看，若是阿蓁來了我叫你。」

說罷走出客房。客房廊下，林畫屏見四下無人，對身後的丫鬟道：「妳去安王府送一封信，說高洵在清平客棧，讓安王妃立即趕來。她若是不過來，就趕不上見高洵最後一面了。」

丫鬟不解。「若是安王妃來了又能如何？」

林畫屏笑容詭譎。「她是堂堂安王妃，若是被人看到跟其他男人共處一室，私相授受，不必我們說什麼，她的名聲自然就敗壞了。到那時我倒要看看，安王會如何對待一個不貞的女人？」

說罷一笑，走下樓梯，心情大好。

再說那支簪子，其實那簪子根本不是謝蓁的。只不過林畫屏曾經見謝蓁戴得好看，便讓人打造了一支一模一樣的，可惜她戴在頭上不如謝蓁戴得好看，從此把那簪子藏在妝奩裡，很少拿出來，沒想到今日居然會派上用場。

她家不好過，她也不會讓謝家好過。

謝蓁接到丫鬟報信時她正在看雙魚、雙雁在院裡捕蜻蜓，嚴裕在屋裡睡覺。

前院丫鬟來到後院，附耳在她耳邊說了兩句，她手裡的團扇掉到地上，不可置信地問：「妳說什麼？」

那丫鬟又重複了一遍。「高公子在清平客棧，快要不行了。」

不行了？什麼叫不行了？

謝蓁想起他們上一回見面，在山間農戶的院子裡，他那個時候還好好的。這才多久？怎麼就不行了？

她霍地站起來，勉強鎮定思緒，問傳信的丫鬟。「誰跟妳說的？妳哪兒得來的消息，那個人在何處？」

高洵來過府裡幾次，是以那個丫鬟認得高洵，此刻也是回答得哆哆嗦嗦。「婢子是聽清平客棧的人說的……說高公子在客棧昏迷不醒，掌櫃的找不到他的家人，好不容易從他口裡問出六皇子府，這才趕忙過來通傳的。」

謝蓁只覺得眼前一花，差點站不穩。「妳、妳帶我去看看。」

她不信這是真的，高洵前陣子還活蹦亂跳的，怎麼就要死了呢？從小他的身體就是最結實的，她很容易生病，每當生病時高洵就跳到她的床頭，向她展示自己習武後健康的身體，還語重心長地跟她說多吃點飯才不會生病。

他、他究竟出了什麼事……才會這麼嚴重？

丫鬟走在前面帶路。「娘娘隨婢子來。」

沒走幾步，身後忽地傳來一聲詢問——「妳去哪裡？」

謝蓁驀然停住，轉身往後看去。

嚴裕剛醒，聽到屋外有動靜，穿上鞋襪剛走到廊下，就看到她手忙腳亂地往外走，一時好奇，這才把她叫住。他穿著鴉青寶相花紋常服，直挺挺地站在門口，目光一看到謝蓁的臉，頓時怔住。

他走到她跟前，抬手拭去她眼角的淚花。「哭什麼？」

謝蓁都不知道自己哭了，她抬手一摸，臉上果然濕濕的。她吸吸鼻子，紅著眼睛說：「高洵要死了……」

嚴裕一僵。

謝蓁就把丫鬟說的話原原本本複述了一遍，她雖然對高洵沒有男女之情，但畢竟是一起長大的朋友，這麼多年不是沒有感情的。若是讓她眼睜睜地看著高洵死去，她做不到。

嚴裕聽她說完，蹙眉反問：「客棧的人怎麼會知道高洵認識我們？」

謝蓁解釋：「聽說是掌櫃的問過他……」說罷一頓，意識到不對勁。

如果掌櫃問了高洵，高洵的父母不在京城，他第一個說的應該是軍營，第二個是定國公府，一般情況他是不會說出安王府三個字的。

他不會給她添麻煩。

謝蓁很瞭解高洵，高洵從來不想讓她擔心，所以即便有事也不會麻煩她。

那這是……

謝蓁左思右想，明知不對勁，但又想不出一個合理的解釋，她只有親眼看過才會知道怎麼回事。

門外的馬車已經準備好了，她看向嚴裕，猶豫不決。「小玉哥哥……」

嚴裕雖然也覺得有問題，但卻不能不去。萬一高洵真的出事了呢？他們畢竟是幼時舊友，即便有再多的矛盾分歧，他也不能棄他於不顧。

嚴裕反握住她的手，帶著她大步往外走。「我跟妳一起去。」

謝蓁茫然地哎了一聲，叫住他。「可你不是被禁足了？怎麼能出去？」

嚴屹禁足他兩個月，如今才過了一個多月，若是他就這麼出去了，傳到聖上耳中，聖上降他的罪怎麼辦？何況前門有侍衛把守，即便他想出去也出不成，謝蓁不是沒想過跟他一起，而是想了一遍發現沒辦法才只能作罷。

嚴裕頓住，思忖片刻，帶著她往另一邊走。「我們走後門。」

嚴裕口中的後門不是下人出去的後門，而是在春花塢單獨開闢的一扇偏門。門後面是一條小河，河岸兩邊栽種柳樹，夏天到這裡是個納涼的好去處，嚴裕原本是打算跟謝蓁到這裡乘涼的，沒想到今日反而有了別的用途。他帶著她從門外走出，不多時府裡的馬車趕過來，兩人乘上車輦，往清平客棧而去。

清平客棧，林畫屏坐在一樓不起眼的角落。

她等了半個時辰，總算從窗戶裡看到安王府的馬車，丫鬟扶著謝蓁從馬車裡下來，她微微一笑，做足了看好戲的姿態。

清平客棧賓客盈門，絡繹不絕，是以謝蓁看不到她這一桌。她卻看到謝蓁向掌櫃問了些什麼，掌櫃指了指樓上東邊一間房的方向，讓夥計領著她上去，她道一聲謝，往樓上走去。

林畫屏特意在樓下等了一會兒，她估算著時間差不多了，便領著丫鬟一同走上二樓。

高洵的房間在走廊最東間，極其好認，她走過去時直欞門緊緊地閉合，看不到裡面的光景。林畫屏在屋裡點了迷香，香料中含有催情的成分，只要謝蓁推開這扇門走進房間，貞節名聲就別想要了，她再也沒法當高高在上的安王妃……

林畫屏的心被嫉恨充滿，以至於面容微微有些扭曲，她差點忍不住笑出聲來，伸手猛地把門推開。

門內寂靜無聲，只有餘香嫋嫋。

她收住笑，直覺有些地方不對勁，下意識往裡面走去。可她剛剛往前走兩步，直櫺門便被人從後面狠狠關上，發出砰地聲響。

她一驚，忙來到門邊推門。「誰在外面？開門，讓我出去！」

門外無人回應，只有一道清晰無比的落鎖聲。

她心口一涼。

怎麼回事？為何跟她計劃的不一樣？

林畫屏心慌意亂，把門推得嘎吱作響，可惜門外卻沒有一個人給她開門。她的情緒漸漸失控，揚高聲音。「開門！給我開門！」

桌上的熏香傳入她的鼻子裡，她察覺時已經晚了，頭腦逐漸變得昏沈，手和腳都不受自己控制，她還在拚命地叫喊。「給我開門……開門……」

她順著門板滑落，覺得身體越來越奇怪，至於哪裡奇怪卻說不上來。

餘光瞥見有一個人從裡面走出，她瞇著眼睛，看不清那人的五官，但是能看出他個子不高，身形偏瘦。他走到她面前，把她抱起來往裡面走。林畫屏不斷地掙扎，然而她的掙扎卻顯得那麼無力，那個人還是把她放到了床上。

到最後她的意識已經亂了，身體彷彿被別人掌控著，又疼又熱，一陣陣激烈的感覺湧上頭頂。她哭著掙扎求饒，身上的人卻恍若未聞，一次又一次，把她推上頂峰。

她把嘴唇都咬破了，喉嚨也喊啞了，依然沒人來救她。

第二十八章

其實謝蓁上樓以後沒有進入高洵的房間，而是停在門外，正準備讓丫鬟先進去看看，卻被一隻手帶到隔壁房間。

雙魚跟她一起上來，本欲大叫，看到那雙手的主人後，驚詫地喚道：「高公子？」

高洵鬆開謝蓁，訕訕道：「是我。」

他沒想到謝蓁真的會來。

從他醒來見到林畫屏開始，便覺得不大對勁，直到林畫屏說她跟謝蓁未出嫁前感情很好，他才確定林畫屏是滿口胡言。謝蓁去年初才回來京城，此前一直在青州，她怎麼可能跟謝蓁是認識多年的閨中密友？

所以當林畫屏說謝蓁要來時，他就起了戒心。

他問謝蓁。「妳怎麼來了？難道妳真認識林畫屏？」

謝蓁不明白與林畫屏有何關係，她把高洵上下打量一遍，見他好好的才放心。「有人給我送信，說你快不行了，我能不過來嗎？」

高洵的眼睛亮了亮。「妳關心我？」

她偏頭，不想給他一些莫須有的希望，與他拉開距離。「是小玉哥哥帶我來的，他這個人嘴硬，雖然表面上不待見你，但心裡還是關心你的。他不方便出來，便讓我先上樓看看……」說完忽然想起什麼，抬頭問道：「你既然沒事，那為何要假傳消息？」

高洵笑笑，指著牆壁對她道：「我是在隔壁房間醒來的，醒來時屋裡有一個姑娘叫林畫屏，她說跟妳交情好……」

謝蓁蹙眉，打斷他的話。「我跟她從未有過交情。」

看來他猜對了。

高洵把前因後果一口氣跟她講一遍。「她大抵是想引妳過來，又在屋裡點上熏香，誣陷我們兩個……私相授受吧。」

高洵原本想說通姦，怕這兩個字嚇壞了謝蓁，這才換了一個委婉的說法。

可謝蓁還是吃了一驚。

這林畫屏……真是蛇蠍心腸！她爹都被降職成九品的通事舍人了，她還這麼不安分，難道非要害得全家走投無路才甘心嗎？

謝蓁擰起眉心。「她就在這客棧裡？她怎麼知道你跟我有關係？」

高洵不好說是自己喝醉了叫出她的名字，咳嗽一聲，正欲解釋，突然聽到隔壁房裡傳來男女之聲。男的聲音從未聽過，那女的哭叫聲……謝蓁聽了一下，很快辨認出是林畫屏的聲音，她張大嘴。「這是……」

高洵轉開頭，不敢對上她的視線。「她打算對妳做的事……我不過是奉還到她身上而已。」

牆壁那邊還在不斷傳出聲音，謝蓁聽懂了，耳朵一紅，遠離牆壁。「那……那屋裡的男人是？」

高洵垂眸。「客棧裡的夥計。」

要是林畫屏醒來，不知道該懊惱成什麼樣，明明是想算計謝蓁的，沒想到反而被別人算計了！

而且這一切都是她策劃的，即便想找人做主也是有口難言。光是她為何出現在客棧已經很難解釋了，又為何出現在高洵房裡？這房裡為何有迷香？她就是渾身長嘴也說不清楚。

嚴裕在馬車裡等候片刻，不見謝蓁身影，這才冒著被嚴屹嚴懲的風險從馬車裡出來。

他走上二樓，看到高洵房間門口站著兩個常服打扮的侍衛。

這兩人是他的手下，方才謝蓁上樓時，嚴裕讓他兩人跟著一起上去。若是謝蓁遇到危險，他們可以擋在前面保護她。

目前兩人正挺拔地站在門口。

方才謝蓁被高洵帶入房間，兩人本欲與高洵對抗，得知他跟謝蓁認識後才住手。而且林畫屏進屋後是他們兩個鎖的門，若不是他們，估計林畫屏早已從裡面逃了出來。

嚴裕上前瞭解事情始末，偏頭看一眼房門，裡面正好傳來尖細的哭聲。

他蹙眉，踅身走向隔壁房間。

謝蓁和高洵正尷尬著，聽到門被推開的聲音，齊齊看去，看到嚴裕正繃著俊臉站在門口。

一開始屋裡的人都沒反應過來有什麼，但是當隔壁房間傳來令人臉紅心跳的喘息聲時，謝蓁渾身一僵，明明跟高洵之間坦蕩得很，卻無端端生出一種被捉姦在床的錯覺。

她抽動嘴角，正糾結要不要解釋這一切，嚴裕就已經大步來到她跟前，拉住她的手頭也不回地往外走。

她叫一聲。「小玉哥哥，你不跟高洵說說話嗎？」

從她的角度只能看到嚴裕英朗的側臉和高挺的鼻梁，她能感覺到他的不痛快，也知道他這不痛快從何而來。但是她不希望他跟高洵之間一直這麼下去，形同陌路，她怕他以後留下遺憾。

嚴裕壓低嗓音，平靜無瀾道：「沒什麼好說的。他本不該出現在這裡，若是有自知之明，便該趁早離去。」

謝蓁一噎，心道這人還是數年如一日地彆扭。若是一點不關心高洵，那又為何得知高洵要死後沒有遲疑地跟自己來這裡？

口是心非！

正要繼續走，高洵叫住他。「阿裕。」

他停步，立在門邊等他說話。

高洵唇畔含著一絲苦笑，有些無奈。「設下這一計的是詹事府通事舍人的女兒林畫屏。」言訖一頓，看向面前這一對郎才女貌的璧人，不知是故意挑釁還是別有深意地說：「阿蓁嫁給你以後屢遭波折，說實話我很不放心。」

他眼神一沈，無情道：「根本就用不著你操心，又何來放不放心一說？」

高洵權當沒聽到他的話，繼續問道：「上回靈音寺遇刺，這次林畫屏設下圈套，你當真能護阿蓁周全嗎？」

他說這種話原本就是僭越了，就算他是謝蓁同父同母的胞兄，也不該用這樣質疑的語氣懷疑一個王爺的能力，更何況他只是一個對安王妃懷有愛慕之心的青梅竹馬而已。

謝蓁未料他會說出這種話來，著急地勸阻他。「高洵哥哥這時候怎麼不在軍營？你出來得太久，是不是該回去了？」

高洵低笑。「我從昨天就出來了，不急於這一時半刻。」

竟是一個比一個固執！

再看嚴裕，面無表情地盯著高洵，緩緩啟唇，一個字一個字問：「我不能護她周全，誰能？你嗎？」

高洵笑而不語，如果不是礙於彼此之間的身分，恐怕他真會說出那個「是」字。

正是這個態度惹怒了嚴裕，他叫來門口的侍衛，冷冰冰地吩咐。「高千總擅離職守、懈怠軍規，立刻把他送回軍營，交給驃騎將軍嚴懲。」

侍衛從門口而入，一左一右架住高洵的胳膊，拖著他往外走。

其中一個侍衛不知他身上有傷，不慎牽扯到他胸口的刀傷，只聽他蹙眉悶哼一聲，極輕，若不是謝蓁時刻注意他們兩個的表情，恐怕也不會注意到。

謝蓁讓兩個侍衛住手，不確定地問：「你……你是不是受傷了？」

她想起林畫屏不可能無緣無故傳出假消息，就算捕風捉影，也應該有三分真實。她忙向嚴裕求情，搖晃他的胳膊，抬起水潤漂亮的杏眼。「高洵是為了幫我才留下的，如果不是他，恐怕我……」恐怕隔壁房裡的主人公之一就是她。

想起這個，不免渾身一抖。她穩住心神繼續道：「小玉哥哥讓他回去就行了，別懲罰他……好嗎？」

嚴裕抬手撫摸她的眼睛，想說一句不好，輕抿薄唇，沈默不語，明顯是不高興了。

謝蓁與他大眼瞪小眼，誰都不肯退讓一步。眼瞅著他的氣息越來越不穩，像是要爆發的前兆，被侍衛押著的高洵出聲道：「阿蓁不必替我求情，我違背軍規，回去原本就是要受罰的。」

謝蓁真想讓他閉嘴，都這時候了，就不能別一個接一個地鬧彆扭嗎？為何不能坐下來心平氣和地談一談？

少頃，嚴裕讓侍衛都下去，眉峰之間的冷冽淡了幾分，但語氣還是一如既往的冷硬。「你為何受傷？」

高洵一滯，顯然沒料到他會問這個，氣息有一瞬間的紊亂。

嚴裕又問，這一次語氣比方才更加篤定。「平王遇刺，與你有沒有關係？」

這話有如平地一聲驚雷，炸得謝蓁耳朵嗡嗡作響。她曾經猜測過許多可能對平王下手的人，但是卻從未猜疑到高洵頭上，當真是他嗎？他為何要這麼做？

謝蓁滿懷疑惑的視線落在高洵臉上，高洵從震驚中回神，忽而一笑，明明被人揭穿了卻一點也不慌張，反而十分磊落。「阿裕，你為何不直接問那人是不是我？」

嚴裕不語。

他倒是老實。「沒錯，正是我行刺平王，我身上的傷也是拜他所賜。」

嚴裕條分縷析地問：「那封信也是你送給我的？」

「是我。」

果真是他……嚴裕幾乎不用問，就知道他這麼做的目的是什麼。高洵跟嚴韞無冤無仇，唯一有牽扯的便是上次謝蓁在靈音寺遇害，他救了她。他想殺了平王，為謝蓁報仇嗎？

嚴裕目光灼灼地看向他，語氣譏諷。「你有沒有想過這樣魯莽行事的後果？若是那晚你沒有逃出來，被平王的人抓到，以他的本事，會查不出你跟定國公府的關係？到那時整個定國公府都要陪著你遭殃！」

這話一點也不嚴重，嚴韞完全可以借題發揮，高家與謝家在青州來往密切，高洵受定國公府指使行刺也並非不可能。到那時候牽扯出來的可不只是定國公府這麼簡單，恐怕連安王府和太子府也難逃一劫。

他此舉確實太過衝動。

高洵垂眸，許久自嘲道：「你當我去的時候沒想過後果？我若真被拿下，不等嚴韞逼問，自己便先了斷這條性命。」

謝蓁杏目圓睜，震驚道：「高洵！」

他抬眸，看向嚴裕，語氣近乎溫柔。「阿裕，我比你想的要聰明一些。」

嚴裕一噎，握著謝蓁的手踅身便走。「你好自為之！」

忽然想起什麼，停在門邊又道：「你以後不得再跟安王妃私下相見，若是被我發現一次，我絕不放過你。」

說罷走得果決，瞬息就只給他留下一個背影，和一句言辭鏗鏘的警告。

方才屋裡還站滿了人，如今走得乾乾淨淨，只剩下他一個。他扶著圓桌坐到繡墩上，捂著胸口斷一口氣，胸口的傷雖然痊癒得差不多了，但是毒素卻沒有完全清除，方才急火攻心，又聞了隔壁房間的迷香，一時間氣悶於心，差點喘不上氣來。

他緩了一陣子，待到神智清明後才走出房間。

路過林畫屏的房間時順手把門上的鎖摘了，屋裡已經平靜下來，就算明日林畫屏醒來，也不擔心她會來客棧大鬧一場。姑娘家的名節何其重要，一般人遇到這種事必定想方設法的遮掩，而不是大張旗鼓地宣揚。

他走到樓下，從袖中掏出一錠銀子不著痕跡地放入掌櫃手中，頷首道謝，然後平靜地走入川流不息的街巷中。

他不是對別的姑娘沒有一絲一毫同情，只不過若要在林畫屏和謝蓁之間做選擇，那他毫無疑問地站在謝蓁那邊。

要怪只能怪……林畫屏被他看出了破綻。

上回拿的藥吃完了，他又去醫館包了一副藥。

走在回軍營的路上，街上來人熙攘，他走了一段路，忽然停下，從懷裡掏出林畫屏拿給他的那支簪子，金鑲玉翡翠簪在夕陽照耀下發出瑩瑩潤光，精緻耀眼。

林畫屏說這是謝蓁的簪子，他不知道這簪子怎麼會到林畫屏手裡，猜測大概是謝蓁不慎弄丟被她拾到了……方才在客棧裡他忘了還給她，如今安王府的馬車已經走遠了，他追也追不上。

想了想，他慢慢踱步往前走，重新把簪子塞回衣襟裡。

下次再找機會還給她吧……下次，下次吧。

這天晚上，林畫屏在外徹夜不歸，林家找了她一天一夜，仍舊未果。林夫人哭得眼睛都腫了，只當寶貝女兒遇到歹人，有了性命危險。

然而翌日一早，林畫屏卻自己回來了，身邊沒有丫鬟婆子，更沒有馬車護送，只有她一個人步履蹣跚地從外面走回來。

昨日服侍她的兩個丫鬟察覺到情況不對，一個已經逃了，另一個不敢回林府，今早才偷偷地跟在她後面回來。

林夫人聽到下人傳話出來迎接，見狀忙把她擁入懷中，流著淚心疼道：「我兒怎會弄成這樣！」

她不說話，窩在林夫人懷裡一味地哭，昨晚惡夢般的回憶洶湧而至，她甚至不知道那個男人是誰……她今早醒來渾身痠痛，連看都沒敢看那人一眼就匆匆地從客棧逃回來了。她不敢想，哭著哭著就暈倒在林夫人懷中。

自此以後，林畫屏鮮少出門，林家對外宣稱林畫屏得了重病，需要在府裡休養一段時間，不便見客。

熟悉內情的人都知道，林畫屏的確患了病，卻是一種瘋病。她整日待在屋裡不出門，時常對著空無一物的地方大喊大叫，叫著叫著就哭起來，一邊顫抖一邊把自己裹進被子裡。林夫人為她找了許多大夫，大夫們卻都束手無策，紛紛搖頭。

林夫人曾問她發生了什麼事，她不肯說，然而當天給她換衣服洗浴時，不可避免地看到她身上的斑駁痕跡。

丫鬟大驚，忙稟告給林夫人，林夫人知道後兩眼一黑，差點暈厥過去。

林畫屏不說真相，她就只能猜測是女兒被歹人玷污了身子，至於那人是誰……稍微一查就能查出來。

林家是不可能允許自家閨女嫁給一個毫無前途的夥計的，私下命人把那夥計打得半死不活，帶到山上活埋了。至於那家客棧……掌櫃早就逃了，如今也已關門盤了出去。

林家上下對此事諱莫如深，林睿親自下了封口令，誰若是敢說出去，便跟那個夥計一樣的下場。

可惜儘管如此，林畫屏還是沒有恢復正常，讓林家兩位老人一夕之間愁白了頭髮。

正屋裡，林夫人坐在床頭哀聲哭泣。「畫屏才十四……正是說親的年紀，今後可怎麼辦……」

林睿在屋中來回踱步，被她哭得心煩氣躁，狠狠甩了甩袖子。「就當什麼都沒發生過！畫屏還小，等過兩年從這件事裡緩和過來後再為她說一門親事，至於新婚之夜……就想個辦法糊弄過去吧！」

林夫人淚水漣漣，這幾天下來幾乎把眼睛都哭壞了。「我可憐的女兒……」

如今林睿被革職，他豈能甘心當一個九品的通事舍人，必定要等候時機一步步奪回原來的位置。他原本寄予了重大的希望在兩個女兒身上，他的兩個女兒無論才情還是容貌都屬上乘，即便不能給皇子當妾，也能與朝中重臣聯姻。錦屏已經十六了，不能再拖，這兩年就該嫁人……而畫屏的年紀剛剛好，即便再等兩年也沒什麼，卻沒想到居然出了這種岔子，他恨不得把那間客棧所有人千刀萬剮！

嚴裕私自外出的事被嚴屹知道後，自然又殘忍地多禁了他兩個月。

與其說是禁足……倒不如說是阻止他參與某些事情。

太子與平王的矛盾益發激烈，太子私下架空了一部分擁護平王的官員，讓他們在朝為官有名無實，無權參與議事。平王明知他的一舉一動，明面上仍舊一臉平和，不急不躁，暗地裡卻讓都指揮使司的魏提督私下招兵買馬，壯大軍隊，另外又訓練了一批效仿嚴裕的精兵，統共有三千人，一個個都是棟樑之才。他正在與西夷密切聯繫，等待合適的時機給太子一個重擊。

朝中的波詭雲譎似乎與安王府沒有關係，嚴裕和謝蓁的日子過得平穩安樂。嚴屹既然不想讓他插手此事，他就如他所願當一個好兒子，置身事外，端看事態如何發展。

自從上回客棧回來後，嚴裕悶不吭聲地回到府裡，明顯還在置氣。

謝蓁說了很多好話才把他哄住，他小氣得很，明令謝蓁以後不許跟高洵來往。謝蓁一開始不答應，多年關係豈是說斷就斷的，何況他們之間根本沒有什麼，他怎麼就這麼喜歡吃乾醋呢？

然而謝蓁不答應的後果就是，當晚嚴裕在床榻上折騰她許久，咬著她最敏感的左邊耳朵不斷地說：「羔羔……不要跟他來往……」

直至東方既白，他才放過她。

謝蓁在床上躺了一天，若不是身子沒有力氣，真想一腳把他踹到地上去。她嬌嫩得很，哪裡受得住他這樣的折騰，身上的紅痕三天都沒下去。

他事後知道愧疚，拿著藥膏仔仔細細地往她身上抹藥，一邊抹一邊小心翼翼地問：「疼不疼？」

謝蓁把頭一扭，故意讓他愧疚。「疼死了……這兒也疼那兒也疼，都是小玉哥哥害的。」

他果然心疼得不行，貼著她的臉頰又親又舔，含住她的雙唇極其溫柔地品嚐她的滋味。

謝蓁烏黑大眼瞥向他。「如果高洵哥哥再出現呢？」

「以後不會了……」

他輕輕咬住她的下唇，不想從她嘴裡聽到這個名字。看來這人會是他心裡永遠的疙瘩，每每想起，都會覺得不痛快。

謝蓁在心裡嘆一口氣，他可真會給自己添堵，心眼那麼小，為什麼偏偏揪著這件事不放呢？

端午節前幾天，謝立青從鄔姜回來，闔府上下為他接風洗塵。他如今是嚴屹看中的人，此一時非彼一時，定國公府的人都要對他高看一眼，再也不像從前那般奚落調侃。

這等大事謝蓁必定不能不去，嚴裕特意向嚴屹上書，嚴屹看過以後，特允他提前解禁，去定國公府看望老丈人。

答應得這麼乾脆，讓人不得不懷疑嚴屹其實很早就想放他出來了，繼續關著他只是為了好玩。

謝蓁沒有在意這些細節，第二天便帶著丫鬟婆子一行人回到定國公府。

一年多不見，謝立青在邊關黑了瘦了，但是人卻更精神抖擻了。即便滿面風霜，也遮擋不住骨子裡的英氣，反而更添兩分滄桑的魅力。

謝蓁走過影壁，老遠便歡喜地叫了聲「阿爹」。

待人來到跟前，謝立青才責怪道：「都已經嫁為人婦了，怎麼還這般沒規矩，也不怕安王笑話。」話雖如此，但臉上的慈愛笑意卻是怎麼都掩不住。

謝蓁在父母面前，永遠是一副小女兒的嬌態。「我跟阿爹一年不見，高興一些怎麼了？若不高興才有問題呢！」

謝立青說不過她，便看向一旁的嚴裕，抱拳施禮道：「下官教女無方，讓安王笑話了……」

嚴裕虛扶一下。「岳父言重。」言訖看一眼笑盈盈的謝蓁，唇邊難得地逸出一抹笑意。

「她只是太想念您了。」

語氣無奈，還透出一點點縱容。

謝立青立即聽出兩人關係融洽，不似剛成親那陣僵到了冰點，發自肺腑地笑道：「我這女兒的品行我能不清楚？安王就不要為她開脫了。」

謝蓁鼓起腮幫子，嬌嬌地嗔了一聲。「阿爹……」

謝立青是那種典型的喜愛在別人面前數落自己孩子的人，她和阿蕁都被數落過，本以為出嫁後會好點，沒想到還是跟以前一樣。他們兄妹三人裡，唯有謝榮沒被謝立青拎出來批評過，不是謝立青偏心，而是謝榮實在沒什麼缺點，即便有心挑毛病也挑不出來。要說唯一的不足……應該是性子太寡淡、太沈默了點。

一行人在堂屋和和樂樂地洽談，就連平素總愛板著一張臉的老太太也露出笑意，誇獎了謝立青幾句。

謝立青沒有表現得受寵若驚，只是笑著說母親過譽了，謙遜而溫和。

快用午膳的時候，謝蓁四下看了看，不見謝蕁，低聲問冷氏。「阿娘，為何不見阿蕁？」

冷氏放下茶杯道：「她一早便被仲四姑娘叫去將軍府，算算時間應該快回來了。」說罷讓一旁的丫鬟去門口看看謝蕁回來沒有。

丫鬟應聲離去，在國公府門口站了一會兒。

不多時看到府裡的馬車迎面趕來，穩穩地停在門口，正欲上前迎接，便看到謝蕁穿著月白錦衫和六幅裙從車廂裡哭哭啼啼走出來，懷裡還抱著一隻半死不活的兔子。

丫鬟名叫雨清，是冷氏的貼身丫鬟之一，雨清三兩步上前關切地問：「七姑娘為何哭泣？」

謝蕁讓她看懷裡的兔子，她哭了一路，眼睛紅紅的，一抽一噎地比那隻兔子還可憐。「阿短要死了……雨清姊姊幫我去叫大夫，讓大夫給牠看看好嗎？」

阿短……是這隻兔子的名字？可是怎麼從沒聽她說過？是路上撿的？

她正疑惑，卻瞥見後面有人騎馬追來，人到跟前，才看清是將軍府的獨子仲少爺。仲尚身穿青蓮直裰，軒昂俊朗，此刻卻顧不得形象，從馬背上翻下來來到謝蕁跟前。「阿蕁妹妹，我話沒說完，妳為何忽然跑了？」

謝蕁少見的堅持。「阿短要死了，我要救牠！」

仲尚準備從她懷裡把兔子接過去，但是她卻往後一躲，神情戒備。

他莫名地煩悶頭疼。「我一定找人醫好牠……妳把牠交給我，我帶牠去醫館。」

謝蕁搖搖頭，剛哭過的杏眼彷彿被泉水滌過一般明亮，她吸吸鼻子。「仲尚哥哥這次就差點把牠養死，我不相信你了。」

任憑仲尚怎麼說，她就是一個勁兒地搖頭。

仲尚頭一次面對姑娘是這麼的無措，他也不知道該怎麼哄她……可是看她櫻唇一扁，可憐兮兮的模樣又覺得堵心，他更喜歡她笑容嬌軟地對他說話，而不是現在這樣充滿了戒備。

今日謝蕁到將軍府，她跟仲柔一起到他的院子裡看望阿短，正好看到阿短無精打采地臥在廊下，無論餵牠什麼牠都不吃。她一問下人，才知道阿短已經三天沒吃東西了，她心中一急，抱著兔子就要往外走。

仲尚從屋裡出來叫住她，她什麼都沒說，坐上自家的馬車就走了。

仲尚以前沒養過兔子，哪知道該怎麼養，沒養死就不錯了。這幾天阿短不吃東西，他在軍營裡很忙，顧不上管牠，便讓下人代為照顧，沒想居然到了這麼嚴重的地步。

現在他說什麼都晚了……謝蕁已經不相信他，不願意把阿短交給他了。

雨清看著兩人在門口談話，踟躕片刻，不知該不該請仲尚進去。「仲少爺……」

話音剛落，便見仲尚一把將兔子奪了過去，故意用嚇唬的語氣對謝蕁說：「妳既然把牠交給我，牠就是我的，我想怎麼處理都可以。」

謝蕁以為他要把阿短扔了，眼淚再次奪眶而出，伸著雙臂想要奪回去。「不要……仲尚哥哥還給我……」

她一邊哭一邊拉扯他的袖子，可惜兩人身高有差距，她蹦了半天也搆不著，她嗚嗚地哭，可憐得不得了。

仲尚有種欺負小姑娘的罪惡感，但還是硬著心腸問：「那妳以後還跑不跑？」

她這時候很聰明，知道順著他的心意才能把阿短要回來，抽抽噎噎地搖了搖頭。

仲尚把兔子還給她，她抱著兔子後退半步，一邊抹眼淚一邊認真地說：「我討厭仲尚哥哥……」

仲尚心裡一虛。「妳說什麼？」

她抬眸，亮閃閃的眼睛看著他。「仲尚哥哥欺負我，我不原諒你了！我討厭你！」

這句話大抵是鼓起了全部的勇氣，她一說完，就轉頭跑進府裡，只留給他一個越來越小的背影。

雨清張了張口，最終什麼也沒說，跟著謝蕁一起回府了。

仲尚這才知道自己弄巧成拙，在國公府門口站了許久，最後翻身上馬，一揚馬鞭飛奔離去。心裡有一股濁氣發洩不出來，他也說不清是什麼感覺，在街上逛了一圈，停在一家酒樓門口。

謝蕁不敢去堂屋，她知道那裡有很多人，今天阿姊和姊夫都來了，阿娘阿爹和祖父祖母都在那裡。而且阿娘不能見到這些帶毛的小動物，她心思一轉，只好偷偷回到自己的房間裡，讓丫鬟用毯子褥子臨時給阿短做了一個窩，小心翼翼地把牠放到裡面。

雨清請的大夫還不來，她抹抹眼淚，一邊看著阿短一邊小聲抽泣。

「你別死……你要是不死，等你病好了我就把你放走。」她用商量的口氣跟兔子說話，小小的人兒蹲在地上，輕輕地撥弄牠的耳朵，可是阿短一動不動，還是那副無精打采的樣子。

不多時大夫總算來了，可是大夫只給人看病，對付畜牲實在不在行。左看右看一番，在謝蕁緊張的眼神下慢吞吞地道：「七姑娘前幾天餵牠吃了什麼？」

謝蕁眨巴眨巴眼。「不知道。」

阿短一直是仲尚餵養的，她經常過去看看，偶爾餵牠吃一些青菜葉子，至於仲尚都餵牠吃什麼……她還真不知道。

大夫若有所思。「若是沒診錯，牠大抵是前幾天吃得太多，導致胃中積食，不能消化，所以才會食慾不振。」

說著摸了摸阿短的肚子，果然有一塊地方鼓鼓的。

大夫如釋重負，到一旁提筆寫藥方。「我開幾種藥草，姑娘讓下人搗碎成汁倒在牠的水裡，讓牠一起喝下，看看是否見效。」

謝蕁點頭不迭，等大夫寫好藥方，讓雨清付診金多謝大夫。

下人拿藥回來，搗碎成汁後謝蕁親自看著阿短喝水，阿短實在太虛弱了，連喝水的樣子都蔫耷耷的。謝蕁看著牠，忽然想起剛才在家門口仲尚欺負她的光景，她鼓起腮幫子枕著雙臂。「仲尚哥哥壞蛋……」

話音剛落，便聽後面一聲脆響。「阿蕁，妳何時回來的？」

她慌忙轉頭，謝蓁一身水藍杜若紋衫裙，頭上斜插一支雲形嵌寶金簪子，似一抹清泉，毫無預兆地撞進她的視線。「阿姊。」叫完這一聲忽然有點心虛，往旁邊挪了挪，企圖遮住身後的兔子。

可惜還是被謝蓁看到了，她往她這邊走來。「妳後面藏了什麼？」

謝蕁撥浪鼓似的搖頭。「什麼也沒有！」

胡說，明明滿臉都寫著「我就是藏東西了妳不要過來」。

要說謝蓁是謊話精，那謝蕁就是最不會撒謊的，一撒謊就著急臉紅，太容易分辨了。所以謝蓁只是哦一聲，趁她猝不及防的時候繞到她身後，盯著在花團錦簇薄毯裡懶洋洋趴著的兔子，一臉詫異。「哪來的兔子？」

這下肯定瞞不過去了……

她心虛，低頭左看右看。「嗯……仲柔姊姊送給我的。」

謝蓁明顯不相信，仲柔像是會養兔子的人嗎？這裡面肯定還有內情。於是她眼珠子轉了轉，轉身就往外走。「妳不說實話，我就去告訴阿娘！」

謝蕁趕忙拉住她的袖子，又急又可憐地請求。「阿姊別去，求求妳別告訴阿娘……我說，我說。」

於是她就把明秋湖放風箏那天救了一隻兔子，然後交給仲尚撫養的事跟謝蓁一五一十地交代完畢。

謝蓁聽罷沈默了片刻，問了個風馬牛不相及的問題。「妳跟仲尚經常見面嗎？」

謝蕁點點頭，回答得很誠懇。「我想去看阿短的時候，都和仲柔姊姊一起去他的院子裡。」說完見謝蓁臉色不好，忐忑地問：「阿姊？」

謝蓁把屋裡的丫鬟都支開，坐在對面的五開光繡墩上語重心長道：「阿蕁，妳不要跟仲少爺走得太近。」

雖然謝蕁才跟仲尚生過氣，但那是她的原因，如今聽到謝蓁這麼說，還是有些納悶。

「為什麼？」

謝蓁沈吟了下。「妳如今也十四了，馬上就要說親，不能總跟別的男子來往，對妳的名聲不好。」

其實她想說仲尚此人風評不好，少接觸為妙，但是擔心說得太直白阿蕁會難堪，所以才換了個委婉的說法。仲尚以前的風流名聲在外，雖說參軍以後收斂許多，但誰知道他私下又是如何？把謝蕁交給他，謝蓁實在太不放心了。她妹妹就跟院子裡的白茉莉一樣，乾淨潔白，像仲尚那種城府頗深又玩世不恭的濁世公子，實在不適合她。

誰知道他對阿蕁打什麼主意，萬一只是一時興趣，玩玩就撒手呢？阿蕁跟他不一樣，可承受不了那種傷害。

謝蓁是絕對不會讓這種事發生的。

謝蕁聽罷乖乖地點下頭。「我以後會少跟仲尚哥哥接觸的。」

反正他們剛才吵架了……她心虛地想。

謝蓁見她這麼乖，鬆一口氣，摸摸她的頭看向地上的兔子。「等牠好了以後妳打算如何處置？」

謝蕁把阿短抱回來的路上就想好了。「這幾天我先藏在自己屋裡，不讓牠跑出去。等過幾天阿短的病好了，我就把牠送人或者放回明秋湖林子裡。」

也只能這麼做了，謝蓁說好，帶著她一起去前院跟大家共用午膳。

那天晚上仲尚在一家酒樓喝到很晚，一杯接著一杯，最後不耐煩了，索性讓店小二再拿幾罈陳年佳釀，掀開蓋子便往嘴裡倒。他喝得十分豪邁，酒順著光潔的下巴滑到脖頸，染濕了胸前的衣服，濕漉漉地貼著胸口，透出肌理分明的精壯胸膛。

他一口氣喝完一整罈，然後把酒罈往地上狠狠一擲。酒罈應聲而裂，瓷片散落滿地。

「仲尚哥哥欺負我，我不原諒你了！」

一個氣呼呼的聲音在耳邊響起。

然後接二連三，都是同一個聲音，有怯懦的，有嬌軟的，也有甜滋滋的。

「阿娘知道我喝酒會生氣的……」

「仲尚哥哥真好！」

他的頭有些疼，被她吵得不得安寧，滿腦子都是她的聲音。他心想，既然她說他很好，那今日又為何這麼生氣？

不就是一隻兔子嗎？

想了半天也想不通，反而更加頭疼。他起身結帳，牽馬慢吞吞地走回將軍府，天已盡黑，頭頂月色溶溶，晚風穿過街坊撲面而來，卻吹不散他心裡的煩悶。他徒步走回將軍府，府裡下人紛紛迎上來伺候，他索然無味地走回屋裡，顧不上梳洗，倒頭就躺在床上睡著了。

第二天醒來好了很多。

他換下昨日的衣服，沐浴更衣，洗漱一番，先去了一趟軍營。回來後已是申末，原本想去國公府向謝小姑娘賠禮道歉，但是轉念一想她應該餘怒未消，再加上天色不早，還是改日再去吧。

一拖就拖了三天，他想著她應該消氣了，就讓下人以仲柔的名義傳話，邀請她到城裡望月樓一聚，然而仲尚在樓裡等了兩個時辰，謝蕁都沒來。

他問下人究竟有沒有把信送到，下人連連保證送到了，是謝蕁身邊的丫鬟親自收下的。

既然送到了，為何不來？

答案只有一個，她不想來見他。

仲尚又多等了半個時辰，眼瞅著日落西山，薄暮冥冥，京城主街道上的行人越來越少，望月樓頂樓還是只有他一個人。他的心情漸漸沈下來，臉色如水一樣平靜，最後把杯子裡的茶一飲而盡，起身對下人道：「回府。」

那以後半個月，兩人都沒再見面。

阿短的病漸漸好了，謝蕁把牠交給屋裡的陸嬤嬤，陸嬤嬤有一個七歲的小孫女，心思細膩又喜歡養小動物，送給她正正合適。送走阿短，謝蕁讓丫鬟把門窗大開，清掃乾淨阿短留下的一切痕跡，免得阿娘進來後再起疹子。

上回仲府的人送來書信，雖然用的是仲柔的名義，但仲柔姊姊從來不會邀請她去望月樓這種地方，一看就知道是仲尚的主意。她剛答應阿姊少跟仲尚接觸，總不能出爾反爾，於是她想了想，最終選擇沒有去。

一直到端午這天，謝蕁跟陸嬤嬤學包粽子，煮好以後打算給冷氏和謝立青送去。她興致勃勃地來到正房，正準備推門而入，裡面傳出冷氏的聲音。「阿蕁還小，說這些是不是太早？」

跟她有關？

她停步，本能地沒有敲門，而是朝身後的丫鬟婆子做了個噤聲的手勢，藏在窗戶底下偷聽。

謝立青彷彿心情不錯，含笑道：「先把親事定下來，往後就不用操心了……阿蕁如今還是小孩子心性，若是為她定下一門親事，或許能讓她長大一些。」

冷氏沒有說話，不知是不是被說動了。

謝立青又道：「我觀察過了，顧大學士家的大公子尚未娶妻，博學多才又相貌堂堂，與阿蕁很是登對。」

冷氏緩緩道：「你說的是十八歲就中舉的顧策？」

「正是。」

許久，冷氏緩緩道：「確實是位不錯的人選……不過這要問一下阿蕁的意見，她還小，不用太著急。」

謝立青笑著答應下來。

裡面的話題漸漸轉到別的方向，但是謝蕁卻站在外面愣住了。

阿爹阿娘要為她說親？

她心慌慌的，不知該如何是好。抬頭一看數雙眼睛都看著她，她面上一窘，居然毫無預兆地臉紅了，她把粽子交給離得最近的陸嬤嬤。「嬤嬤幫我送進去吧……我、我還有事，先回去了。」

陸嬤嬤識趣地沒有多問，謝蕁轉頭悄無聲息地跑了。

冷氏和謝立青合計幾天，都覺得顧策此人是一位不可多得的青年才俊，前途無量，再加上他父親是當朝內閣首輔顧大學士，兩家若是能結親，那是再好不過。

只是不知道謝蕁的意思。

雖說父母之命、媒妁之言，但兩人都希望兒女幸福，是以婚姻大事都比較尊重孩子的意見，不像別人家那麼獨斷。

有一回冷氏把謝蕁叫到屋裡，旁敲側擊地問：「妳同顧大學士的女兒顧如意關係很好？」

謝蕁想也不想地點頭。「顧姊姊對我很好。」

冷氏哦一聲，又拐著彎問：「妳去過大學士府幾次，可有見過她的兄弟姊妹？」

謝蕁前幾天才聽到她跟謝立青的對話，一下子就猜到她想問什麼了。謝蕁低頭盯著腳上的垂絲海棠紋繡鞋，吞吞吐吐。「沒……沒見過。」

可惜這語氣太心虛，冷氏一下子就聽出她在撒謊。「當真沒有？」

她仔細想了一下，先搖搖頭，然後再點頭。「見到顧姊姊的兩個妹妹了……」

這話不算撒謊，謝蕁確實只見過顧如意的妹妹，根本沒見過顧策的面。她之所以心虛……是因為忽然想起顧如意說要讓顧策給她畫一幅畫，竹韻常青，掛在她的屋裡當擺設，也不知道畫好沒有，至今都沒有讓人去拿。

她怕冷氏知道這件事後，會更加致力於把她跟顧策撮合在一起。

她一點心理準備都沒有……

冷氏摸摸她的頭頂，突然問道：「上回我跟妳阿爹說話，妳是不是聽見了？」

謝蕁僵住，抬頭吶吶地問：「阿娘怎麼知道的？」

本來冷氏只是猜測，不過她表現得這麼明顯，更加證實了冷氏的想法。冷氏唇畔含笑，一副知女莫若母的表情。「那天陸嬤嬤來正房送粽子，說是妳親手包的。我就想若是妳親手包的，那妳肯定會親自端過來……結果妳不在，我一問陸嬤嬤，她說妳提前離開了。阿娘想來想去，只有這個原因。」

謝蕁咬咬唇瓣，不說話。

「妳對顧大少爺不滿意？」冷氏語氣柔和。

她晃了兩下腦袋。「不是……我只是沒見過他，不知他是什麼樣的人。」頓了頓，蔫頭耷腦地說：「我捨不得阿娘和阿爹。」

冷氏一笑。「妳以為阿娘就捨得妳嗎？妳阿姊才嫁人，若是連妳也嫁了，我身邊連個說話的人都沒有。」

說罷告訴她，只是為她選一門好親事而已，至於何時成親……肯定要等她及笄之後。

謝蕁這才安下心來。

冷氏又說顧大公子怎樣的好，文采斐然、一表人才，京城有許多姑娘悄悄愛慕著他。又說他此人謙遜溫和、溫潤如玉，怎樣怎樣的好，聽得謝蕁對這個人都有點好奇起來，不再如一開始那麼排斥。

在冷氏的套話下，謝蕁乖乖地說出顧如意讓顧策給她畫畫一事，那幅畫至今還沒拿回來。

冷氏一晚上的思想功夫沒白做，當即就對她說：「明日讓榮兒去大學士府拜見顧大公子，替妳把畫拿回來。」

說是讓謝榮拿畫，其實還有一個重要的原因，就是讓謝榮看一看此人品行如何，是不是真如傳聞中那樣完美。

謝蕁阻止無效，謝榮一大早就出門了。

謝榮沒帶多少人，就帶了兩個貼身侍從，騎馬來到大學士府。向門口下人說明來意，下人進去通稟，很快回來把他請入府中。

顧策住在大學士府西南邊一個名叫壅培園的院子裡，亭外種了一片竹子，風從竹林穿過，竹葉簌簌作響。謝榮對這裡不大熟悉，他以前跟顧策見過幾次面，卻都沒有深交，如今這樣登門拜訪還是第一次。

下人領著他走過竹林，朝裡面示意。「我家少爺就在裡面，謝公子請。」

謝榮往前走了兩步，便看到前方樹下有一個身影，背對著他，穿著一身月白纏枝蓮紋直裰，面前擺著一張瑤琴，他的手指放在弦上撥弄，緩緩流瀉出一首悠揚灑脫的曲子。

謝榮站在顧策身後聽他彈完一曲，才走上前道：「展從君不只文采好，琴藝也是一絕。」

顧策這才注意到身後有人，起身向後看，對上謝榮一雙沈靜如水的眸子，笑了笑道：

「原來是永昌，顧某不知你來訪，有失遠迎、有失遠迎。」

說罷，忙招來下人添茶遞水，熱情地邀請謝榮在對面方桌後坐下。

顧策確實如傳聞中一樣，風度翩然、溫潤柔和，沒有一點架子。他坐在謝榮對面，親自為他倒一杯茶。「我不過一時興起，隨手彈奏一曲，讓你笑話了。」

茶湯從壺嘴流出，茶香撲鼻。

兩人雖說君子之交淡如水，但見面還是能聊上幾句。顧策的性格與謝榮恰好相反，他個性隨和，與誰都能說幾句話，而謝榮則少言寡語，很少主動開口。兩個同樣俊美的翩翩佳公子坐在樹下，一人含笑、一人沈默，若是中間再擺上一副棋盤，那就更添加了幾分美感。

謝榮沒有忘記冷氏的囑託，說了一會兒話問道：「舍妹說請你畫了一幅竹韻常青圖，不知可否完工？她囑託我替她帶回去。」

他不說，顧策還真忘了。那幅畫他完工許久，但是一直不見人來取，他漸漸就忘了，如果不是謝榮今天過來，恐怕還會一直放在他的書房裡。

顧策讓下人去書房取畫，謙遜道：「畫中稍有不足，希望令妹看後不要見笑。」

謝榮笑著說不會。

不久下人去而復返，一臉為難地說：「少爺……小人按您說的地方找了，怎麼也找不到。」

顧策微微擰眉。「你沒找錯地方？」

下人不大確定。「應該沒有……」

怎麼是應該？

顧策與他說不清，於是起身跟他一起去書房，欠身對謝榮愧歉道：「煩勞永昌在此稍等片刻。」

顧策離開後，謝榮一人坐在樹下。

面前擺著一壺剛煮好的碧螺春，他又倒了一杯，正準備端起來喝，肩膀卻忽然被人從後面拍了一下，伴隨而來的還有一個帶笑的聲音。「哥哥又在偷懶不看書，當心我去告訴阿爹，讓他罰你做三篇文章！」

他放下茶杯轉頭時，身後的人驀然僵住了。

顧如意原本是來找顧策的，也不是什麼要緊事，就是想跟他借幾本書，他這裡藏書多，有好些都是民間找不到的孤本，她一般想看什麼書都找他借。今日她剛進院子，就看到樹下坐著一人，她只能看到一個背影，身形跟顧策很有些相像，周圍只他一人，而且顧策很少在院子裡接待客人，所以她幾乎沒有懷疑，認為這就是哥哥。然而當她的手放在他肩膀上卻遲遲等不到回應時，已經察覺到不對勁了。

果不其然，謝榮緩緩轉頭，露出一張清冷如玉的側臉，他身後是茂盛的梧桐和一張七弦琴，明明該是一副溫柔繾綣的畫卷，卻硬生生被他貴雅冷漠的氣度逼退了幾分，變成隔著山水的畫面，明明只有一步之遙，卻覺得觸不可及。

他回頭，目光落在她來不及剎住的笑臉上。

顧如意僵硬地收回手，收起笑意。「原來是謝公子……我以為是兄長，冒犯之處請勿見怪。」

她很快恢復如常，變回人前淑靜溫婉的顧姑娘，唇邊一抹笑意恰到好處，只是眼神一對上他的時候，便有些尷尬地閃開。她讓身後的丫鬟拿來絹紗，當著他的面戴在耳後，擋住了半張臉，也擋住了眼睛下面的胎記。

謝榮看到她的動作卻沒說什麼，靜靜等著顧策回來。

兩人都不說話，一時間安靜得很。

顧如意身為主人，自然要盡地主之誼，遲疑了一下問道：「謝公子來找我哥哥？」

謝榮頷首。「展從日前作了一幅畫相贈，方才去了書房取畫。」

顧如意立即明白是哪張畫，那還是她替謝蕁要的，前陣子國公府一直沒人來拿，她還以為他們不要了，沒想到一拖就拖到今天。

她也想去書房，不過要是她走了，這裡就只剩下他一個人，這種待客之道實在太無禮了。可她留在這裡又不知道說什麼，想跟謝榮說話，謝榮雖然會回答，但每一句話都回答得讓人接不下去。她見壺裡的茶水沒了，便讓丫鬟重新煮一壺茶，順道問謝榮：「謝公子怎麼想起今日來取畫？」

他道：「家母讓我來的。」

「你也喜歡畫嗎？」

「尚可。」

「上回的事一直找不到機會跟謝公子道謝……多虧了你……」她是指上元節那晚被醉漢

輕薄的事。

謝榮垂眸，仍舊是那副平淡無奇的語氣。「舉手之勞，不足掛齒。」

這對話實在進行不下去，正當顧如意受不了想中途逃脫時，顧策總算從書房回來了，他手裡拿著一個長條方盒，來到謝榮跟前，從裡面取出一幅畫軸緩緩打開。「總算找到了，謝公子看看吧。」

畫中青竹慢慢展現在眼前，似一株株隨風搖擺的竹子，被風吹彎了腰肢，只剩下樹葉沙沙作響。隔著畫卷，似乎都能聽到竹葉婆娑的聲音，栩栩如生，讓人讚嘆。

謝榮收下畫卷，向顧策道謝，又留下說了一會兒話才離去。

他離開後，樹下只剩顧家兄妹二人，顧策偏頭看向顧如意，清潤的眼裡染上無奈的笑。「在家裡怎麼還擋住臉？我不是說過不嚇人嗎？」

顧如意慢吞吞把面紗摘下，黑如綢緞的頭髮有一縷滑到腮邊，她素手挽到耳後，有點落寞地說：「哥哥覺得不嚇人，那是因為哥哥看習慣了……我不想嚇到別人。」

顧策目露憐愛，嘆一口氣，卻不知該如何安慰她。

阿娘生下如意的時候他才兩、三歲，記不得當初是什麼心情，應該是非常高興的。但是如意一出生臉上就帶有一塊胎記，一開始不大明顯，到了四、五歲時顏色卻越變越深，印在她巴掌大的小臉上，極其顯眼。府裡孩子多，都不懂事，有的就喜歡拿她的臉說事，當著她的面說她是醜八怪。他記得如意以前是很愛笑的小姑娘，漸漸地臉上笑容越來越少，眼裡的光彩也黯淡下去，她七、八歲的時候出門就知道要戴面紗。顧策把欺負她的人都教訓了一頓，可是仍舊不能消除她內心的自卑，直到今天她還認為自己是個醜八怪。

其實她一點也不醜，這些話顧策跟她說過很多遍，她始終不信。

家中遍訪名醫，想盡辦法醫治她臉上的胎記，可是試了許多方法，始終一點效果都沒有。顧如意已經放棄了，反正這麼多年都過來了，大不了她不嫁人，一輩子留在家裡，只要阿爹阿娘不嫌棄，她就陪他們一輩子。

只是顧大學士夫妻總不能真讓她一輩子不嫁，但凡有一點點法子，他們都不會放棄。

顧策也是。

顧策陪她去書房選了幾本書，從書房出來，又讓下人去屋裡拿來一只青釉蓮紋瓶子，遞到顧如意手中。「這是我託人從江南水鄉帶回來的良藥，據說是一個杏林春暖的大夫用祖傳藥方調製的藥膏，妳先用一段時間，看看是否見效。」

顧如意不好掃他的興，接過藥膏還是忍不住道：「哥哥以後不用為我找這些了……試過那麼多種藥都沒用，這個應當也不例外。」

顧策卻不贊同她的說法。「沒試過怎麼知道沒效？這是我千辛萬苦找回來的，妳可要上心一點。」

說罷故意擺正臉色，做出一副嚴肅的樣子。

顧如意噗哧一笑，晃了晃手上的藥瓶。「知道了，哥哥的一番好意我怎麼會辜負？」

她笑起來十分好看，眼下的暗紅胎記變成一個蝴蝶的形狀，似要振翅高飛，翩躚而去。

連那抹紅色也變得嬌豔起來。可惜她不常笑，像這樣發自內心的笑許久都見不著一次，只因有一次她笑時二伯父家的女兒嫌惡地說：「妳笑起來更醜了。」
她原本就沒自信，聽到這句話後更是不敢笑了。
顧策心疼又無奈，唯一能做的，就是想法子逗她開心。

第二十九章

回到定國公府，謝榮把竹韻常青圖送到謝蕁屋裡，順道幫她掛在牆上。

謝蕁以前覺得一幅畫而已，沒什麼，如今知道阿娘阿爹的心思後，房裡掛著一幅顧策的畫，怎麼看怎麼奇怪。她想讓謝榮把畫摘下來，但是他卻摸著她的頭說：「我特意為妳跑一趟，妳總要掛幾天才對得起哥哥的心意吧？」

謝蕁一想，還真是那麼回事。「那好吧。」

她就勉強答應下來了。

國公府有意跟大學士府結親這件事八字還沒有一撇，冷氏和謝立青都只是有這個打算而已，也不知道是誰走漏風聲，居然把這個消息傳了出去，京城一些有頭有臉的官宦人家都知道了，大夥兒心知肚明，作壁上觀，誰都沒刻意點破。

消息傳到將軍府的時候，仲尚正在跟府裡一個侍衛過招。

他聽罷動作一頓，猛地收起蛇矛，扭頭問下人。「你再說一遍？」

對面跟他過招的侍衛收手不及，眼看著木棍就要砸到他肩膀上，他擰眉用槍把人揮到一邊，不耐煩地道：「滾！」

侍衛不敢招惹他，爬起來站到一邊。

傳話的下人惕惕然重複一遍。「聽說謝家七姑娘要跟顧學士府的顧大公子訂親……」

這些天仲尚雖然沒有去找謝蕁，但是讓下人在定國公府外面守著，若是有謝蕁的消息便通傳給他。這些天謝蕁一直沒有出府，他還以為她在府裡乖乖待著，沒想到居然悄無聲息地訂親了？

仲尚心情很煩躁，把蛇矛扔回兵器架子上，撞翻了一排兵器。他在院子來回走了兩圈，越走臉色越不好。「你確定是真的？」

下人忙不迭點頭。「千真萬確！」

這才過了幾天，那小不點就要訂親了？她才多大！

仲尚眉頭緊鎖，不知這股抑鬱從何而來，卻像野火燎原一般，瞬間把他整個人吞噬乾淨。

當天晚上，謝蕁洗完澡出來，半乾的頭髮披散在身後裹住纖細的肩膀，她只穿著薄薄罩紗衫，正坐在床頭一邊翻閱民間雜談，一邊喝玫瑰杏仁粥。雙鶯和雙雀在外面守著，她喝到一半，覺得粥不夠甜，正想讓雙雀多加點冰糖，忽見半開的窗戶被人從外面推開，有一個高大挺拔的身影跳了進來。

他背著光，臉上表情晦暗莫測。

謝蕁一驚，粥碗掉到地上，張口便想叫人。「雙……」

可是那人卻更快一步來到她面前，捂住她的嘴，湊到她面前低聲說：「別叫！」

粥碗恰好摔在氍毹上，厚厚的毯子緩解了落地的衝擊，粥灑落一地，碗在地上滾了一圈，只發出一聲小小的悶響。

謝蕁睜大眼，就著窗外微薄的月色看清眼前的人，劍眉上揚、星目朗朗，不正是仲尚嗎？

她吃驚不已。「仲尚哥哥……」

他怎麼到她家來的？沒有人發現嗎？

仲尚緩緩鬆開她，站直身子，開門見山。「聽說妳跟顧策訂親了？」

謝蕁疑惑，他怎麼知道的？他來這裡，就是為了問這個？

不等她回答，仲尚一抬頭恰好看到對面牆上掛著一幅畫，要是別的畫也就算了，偏偏那幅畫下方的落款寫著——展從。

正是顧策的字。

他見到她後剛剛緩和的臉色，瞬間又不好了。

這幾日定國公府發生的事謝蓁全然不知，因為朝堂上發生了更大的事。

嚴裕跟侍衛對話的時候從不避開她，所以她大概瞭解怎麼回事。

無非是平王手下的人一些被太子架空了，一些被言官彈劾，檢舉出各種罪狀，就連去年朝廷下發糧食賑災也被平王的人剋扣了一大半。嚴屹知道後大發雷霆，一下子摘去了一百二十多名官員的烏紗帽，其中有百人是平王的擁躉。

平王勢力大減，本欲在家養精蓄銳，卻又發生了一件大事。近來嚴屹的身體狀況日益變差，時不時氣虛咳嗽，讓御醫診斷卻診不出是怎麼回事，病症足足拖了半個月，嚴屹越發虛弱，連下床的力氣都沒有。與此同時，坊間忽然傳出謠言，說聖上快要登上極樂，太子溫潤，不是儲君最佳人選，儲君之位應該讓給平王才是。

話不知怎麼傳到嚴屹耳中，嚴屹讓侍衛去平王府搜尋，沒想到真的在他床下搜出一個紙紮的小人，小人身上貼著嚴屹的生辰八字。非但如此，還在嚴韞的書房搜出一件繡金龍紋的長袍，長袍的尺寸正好跟嚴韞身形相仿。

侍衛把這些東西帶回宮中，嚴屹當即氣得吐出一口血來，陷入昏迷。

醒來以後，嚴屹第一件事就是把平王召入宮中，問他怎麼回事。平王抵死不認，嚴屹對他失望透頂，沒心情同他多周旋，下旨褫奪他的親王之位，改封高陽王，三日後動身前往高陽，此生不得再踏入京城半步。

今日正好是嚴韞離京的日子，謝蓁與嚴裕一塊兒坐在廊下，丫鬟端上兩杯冰涼的酸棗汁，為炎炎夏日解暑。

謝蓁正要端起來喝，嚴裕卻為她攔下，讓丫鬟換一杯溫茶。

她抗議。「這麼熱的天還喝熱茶，我都要燒起來了。」

嚴裕看向她的肚子。「妳昨天不是還喊疼嗎？今天不疼了？」

她昨日月事剛來，躺在他懷裡抱著肚子哼哼唧唧，說一大堆胡話。她每到這幾天都肚子疼，有時候疼得厲害連床都下不來，嬤嬤囑咐過不能吃涼的，偏偏她自己不上心，什麼都記不得，還要嚴裕天天管著。

謝蓁語塞。「那好吧……就喝熱茶吧。」

她往嚴裕那邊挪了挪，拉著他的手放在肚子上。「小玉哥哥給我焐焐？」

這時候倒不嫌熱了。

嚴裕的手放在她平坦的小肚子上，另一隻手用袖子擦去她額頭上的汗珠，眉宇從昨天開始一直沒有舒展。

謝蓁仰頭看他，忍不住抬手撫平他眉頭的皺褶。「你怎麼一直愁眉苦臉的？是不是有什麼煩心事？」

嚴裕抓住她的手，沈默片刻，點了點頭。

她立即坐起來，一臉的興趣。「什麼事？大皇子去高陽了，離京城幾千里，難道是因為他？」

他搖搖頭，看著她認真地問：「羔羔，何時給我生個孩子？」

他日夜辛苦耕耘，這都過去兩、三個月了，怎麼還是沒能讓她有孕？若是她懷上他們的孩子，不知該有多好。

謝蓁一愣，臉微微一紅。「我怎麼知道？又……又不是我能管得了的！」

他低笑，一想也是。「是我管得了的。」

謝蓁瞪他，抬手捂住他的嘴不讓他再說。

嚴裕認真地想了一下這個問題，覺得一個孩子太少，最少要生三、四個才行。

他把這個想法跟謝蓁說了以後，謝蓁靜了一下。

不等她回答，他改口道：「不……生五個。」

三男兩女，正正好，女兒都像她最好，兒子他們可以慢慢教，一個從文一個從武，還有一個被他們寵著，自由自在地長大。

他想得美好，謝蓁卻是一張臉都熟透了，一把將他推開。「誰要給你生這麼多孩子？你想得美！」

嚴裕正好站在走廊邊沿，被她這麼一推身體晃了晃，馬上就要掉下去。

謝蓁下意識拉住他的手，可是她的力氣怎麼能比得過他的重量？他輕輕一拽，把她抱進懷裡，兩個人一起摔在地上。謝蓁倒沒覺得多疼，因為她整個人都被嚴裕護得嚴嚴實實的。

她一抬頭，看到他噙笑的薄唇，氣惱地在他唇上咬了一口。「你故意的！」

故意把她拉下來，故意看她出醜。

嚴裕直起身坐在地上，不在乎地上有多髒，反客為主地吻住她的唇瓣，與她更深入地糾纏。好在周圍的丫鬟都被他們支開了，否則這個樣子被人看見可不讓人笑話？謝蓁心不在焉地想，他輕輕地咬了她一口，貼著她的嘴唇問：「妳在想什麼？」

謝蓁眼裡一閃而過的慧黠。「我在想小玉哥哥中午是不是吃了茴香？」

嚴裕一頓，旋即鬆開她，眉頭擰成一個疙瘩默默地看著她。

這是傷自尊了？

謝蓁噗哧一笑，主動湊上去親了親他的嘴巴。「你忘了我也吃了？我又沒嫌棄你。」

他抿唇不語，一雙漆黑如墨的眸子靜靜地凝睇她。

謝蓁以為他真生氣了，在他嘴巴上啃了又啃，正要放棄的時候，他忽然大狗一樣纏上來，把她狠狠親了一遍才甘休。謝蓁一抹嘴巴都腫了，真不知道他是親人還是咬人。「你就不能輕點兒？」

嚴裕抱著她坐起來，放到廊下螺鈿小几後面，抬手在她唇上摩挲了一遍。「輕點就不腫了？」

她嬌嬌地哼一聲。「我怎麼知道。」

方才摔到地上又被他按著吻了一通，她領口的衣襟半開，露出脖頸一片細膩光滑的肌膚，再往下是漸漸隆起的弧度。他無意間掃見，便覺得喉嚨一陣乾渴，又不是沒見過，可是每一次看到還是忍不住口乾舌燥，因為他知道布料掩蓋下的肌膚是多麼美好嬌嫩，讓人愛不釋手。

他的眼光太灼熱，以至於謝蓁無法忽視，她後退一步警惕地看著他。「你看什麼？」

嚴裕別開目光。「沒什麼。」

誰信！光天化日下，謝蓁可不想跟他在這裡鬧起來，她忙不迭坐起身，準備回去換一身衣裳。無奈起來的時候太急，左腳踩到自己的裙襬，身子一傾就整個人朝前撲去。嚴裕就坐在她面前，她整個人都趴在他的身上，緊緊地貼著他的胸膛。

嚴裕順勢摟住她的腰，低頭湊到她耳邊嘆息。「好軟。」

知道他是指什麼，謝蓁從耳後根一直燒到臉頰。

她胸脯原本就飽滿，她一隻手都握不住，對他來說卻剛剛好。尤其他們兩個人圓房後，他每天晚上都要玩弄她，讓她羞得沒臉見人。

那裡有什麼好看的！她渾身軟乎乎地想，可他卻樂此不疲……

謝蓁撐著他的胸口坐起來，粉唇一噘罵道：「你不要臉！」

他越來越沒臉沒皮，聽到這話非但沒有反駁，反而還一把將她打橫抱起，往屋裡走去，打算好好地不要臉一回。

自從謝榮拿到顧策的畫後，事後又去了大學士府兩趟，一趟是為了表示答謝，一趟是為了切磋。謝榮和顧策某些方面很能說到一塊兒，比如兩人都喜歡下棋，他們可以在樹下一坐就是一整天，連午飯都忘了吃。

以前沒有深交，沒想到他們的性格竟如此合得來，頗有些一見如故的感覺。

這日謝榮與顧策下完最後一盤棋，黑子被白子逼到死角，沒有一線生機，顧策甘拜下風，親自把他送出壅培園。謝榮準備出府，途中路過一個院子，院裡傳出悠悠揚揚的琴聲，不似普通姑娘家的婉轉憂愁，反而是一種豁達輕鬆的曲調。謝榮在院外停駐片刻，從琴聲中可以聽出彈琴人輕鬆的心境，他忍不住摘下身旁的一片竹葉，放在薄唇間跟著吹起來。

一時間兩種聲音在院子上空合著，配合得極為巧妙。

謝榮只吹了一會兒便作罷，他收回竹葉，面色如常地繼續往前走。

方才不過是一時心血來潮，覺得對方琴聲悅耳，想要附和一、兩聲罷了，他不想惹來麻煩。

走了十幾步，正好來到方才那個院子的門口。

他從門口走過，察覺到一道視線落在他身上，偏頭看去，顧如意正坐在院子裡，面前擺著一張琴。她朝他客氣地一笑，沒多問也沒多說什麼，就像兩個萍水相逢的人，見面點個頭的關係。

謝榮回以一笑，大步離開。

此後再來大學士府，他偶爾會遇見顧如意，兩人始終維持著平淡疏離的關係。

顧如意知道他通曉音律，有一回彈琴時遇到幾個不懂的音，便趁著顧策在場向他請教了一番。謝榮替她解答，顧策笑道：「這樣乾巴巴地說也說不出什麼，不如永昌為如意演示一遍？」

謝榮十三、四歲時學過琴曲，彼時謝立青特意為他請了位先生，就是想讓他從樂聲中變得柔和一些，不要總冷著一張臉，可惜好像沒什麼大用。

謝榮坐在琴後，修長剛毅的手掌放在琴上，倒也不顯得突兀。他彈了幾個音，沒有講解，直接把一整首〈廣陵曲〉彈奏下來。

其間顧策的下人來了，說顧大學士找他有事，把他叫走了，只剩下謝榮和顧如意。

謝榮彈完後，問道：「懂了嗎？」

顧如意搖搖頭。「還是有點不懂……比如方才這裡……」

她指著琴譜上一個地方，烏黑長髮順著肩頭滑下來，帶來幽幽淺香。

她的話還沒說完，便聽前面忽然傳來一聲質問。「你們在幹什麼？」

謝榮和顧如意抬頭，只見和儀公主和兩個宮婢站在院門口，目不轉睛地盯著他們。

顧如意退開半步。「瑤安……」

嚴瑤安狠狠地瞪著他們，沒想到她居然會看到這一幕。她今日心血來潮來到大學士府，還拿了宮裡的御膳點心來跟顧如意一起品嚐，卻怎麼都想不到她會跟謝榮在一起，而且……而且姿態還這麼親密！

她的眼眶慢慢變紅，氣憤之下開口指責道：「你們、你們太過分了！」

說罷從宮婢手裡接過檀木食盒狠狠地摔在地上，摔碎了一地的糕點果脯，她轉頭跑出院子，再也不想看到他們兩個人。

顧如意面色著急，雖然不知道她為何發火，但總要解釋一下自己跟謝榮的關係。於是不顧謝榮，牽裙追了上去。「瑤安！」

謝榮一動不動地坐在樹下，直到顧策去而復返，看到只有他一個人，納悶地問：「如意呢？」

他起身，卻沒有多做解釋。「我先告辭了，展從君，我們改日再聚。」

說罷舉步走出院外。

顧策雖疑惑，卻也沒多問什麼。

本以為這事不過是一個小插曲，沒想到十日之後，禮部的人和高內侍帶著聖旨來到定國公府。

國公府上下都很吃驚，不知道這回又是什麼事？

闔府的人跪在聖旨面前，高內侍清了清嗓子，朗朗唸道：「聖諭。定國公府公子謝榮，文通三略，武解六韜，學富五車，驍勇善戰……相貌昳麗，儀表堂堂，與和儀公主乃天造地設，特賜和儀公主為駙馬。朕心甚慰，擇日由禮部主婚……」

後面還說了什麼，泰半人都沒有聽進去。

直到高內侍宣讀完聖旨，大家的目光齊齊看向跪在中間的謝榮。他微垂著頭，看不清臉上什麼表情。

高內侍笑咪咪地說：「謝公子，快接旨吧。」

等了一會兒，不見他有任何動靜，高內侍臉上的笑有些掛不住。

謝榮叩首，語氣堅定地說：「恕臣不能接旨。」

高內侍的臉僵了，眉毛也跟著皺起來。「這話是什麼意思？謝公子莫非想抗旨不遵？」

說最後一句話時，語氣已經多了幾分嚴厲。

謝立青和冷氏不知怎麼回事，擔憂地看向兒子。

謝榮端是鐵了心。「臣不能……」

「孽障！」老太太忽地斥道，旋即轉頭向高內侍賠笑。「這孩子不過一時頭腦不清，說了些胡話，還望高內侍不要見怪……這聖旨您就擱下吧，我自會說服他同意的。」說罷招呼來人，送高內侍出府。

高內侍離開後，謝立青扶著冷氏從地上站起來，惶惶然問道：「榮兒，這究竟怎麼回事？」

謝榮擰眉，想起那天在大學士府和儀公主哭著跑開，那是他們最後一次見面，他當時什麼都沒說，更沒給予她任何錯覺，為何聖上會下這道聖旨？

他定下心神，拿起八仙桌上的聖旨道：「我入宮去見聖上一面。」

老太太在後頭氣急敗壞地叫他。「你給我回來！」

他彷彿沒聽到，大步往外走去。

宣室殿內，嚴屹端坐在浮金龍紋寶椅上，靜靜地端詳跪在下方的俊朗年輕人。

他是兵部員外郎，前途無量，又有自己獨到的見解，往後仕途必定有很大的上升空間。他若是娶了最受寵的和儀公主，無異於給自己手中握了一張更加有利的底牌，別人求都求不來的好事，落到他頭上，他居然要拒絕？

謝榮在下方跪了小半個時辰，嚴屹始終一言不發。久得連一旁的高內侍都感覺不安。

謝榮的背脊挺得筆直，眼睛靜靜地看著龍椅下方的一個臺階，一動不動，端是下定了決心，臉上連一絲動搖也無。背後的烈陽投影在他挺拔的身形上，在大殿裡打下一道修長的剪影，正好停在龍椅下方。

嚴屹終於開口。「和儀是金珍玉貴的公主，哪裡配不上你一個員外郎？」

謝榮誠懇道：「是臣配不上公主。」

「朕既然下旨為你們賜婚，便是看中了你，就是覺得你配得上！」嚴屹著實有些動怒，把手中的奏摺摔到桌上，虎目怒視著他。

嚴屹這陣子身體不好，大抵是跟廢黜平王有關，在床上臥病一段時間，最近才有所好轉。

他一愣，卻仍舊堅持。「臣有負聖上厚愛，恕臣不能答應這門婚事。」

嚴屹蹙眉。「你當真要拒婚？」

他雙手貼地，深深一拜。「當真。」

「好、好得很！」嚴屹狠狠瞪著他，下令讓殿外的侍衛把他帶下去。「謝榮，你違抗聖意，難道不怕朕要你的命？」

謝榮沈寂片刻，長身屹立，孤寂的身影竟帶著幾分決然。「若是能讓聖上收回賜婚，臣自甘受罰。」頓了頓，又道：「只希望聖上不要遷怒臣的家人，此事是臣一人決定，與他們無關。」

嚴屹冷冷一笑，多說無益。「把他帶下去，打五十大板，給朕著實地打！」

原本違抗聖意是要殺頭的大罪，更何況是拒絕皇上賜婚，嚴屹若不是看在公主對他有幾分情意的分上，擔心把他給弄死了，又豈是只打五十大板這麼簡單？他氣得胸膛起伏，久久平靜不下來。

前幾日和儀哭著跑到御書房，求他為她和謝榮賜婚，他當時震驚之餘，第一個反應是拒絕。然而和儀公主為了逼他答應，竟然想到用絕食來威脅，三日之後，她虛弱地昏倒在殿中，他哪裡忍心寶貝女兒遭這份罪？雖不滿意，卻也只好答應下來。畢竟謝榮如今官階雖低，但是頗有前途，文韜武略，日後必有大作為，他思來想去總算說服自己把和儀嫁給他，可沒想到聖旨下去以後，謝榮居然如此不識好歹，當天就跑到宣室殿來拒婚？
嚴屹越想越覺得憤怒，是以才沒有讓侍衛客氣，結結實實地打了五十大板。
這五十板子打下去可不是開玩笑的，即便是身強力壯、懷有武藝的壯年人也承受不住，更何況謝榮這種文質彬彬的人？
然而出乎嚴屹預料，五十板子打下來，他居然還能強撐著站在他面前，屈膝一拜。「請聖上收回成命。」
嚴屹大怒。「再打三十大板！」
侍衛領命，再次把他帶下去。
他背上的衣服都被鮮血浸濕了，卻死死咬著牙關，沒有發出一聲求饒，直到唇邊溢出血跡，他喉結一動，硬生生把一口鮮血嚥了回去。
板子一下一下落在他背上，就連殿外的內侍都不忍心再看。
「啪——」
「啪——」
突然一個身影從大殿後面衝出來，憤怒地出聲制止。「住手，都給我住手！」
侍衛沒有聖上的命令不敢擅自停下，她就衝上去親手攔下侍衛手裡的板子。「不許打了，我說不許打了你們聽見沒有？」
侍衛後退兩步，跪地行禮。「參見公主……」
嚴瑤安讓人把行刑的侍衛趕下去，她站在謝榮面前，看著他傷痕累累的後背，躑躅猶豫，不知該不該上前。她眼眶含淚，咬著唇瓣問：「你就這麼不想娶我？」寧願被打成這樣，寧願冒著生命危險，也要拒婚嗎？他為什麼不肯娶她，為什麼就不能多看她一眼？

謝榮合上雙眼，俊臉蒼白，聲音嘶啞。「我對公主無意，嫁給我，只會受委屈……」

這是他第一次如此清楚地表明立場，卻是在這樣的場合……嚴瑤安心中一陣苦澀，她蹲在他面前，素手試圖撫上他的面容。他就像有感知一樣，偏頭避開了，她訕訕地站起來。「那你對誰有意？如意嗎？」

這個問題擱在她心裡很久了，這些天她吃不下睡不著，滿腦子都是他和如意坐在樹下撫琴的場景。她承認自己嫉妒，為什麼他對她沒有好臉色，卻對如意露出那樣柔和的表情？

謝榮身子一沈，從長椅上倒下來，他躺在地上，壓到了背上的傷口，深深蹙眉。「同她無關。」

說罷不再出聲。

嚴瑤安叫了他兩聲，他不答應，她還以為他死了，著急地叫太醫過來。「你快看看他怎麼了！」

太醫伸手探了探他的鼻息，再捏捏他的脈搏，告訴嚴瑤安。「公主放心，他只是昏過去了。」

她這才鬆一口氣，她是恨他、怨他，卻不希望他死。

嚴瑤安向上一看，嚴屹正站在丹陛上方，面無表情地端詳殿外的一切。「來人，把他叫醒繼續打完三十大板！」
嚴瑤安屈膝下跪，急急搖頭。「父皇，別打了，求您別打他了！」
嚴屹輕輕地哦一聲。「他不答應朕的賜婚，朕若是不教訓他，如何對得起皇室的顏面？」
她哭著搖頭。「他不答應，父皇還能打死他不成？」說著抹了抹眼淚，似是下了極大的決心。「不答應就不答應吧，京城又不是只有他一個青年才俊……」
嚴屹許久沒出聲，目光落在她身上，意味深長地嘆了口氣，踅身走回殿中。
「來人，把謝員外郎送回家去！」

謝榮被送回家時，一身血跡，把冷氏嚇得一張臉都白了，差點沒暈過去。
冷氏忙讓人把他送回屋裡。「去請大夫，快去請大夫！」
若知道他入宮是這種結果，當時她說什麼都要攔住他！好端端的入宮，怎麼就剩下半條命回來了？謝榮的衣服和肉都黏在一塊兒，給他脫衣服的時候冷氏手都在顫抖，看著他背上一道道的血痕，冷氏淚眼婆娑，親手絞乾巾子替他擦拭背上的傷痕。
「你究竟說了什麼，惹得聖上下狠命打你？娶公主就娶公主，有什麼不好的？怎麼你偏偏要拒絕呢！」一邊說一邊哭。「瞧瞧你背上還有一處好地方嗎？榮兒，你可有考慮過我和你爹的感受？」
謝榮睜開雙眼，握住冷氏的另一隻手，一字一字艱難道：「是孩兒不孝……」

冷氏心疼他，讓他先別說話。

謝蕁和謝立青立在一旁，謝蕁從未見過大哥這麼虛弱的時候，在她的印象裡，大哥是能一隻手支起一片天的，強大而且可靠。如今她顯然被嚇到了，一眨不眨地看著謝榮，唇瓣囁嚅，想開口卻又不知該如何開口。

很快大夫來了，替他查看了一下傷勢，開了一副治癒傷口的藥方，還留下一瓶外敷的藥膏，內服外用，一日三次，另外還叮囑。「未來半個月都不要有劇烈活動，忌辛辣刺激食物，吃食以清淡為主。」

冷氏忙記下，讓雨清付給大夫診金，把他送走。

大夫離開後，她小心翼翼地給謝榮上藥，丫鬟把煎好的湯藥端上來。謝榮趴在床上，幾口喝完，臉色總算不如剛被抬回來時蒼白了。「阿娘回去吧，我沒事了。」

冷氏一直很想問。「聖上怎麼說？」

他斂眸。「這門婚事就作罷了。」

「我見過和儀公主幾面，除了性子有些張揚跋扈，卻是一位挺好的姑娘，你為何要拒婚？」

他不語。

冷氏又問：「你如今都快二十二了，我和你阿爹尊重你的意見，從未逼過你。只是不知道你究竟喜歡什麼樣的姑娘？」

他自己也答不上來，卻覺得不應該是和儀公主那樣的。他如今一心仕途，無心兒女情長，若是身為駙馬，仕途上必定會有許多限制，他拒婚的時候沒有多想，一是為了自己，二是不想耽誤嚴瑤安的一生。

他想了下答道：「阿娘再給我一段時間。」

冷氏無可奈何，不忍心打擾他休息，只好把一肚子的話嚥回去。「那我們先出去了，你休息一會兒。」

說著與謝立青和謝蕁一併出屋，臨走前不放心地回頭看了一眼。

謝蓁得知謝榮拒婚被嚴屹打了一頓的消息後，霍地從羅漢床上坐起來。「怎麼回事？哥哥怎麼會做這麼衝動的事？」

嚴裕剛從宮裡回來，坐在她對面。「他不肯娶瑤安，父皇盛怒，命人打了他八十大板。」

語氣平淡，沒有絲毫同情，據說當天嚴瑤安回去以後哭了很久，至今眼睛都還腫著。

謝蓁著急忙慌地往外走。「我要回去看看。」

嚴裕拉住她的手，想了想道：「我陪妳一起。」

兩人一起回定國公府，雖然過了兩天，但謝榮的傷勢還是很嚴重，連下床都不能，這兩天只能趴在床上養傷。

謝蓁到時，他剛喝完一碗藥，丫鬟要給他上藥，謝蓁上前道：「讓我來吧。」

謝榮本不想讓她動手，但她非要堅持，最後謝榮拗不過她，只好任由她掀起背上的衣服查看傷勢。
當謝蓁看到他背上沒一處好地方時，眼眶一下子就紅了。「哥哥怎麼被打成這樣？皇上賜婚不是好事嗎？你為何要拒絕？」
她原本覺得聖上不會同意嚴瑤安下嫁他，沒想到嚴屹居然下了一道聖旨為他們賜婚，聖上都答應了，他為何不答應？一路上謝蓁都在想這個問題，始終沒有想通。
謝榮放下衣服，用拇指抹去她臉上的淚水。「羔羔希望我成親？」
大部分人都跟謝蓁和冷氏想的一樣，認為他不應該拒婚，但只有他知道自己想要什麼。所以他寧願走的路坎坷一些，也不想走到彎路。
她點點頭，旋即又搖頭。「我希望哥哥……好好的。」
他低頭輕笑。「妳放心，我很好。」
「胡說，你現在哪裡好了？阿娘這幾天不知道為你哭了多少次！」她站起來，語氣責備，但眼裡卻流露出擔憂。她從安王府帶來不少補品，光人參就有三、五支，她讓丫鬟現在就去熬湯，多給謝榮補一補身子。
謝榮愧疚道：「妳若是有空，就多勸勸阿娘，讓她看開一些。」
謝蓁鼓起臉頰。「她擔心你這輩子都娶不上媳婦，一時半會兒怎麼能看得開？」
他一愣，旋即無奈地彎起薄唇。「我遲早會娶妻的。」
她聞言眼睛亮了亮。「你是說……你有中意的姑娘了？」
他卻不肯回答。

謝蓁問不出來，想給謝榮上完藥後再出去，可惜他不肯，把她支了出去。謝蓁走出屋後，看到嚴裕正站在院外等候，一見到他她就板起臉，朝他重重地哼了一聲。

嚴裕莫名其妙，她哥哥受傷，她為何要同他生氣？

他正欲上前，她卻指著他腳下說：「不許過來！」

嚴裕蹙眉。「怎麼了？」

她兩手叉腰，氣鼓鼓地說：「你們把我哥哥打成重傷，我現在不想跟你說話！」

同他有什麼關係？

嚴裕上前，耐著性子解釋。「那是父皇……」

她牽裙便走，根本不聽他解釋。「你來之前還說他自作自受，我都聽見了！」

嚴裕是嚴瑤安的哥哥，他偏心嚴瑤安是情理之中，可謝榮是她的哥哥，她看到謝榮重傷在床的樣子，難免遷怒。

她不知道嚴瑤安是用什麼辦法說服聖上同意的，這件事他們兩個人都受到傷害，謝榮是身體上的，嚴瑤安是名聲上的，兩敗俱傷。她不能責怪嚴瑤安錯了，只能把一切怒火都撒到嚴裕身上，大抵是吃定了他不會跟她生氣。

謝蓁與父母在廳堂說了一會兒話，然後才動身回安王府。

回去的路上嚴裕一直哄她，還說要給謝榮請京城最好的大夫，保准讓他半個月內好起來，謝蓁這才好受了點。

拒婚這門風波過去沒多久，京城的人甚至沒工夫議論，就被另一個更震撼的消息給吸引了注意。

大皇子嚴韞在高陽起兵造反，殺了城中大部分官員，攻破了周圍的兩座城池，如今正打算往臨沂和開陽進攻。大皇子的軍隊勢如破竹，以不可抵擋之勢迅速攻下了兩座城池，速度之快，甚至讓嚴屹來不及反應。

嚴韞很早以前就在民間招兵買馬，籌備軍隊，如今他精兵有三千人，除此之外手中還握有二十萬兵馬。高陽百姓陷入恐慌之中，消息傳到京城的時候，久居廟堂的官員一個個既惶恐又震驚，紛紛提議要嚴屹派人出征，立即前往高陽討伐大皇子。

嚴屹本就身體不適，目下更是被大皇子氣得臥床不起，躺在床上大罵「逆子」。

他當初顧念著父子之情，對嚴韞的懲罰算是輕的，希望他日後能洗心革面。沒想到他還是不瞭解這幾個兒子，嚴韞的狼子野心早就昭然若揭，他卻奢望一頭狼能改邪歸正。如今好了，他被兒子反咬一口，使得整個大靖都陷入慌亂之中。

他咬著牙把太子和驃騎將軍叫來。「立即調遣十萬兵前往高陽捉拿這個逆賊，無論生死！」

嚴韜和仲開屈膝跪地，鄭重領命。「臣謹遵聖旨！」

高陽。

嚴韞不知嚴屹的想法，即便知道了，恐怕也會嗤之以鼻。

他認為皇位本該就是屬於他的，如今他只不過是奪回自己的東西，有何不對？他的軍隊剛剛攻下臨沂，下一步就是蘭陵，遲早有一日要攻入京城，佔領皇宮。他野心勃勃，與屬下部署周密的計劃，準備後日就起兵攻打蘭陵。

蘭陵是大靖要地，四通八達，極為繁榮，更有數十萬軍隊駐紮此地，若是能拿下這裡，便等於成功了一半。嚴韞非常看重此役，要求手下將士三個月內將這個城鎮拿下，誰若成功，日後成就大業，必定封其為護國大將軍。

此話一出，眾將士皆受鼓舞。

然而蘭陵城內，城主高淵和將軍李粲抵死守住城門，率軍隊在城牆設置弓箭巨石，將嚴韞的軍隊牢牢防守在城外。短短十日，嚴韞便損失了好幾千兵，他大怒，命眾人退兵再作商議。

蘭陵城內，百姓都知道大皇子反了，各個惶恐不安。好在高淵讓手下親自去安撫百姓，讓大家暫時留在城內，不要自亂陣腳，大家這才勉強平靜下來。

太子和驃騎將軍率領十萬兵來到蘭陵城時，高淵和李粲已經拚死守了一個月，好在終於把他們給等來了。

除了十萬兵外，太子還帶了糧草輜重，足足夠眾人多撐一個月，加上城內原本的屯糧，撐上三個月沒有問題。高淵和李粲鄭重地接待了他們，把如今的形勢分析給二人聽，指著桌上的羊皮地圖道：「嚴韞的大軍駐紮在十里之外的一個山坡，領兵的是當初的定遠將軍徐進，此人為達目的不擇手段，之前為了攻破城牆，讓手下士兵一個接一個地送死……」

如今嚴韞已然成了叛軍首領，擾得民不聊生，大靖百姓對他恨之入骨，再也不尊他為大皇子，而是直呼其名。

太子聽罷沈思片刻，四人坐在一起，商量日後的打算。

京城，嚴裕雖然沒有前往蘭陵，但是也日夜忙碌，要麼是入宮與眾位大臣商討策略，要麼是去軍營，每天到很晚才回來。好幾次他回來的時候，謝蓁已經睡著了，他不忍心打擾她，洗漱完畢，便輕手輕腳地睡在她身邊，把她攬進懷裡。

雖然他的動作很輕，但謝蓁還是不可避免地被吵醒了。她眼睛都沒睜開，下意識往他懷裡鑽了鑽，伸手抱住他的脖子。「小玉哥哥怎麼又這麼晚回來？」

嚴裕拍了拍她的後背，讓她繼續睡。「宮裡的事情有點多，父皇今日又病了，我留在宮中陪著他。」

這些天發生的事她都清楚，雖然嚴裕沒有告訴她，但是外面傳得這麼厲害，她早就知道得七七八八了。大皇子在高陽造反，最近正在發兵攻打蘭陵，不僅蘭陵城的百姓生活在水深火熱中，連京城的百姓都惶惶不安，生怕哪一日災難就落到自己頭上。太子和驃騎將軍已經前往蘭陵，奉旨將嚴韞拿下，目下不知情況如何，恐怕沒有那麼簡單。

如果蘭陵城被成功攻下，那麼整個大靖百姓都會陷入恐慌之中，到那時候，京城可就不再太平了。

謝蓁睜開困頓的雙眼，烏黑大眼蒙上一層氤氳，帶著睡音問道：「是被大皇子氣的嗎？蘭陵那邊情況如何，你是不是也要過去？」

她最擔心的就是這個，若是太子和驃騎將軍守不住，是不是還要派嚴裕過去？

她明知這是躲不過的，卻還是私心不希望他過去。

嚴裕低頭對上她的眼睛，用手輕輕摩挲她，聲音在寂靜的夜色裡有種沈重而溫柔的味道。「他在高陽自立為王，父皇一提起他就生氣，每日都要服藥才能入睡。二哥若是不能守住蘭陵，我遲早要過去的。」

她想的果然沒錯。

謝蓁許久都沒說話，腦袋埋在他胸口半天，才咬著牙齒說：「嚴韞真是瘋了……他就算靠這樣的手段坐上皇位，他以為天下百姓會服他嗎？」說罷抬起濕漉漉的眼睛，可憐巴巴地說：「我不希望小玉哥哥去蘭陵。」

那裡太危險，她怕他出事。前兩次他去邊關都是化險為夷，平平安安地回來了，這次情況不同，手足相殘，萬一他一時不忍中了嚴韞的埋伏，受傷了怎麼辦？

嚴裕被這樣一雙眼睛看得心都軟了，他安撫她。「一切未定，若是二哥能守住蘭陵、拿下嚴韞，那我就不用去了。」

其實他還有前半句話沒有說出來，嚴韞確實是瘋了，他為了皇位已經入了魔怔，整個人都神志不清了。這樣的人最容易有弱點，若是太子能拿捏住他的弱點，那麼擊潰他不是難事。

嚴裕相信嚴韜的能力。

嚴韜雖溫潤，心思卻一點也不簡單，他不若看上去那麼平和，否則也不會一直坐在太子的位置上，他有自己的手段和見解，是個不容小覷的人。

謝蓁聽罷，垂下眼睫。「若是太子守不住呢……」

嚴裕撫平她眉心的皺褶。「那我也只能迎戰了。妳放心，我會把妳送到安全的地方，這回不會再出現任何意外。」

謝蓁擰一把他腰上的肉。「我不是這個意思！」

他知道，她是擔心他，他忍著痛笑道：「那我就把妳揣進袖子裡，一起帶上戰場。」

謝蓁眼睛一亮，明知不可能，還是伸出小拇指舉到他面前。「那我們拉勾勾好不好，說謊的是小狗？」

嚴裕猶豫了一下，伸出小拇指與她拉勾，輕輕地蓋了一個章。

謝蓁放心了，縮進他懷裡沈沈睡去。

也不知嚴裕最近怎麼了，明明每天都回來很晚，卻還是要執意把她叫起來折騰一番才肯睡去。

一開始謝蓁還能勉強應付，一連三天都這樣，她就有些吃不消了。

因為每次結束以後他都不放過她，還會把她抱在懷裡溫存片刻，這裡親親那裡摸摸，愛不夠一樣，她被他擾得不能睡覺，渾身無力，只能趴在他胸膛狠狠咬了一口。「我累死了……」她嚶嚶控訴。

嚴裕摸摸她的頭。「睡吧。」

這一夜都快過去一半了，再睡也睡不了多久。謝蓁不知道他是受了什麼刺激，每天總有使不完的精力！他這幾天不是很忙嗎，宮中和軍營不是有很多事嗎？

謝蓁隱隱猜到些什麼，卻沒有追根究柢。

直到有一天實在渾身疲疼，偏偏他還在耳邊說：「再等一會兒……羔羔，再等一會兒……」

謝蓁氣惱極了，覺得他簡直是胡說八道，她都等多久了？她一翻身滾到牆角，把身下的枕頭扔到他頭上。「我不要墊這個，難受死了！」

他每天晚上都往她身下放這個，也不知道是什麼用意！

嚴裕被她扔個正著，抿抿唇，卻一點也不生氣，一揮手把枕頭扔到床下，長臂一伸把她撈了過去。他的額頭抵著她的額頭，烏黑深沈的眸子靜靜地看著她，一本正經地問：「妳不想給我生個兒子？」

謝蓁眨眨眼，長長的眼睫毛掃到他的眼皮上，她咬著唇瓣輕哼。「誰說我想了？」話雖如此，漂亮的唇瓣卻勾了起來。

他的臉色立即沈下來，氣惱中帶著著急。「妳不想？」

上回他們不是說得好好的？以後要一起生五個孩子，三個兒子兩個女兒，她怎麼變卦了？

謝蓁佯裝沒聽到這句話，拖著軟軟的腔調哦一聲，帶著三分剛被疼愛過的柔媚。「原來你想讓我給你生兒子，所以這幾天才……」

他不反駁，看來被她猜對了。

謝蓁恍然大悟，難怪他這幾天這麼反常，原來打的是這個主意！她用食指指著他的鼻子，氣呼呼地問：「那為什麼非要我生兒子？如果是女兒你就不喜歡嗎？你是不是偏心，你這個大騙子！」

嚴裕被罵得毫無還口餘地，靜了靜，握住她纖細白嫩的手指，實話實說。「如果是個兒子，以後他就能保護妳。」

謝蓁聽懂了他話裡的意思，但卻假裝沒聽懂，任性地說：「為什麼要讓他保護我，你呢？你在哪裡？」

他低聲笑了一下。「我當然要保護你們兩個。」

他的覺悟不錯，越來越有大男人的風範了，若是擱在以前，一定要不甘示弱地跟她吵起來。現在居然會說動聽的情話，說要保護他們母子。

謝蓁有點感動，當作禮尚往來，她打算也給他一點甜頭。「我不需要兒子保護我……我有你就夠了。」說罷想了一下，抬起濕漉漉的杏眼威脅他。「所以你不能只想著要兒子，若是閨女，你必須一樣疼她！」

嚴裕聽話地點頭，他怎麼可能不疼愛閨女？他們的女兒，只要想一想就覺得心中一片柔軟，巴不得他們的孩子一個、兩個蹦出來，眨眼就出現在他們面前。

第三十章

蘭陵戰事接連告捷，驃騎大將軍率領精兵連連戰勝嚴韞三戰，逼得嚴韞不得不退軍三十里，休整軍隊再做計議。

仲開之所以得勝是有理由的，就像嚴裕想的一樣，嚴韜足智多謀、心思詭譎，很快就發現了大皇子的弱點。

大皇子此人心腸狠毒、手段狠辣，殺戮無數，手底下有幾個武官並不是很認同他的鐵腕。然而他們是大皇子的人，多半時候只需服從就行了，即便有一點點不滿也只會壓制在心頭，不值得拿到檯面上提。

嚴韜知道此事後，讓手下的人去這幾個武官的家鄉撫慰他們的親人，把他們的親人安頓在安全的地方。這幾個武官得知後，雖然困惑，卻也不至於傻到去跟大皇子說這件事。嚴韜確實聰明，他用仁慈寬愛感化了這些人，不出多久，便讓他們心甘情願地臣服於他，甘願為他效力。

這幾個武官成為太子的人後，暗中把大皇子軍隊的內情偷偷告知他。所以他才會知道大皇子手下的士兵大部分來自豫州，正巧近日豫州發生洪災，淹沒了兩岸不少百姓。嚴韜讓他們在嚴韞的軍中散播這個消息，儘量誇大其詞，要多嚴重就說得多嚴重，就算不嚴重也得往嚴重處說。果不其然，不出一天，大皇子的軍隊就被攪得人心惶惶，大家擔心家中老人孩子，無心應戰，一到戰場上就像霜打的茄子，一點兒士氣都沒有，難怪被仲開打得節節敗退。

嚴韞不知道嚴韜暗中收買了自己的人，還當是自己的士兵無用，氣得當場摔壞了兩個茶杯。「一群廢物！」

原本臨時從民間徵集的壯丁就比不上積年累月訓練的士兵，前陣子他們士氣高漲，勢如破竹，不過是仗著人多而已。現在蘭陵城有了援兵，還有太子親自坐鎮，蘭陵士兵安心之餘，連打仗都有力氣了。

事情到了這一步，嚴韞豈能就此善罷甘休，一氣之下叫來定遠將軍徐進。「叫齊所有士兵，把今日一戰往後逃或動過逃跑念頭的士兵都抓起來，在他們面前一個個斬了！讓他們知道這就是逃跑的下場，本王倒要看看還有誰敢退縮？」

徐進愣了愣。「王爺……此舉雖好，但是萬一適得其反……」

嚴韞如今什麼話都聽不進去，冷著臉叫他下去辦。

徐進只好依言行事，把戰場上逃跑的數百人都抓了起來，斬首示眾，一時間場上鮮血飛濺、哀鴻遍野，教人不忍多看。

底下士兵各個噤若寒蟬，生怕這就是他們的下場。

徐進在前面大聲詢問眾人。「以後還敢不敢逃跑？」

眾人齊聲。「不敢！」

他又問：「遇到敵人怎麼辦？」

眾人大呼：「殺——」

原本都是大靖人，如今戰事起，兄弟反目成仇，竟然一夜之間就成了敵人。

仲開在蘭陵，仲尚自己在京城當然坐不住，正好這幾日朝廷要另外調遣三萬士兵去蘭陵，他打算跟著軍隊一塊兒過去。

把這事跟高洵說了一下，高洵想了想道：「我也去。」

保家衛國是男兒本色，仲尚沒有多想，拍了拍他的肩膀道：「那就一起。」

軍隊定在三日後出發，這之前他們還有時間跟家人道一聲別。

仲尚屬於先斬後奏，他自己做好了決定才跟家人說，結果不出意外，幾乎全家人都反對。仲家世代子嗣單薄，到了他這一代也就這麼一棵獨苗，萬一出了點什麼意外，他們該怎麼跟列祖列宗交代？

可惜仲尚已經決定的事，無論家中長輩怎麼勸他都不會改變。

仲柔在母親和祖母的勸阻聲中平靜地說：「你要去可以，不過必須時刻跟在我身後，讓我保護你。」

仲柔此話不是看低他……而是她確實比他厲害。

仲尚想了想，當務之急是要讓她們同意，只要她們同意了，到了蘭陵仲柔還真能時刻看著他不成？於是歪嘴一笑。「沒問題。」

三輩人這才勉強同意。

仲尚說服家人後，騎馬到軍營逛了一圈，從軍營出來後，不知不覺就來到定國公府門口。門前有下人來往，他在門前來來回回繞了兩圈，沒看到想看的人，難免有些失望。

他原本準備走，思來想去還是捨不得走，於是調轉方向來到國公府後面的側門，抬手在門上敲了兩下，不多時從裡面出來一個小丫鬟。

小丫鬟離開後，沒多久謝蕁就過來了。

她穿著鵝黃色繡衫襦裙，站在門內，經過上次他夜闖她閨房後，她就對他有些戒心。「仲尚哥哥有事嗎？」

仲尚從馬背上下來，沒有走近，而是牽著韁繩似笑非笑，誠實地道：「我要去蘭陵了，阿蕁妹妹。」

這陣子蘭陵發生的事謝蕁當然也知道，如今那裡亂做一團，成日打仗，他怎麼也要去？

謝蕁檀口微張，不知道該說什麼，她忽然想起他爹是將軍，他又在軍營，即便過去也是理所當然。「你……那你小心一點，不要受傷了。」

仲尚啞然失笑，堂而皇之地朝她伸手，挑了挑眉。

謝蕁不懂，這是什麼意思？

他笑著說：「傻瓜。」然後耐心地解釋。「妳讓我不要受傷，不是希望我平安的意思嗎？既然希望我平安，總該有點表示吧。」

謝蕁恍悟，哦一聲，低頭解下腰上繡紅芙蕖紋的香囊，從裡面拿出一個泛黃的平安符。

「這是我十歲的時候和阿娘、阿姊一起去山上求的平安符，如果仲尚哥哥想要，那就送給你吧……希望你平平安安地回來。」說著把那枚平安符放到他手心。

仲尚本意是逗一逗她，沒想到她真把自己的平安符送他了，愣怔之餘，難免感動。他看向面前一臉純真懵懂的小姑娘，心軟成水，頭腦還來不及思考，身體已經下意識做出舉動。

他一將把她摟進懷裡，低聲鄭重地說：「等我回來。」

半晌，沒聽到懷裡有任何聲音。

仲尚鬆開謝蕁，低頭看小姑娘花朵般嬌嫩的俏臉，心裡似乎被什麼掏空了，想把她揉進懷裡填補那空缺。他從來沒有認真想過對她是什麼感情，一開始是覺得好玩，被她的貪吃吸引了，覺得這就是一隻小饞貓，只要用好吃的就能誘引她。然而慢慢地又發現她比饞貓可愛多了，既乖巧又懂事，嬌嬌嫩嫩的一朵小花兒，接觸得越多，就越想把這朵花兒摘回家，放在寶瓶裡養著，每日給她澆水灌溉，讓她長得更加嬌豔動人。

他想親眼看著她開花結果，不假任何人之手，讓她完完整整地屬於他。

他以前不是沒有過女人，卻都只是露水姻緣，從未動過真情，更沒有對哪個女人如此上心過。

難道他對她動真情了？對這麼一個還沒長大的小姑娘？

仲尚放在她後背的手漸漸往下，落在她柔軟的腰肢上，那腰一手可握，又軟又纖，嬌弱得彷彿他一用力就能掐斷。可是他怎麼捨得？他疼愛她還來不及。

只不過她的肌膚實在太好……白白的，在太陽底下近乎透明，他忍不住想低頭嚐一嚐她的臉究竟是什麼味道，到底甜不甜？居然誘惑了他這麼長時間。

仲尚還在胡思亂想，謝蕁就已經在他懷裡掙扎了，畢竟他們還在定國公府側門門口，萬一被哪個來往的下人看見，傳到冷氏耳中，她肯定要被阿娘念叨的。「為什麼要等你……仲尚哥哥什麼時候回來？」

他也說不準，打仗這種事哪裡有個準話？何時能擊退嚴韞的軍隊，何時就是他們回來的那天。但是他又擔心回來晚了她已跟人訂了親，前陣子她父母還張羅著給她訂親，對方是顧大學士的長子，萬一他去蘭陵的這段時間他們真訂親了呢？這麼一想，仲尚不得不重視起來。「要麼半年，要麼一、兩年。」他頓了頓，一隻大手扣住謝蕁的後腦勺，俯身與她對視，壞壞一笑。「我走的這段時間，妳可千萬別跟別人訂親。」

謝蕁歪著腦袋，她一直把仲尚當哥哥，就跟謝榮一樣，從來沒往男女之事上面想，是以即便聽到他這麼明顯的話，也還是遲鈍地問：「為什麼？」

仲尚沒見過這麼不開竅的姑娘，尋常姑娘若是聽到這句話，肯定早都羞紅了臉，唯有她眨著眼睛似懂非懂的一臉天真。不過他不著急，越不開竅越好，這樣他不在的日子，起碼她不會對別人動心。「妳若是訂親了，就是別人未來的妻子，自然不能再跟我接觸。我聽說蘭陵地方繁榮，有各地的特色點心，到時候打完仗後我帶一些點心回京，不就不能給妳吃了？」

這果真是一個很嚴重的問題。

謝蕁忙點頭，幾乎想也不想地答應。「仲尚哥哥放心，我不跟別人訂親！」

仲尚勾起唇角，本不想笑得太張揚，但是按捺不住心裡的高興，整個嘴角都翹起來，配上他一雙招魂的桃花眼，使得整個人看起來又壞又神采飛揚。「若是妳父母逼妳呢？」

她嘴巴一噘。「我要吃好吃的點心。」

就想著吃。

仲尚摸摸她頭上的雙鬟髻，順著她的臉蛋往下，捏了捏她軟綿綿的小耳垂，以迅雷不及掩耳之勢摘掉她耳朵上的金鑲玉燈籠耳墜，低沈的嗓音循循善誘。「若是妳父母逼妳，妳就說妳有了意中人，他叫仲尚。」

這話太明顯，即使謝蕁是大笨蛋，這會兒肯定也明白了什麼。

再說她十四了，春心萌動的年紀，偶爾會跟謝蓁或者小夥伴說起女孩兒家私密的話題，也知道關於情情愛愛的一些事。如今仲尚說得這麼直白……她木怔怔地看著仲尚，翕了翕唇，想說什麼，可是什麼也說不出口。

心慌意亂、手足無措。

她下意識後退半步，假裝自己沒聽懂。「我……我……」支支吾吾半天，才能說出一句完整的話。「可是仲尚哥哥不是我的意中人……」

仲尚烏瞳深沈。「那妳的意中人是誰？」

她答不出來，急得都快哭了，小手一伸轉移話題。「你為什麼拿我的耳墜？你還給我。」

仲尚伸長手臂不給她，離開這麼久，總要拿點她的東西留個念想吧？他嘴角勾笑，眼神卻很柔和。「妳不是想吃點心？就用這個當報酬吧。」

她又不是真傻，才不會為了幾樣點心把自己給賣了。她拽著他的袖子，拚命想搶回自己的東西。「仲尚哥哥還給我！我、我要生氣了！」

他低笑出聲，只覺得她好可愛，好想抱進懷裡揉一揉。

小姑娘臉頰氣鼓鼓的，杏目圓睜，又憤怒又嬌憨。

她忽然一蹦，手指頭不小心劃到耳墜上的銀鈎，銀鈎刺破指腹，瞬間冒出一顆綠豆大小的血珠。他聽到她嘶一口氣，忙把她的手抓過來，低頭含住她纖白的食指，吮去上面的血珠，怕她疼，還輕輕地舔了舔。

謝蕁手指一麻，忙從他嘴裡抽出來，紅著臉嬌嬌地說：「你把耳墜還給我好不好？」

仲尚凝望著她的眼睛。「那妳告訴我，妳的意中人是誰？」

她搖搖頭，誠實地說沒有。

仲尚有些慶幸，又有些失望。他很快調整好情緒，動作輕柔地為她重新戴上耳墜。「等我從蘭陵回來，阿蕁妹妹就把這雙耳墜送給我。」

謝蕁等他戴好以後，雙手捂著耳朵後退兩步，一雙眼睛紅彤彤的像受驚的兔子。「我不要……這是阿娘送我的耳墜，我很喜歡的。」

仲尚還想說什麼，門內忽然跑過來一個穿綠衫的丫鬟，神態慌張。「姑娘，夫人來看您了……」

她驚詫地張口，沒有跟他打一聲招呼，心虛地轉身就往裡面跑。

仲尚抓住她的指尖。「記住我的話……」

謝蕁情急之下掙脫他的手，心口撲通撲通直跳，忙讓丫鬟把側門關上。

剛關好門，謝蕁盯著門板出神，冷氏便已經從遠處親自走了過來。冷氏見她呆呆地盯著門板，忍不住問道：「蕁兒，妳怎麼在這兒？」

她恍惚回神，指尖輕顫，轉頭軟糯糯地叫一聲「阿娘」。

門外仲尚站了片刻，心想這小姑娘躲得真迅速……他失笑，跳上馬背，騎馬慢悠悠地往外走。

三天時間轉眼就過了，明天一早三萬大軍便要出發去蘭陵。

傍晚雲蒸霞蔚，紅霞染紅了半個天空，天空比以往都要豔麗。

高洵躺在軍營校場後面的一片草地上，雙手枕在腦後，靜靜地端詳頭頂的雲彩。他嘴裡咬著一根草，這是從仲尚那裡學來的毛病，眼睛一動不動，也不知在想些什麼。許久，直到太陽慢慢垂下西山，他才霍地從草地上跳起來，拔掉嘴裡的草隨手一扔，牽過一旁的高頭大馬，翻身而上，往城裡的方向騎去。

他去的方向是安王府。

這次沒有在門口等待，而是堂堂正正地登門拜訪，僕從把他迎入堂屋，讓他坐在椅子上等候。

不多時謝蓁和嚴裕從後院走來，尚未接近，便能聽到謝蓁甜甜脆脆的聲音。「高洵哥哥來了！」

嚴裕低聲說了句什麼，她故意哦一聲。「你就是小心眼。」

說話間，兩人已走到門口。

謝蓁像以前那樣招待高洵，親近又不顯得踰矩，讓人挑不出一點兒毛病。丫鬟端上茶水，她低頭小啜一口。「天都晚了，你怎麼想到這時候過來？」

高洵也喝一口茶，醞釀片刻坦誠道：「我明日要去蘭陵。」

謝蓁一愣，連茶都忘了喝。

不是說蘭陵這地方不好，而是最近那裡太亂……他是千總，既然要去，肯定是領兵打仗的。謝蓁沈默半晌，正要叮囑他萬事小心，嚴裕已經開口問道：「你來便是為了說這句話？」

高洵頷首。「是。」

他偏頭，顯然對此很不屑。

謝蓁怪他態度不好，抿抿唇，拿眼睛狠狠瞪了他一眼。轉頭對高洵道：「高洵哥哥小心點，聽說嚴韞詭計多端，你不要中了他的計。凡事都要量力而行，不要硬撐，自己的身體最要緊……」

高洵一一應下。「我知道了。」

謝蓁其實也沒什麼話說，幾句話後，便沈默下來。主要是因為嚴裕的眼神太炙熱，再加上謝蓁知道高洵對她的感情了，談話不若以前那麼自在。

她正想著要不要留下高洵一塊兒用晚膳，高洵已對嚴裕道：「我能跟阿蓁單獨說兩句話嗎？」

嚴裕想都沒想，睃向他。「不能，有什麼話就在這裡說。」

他無奈彎唇。「阿裕……」

嚴裕薄唇抿成一條線，很固執。「就在這裡說。」

他無計可施，只好重新看向謝蓁。想了想，鼓起勇氣問出擱在心裡許久的問題。「阿蓁，如果沒有阿裕……妳會嫁給我嗎？」

嚴裕猛地瞪向他。

謝蓁心裡一跳，不用回頭，都能感覺到身邊人的熊熊怒火。她認真想了下這個問題，點了下頭。「應該會。」

嚴裕握著扶手的手一緊，手背爆出青筋。

她抿唇，看向高洵繼續道：「可是高洵哥哥，這個假設本來就是不成立的。我認識小玉哥哥比你還早，如果沒有小玉哥哥，我也不會認識你。」她早就知道會有把話說開的一天，是以這一天來的時候，絲毫不顯得慌亂。「我們小時候關係那麼好，你總是逗我笑、陪我玩，我把你當成除了哥哥以外最好的兄長。如果我不嫁給小玉哥哥，或許真的會嫁給你……但那是因為阿爹阿娘喜歡你，不是因為我喜歡你……我怎麼會喜歡上自己的哥哥呢？」

她一口氣說完，幾乎不敢看嚴裕的臉色，臉頰微紅，水光瀅瀅的眸子看向高洵。「可是小玉哥哥不一樣……我是心甘情願嫁給他的。」說完咬了咬粉紅的唇瓣，多少有點不好意思。「高洵哥哥不要總想著以前，其實京城有許多漂亮賢淑的姑娘，你……」

話沒說完，只聽見一聲瓷器摔碎的聲音。

她一抬頭，看到高洵臉色蒼白，手裡的杯子滑到地上。

室內一靜。

嚴裕面無表情地叫來丫鬟，讓她們把地上的碎瓷片都收拾起來，對高洵道：「時候不早，你該回軍營了。」

高洵怔怔然站起來，腦子裡還迴盪著謝蓁方才的那番話。

她只把他當成要好的哥哥，不喜歡他，她喜歡的人是嚴裕。她還讓他在京城找一位好姑娘，從此與別人琴瑟和鳴……高洵啞然，曾握過杯子的右手不由自主地微微顫抖，他用左手扶住，窘迫地笑了笑。「我剛才是糊塗了，居然問出這種話。你們就當我什麼都沒說過，也當我今晚從沒來過。」

說罷，轉身大步走出堂屋，背脊挺直，蕭索又落寞。

謝蓁想要去送他，被嚴裕從一旁拉住手。「讓他自己回去。」

謝蓁不放心，總覺得他失魂落魄的樣子在街上會出事，可是轉念一想，自己若是再去送，便是給他希望。一次次地給他希望再讓他的希望落空，還不如一次就讓他看清，從此徹徹底底地放下。

想通以後，她叫來府裡一個比較機敏的下人。「你跟著高洵，不要被他發現行蹤，直到他平安回軍營再回來。」

下人應下，轉身跟上。

嚴裕拉著她回瞻月院，他的表情一直不怎麼好，薄唇緊緊抿著，英俊的側臉滿是冷峻。

他不說話，謝蓁也不說話。

謝蓁剛剛把話說得很明白，她傷了高洵的心，現在還有點自責。

若是她一直裝傻的話，他們之間或許還能保持純粹的友情，如今她說開了，或許以後連朋友都做不成。可是不說開，卻會一直讓高洵抱著近乎縹緲的奢望，這樣對他實在不公平，也會給她和嚴裕造成困擾。

所以就算自責，她也不後悔。

快到瞻月院時，嚴裕停在抄手遊廊最後一段路，借著西邊最後一點昏黃的霞光，偏頭凝視她嬌美的臉蛋。「妳剛才說的那番話……是真的？」

總算憋不住了。

謝蓁一路上都在猜他什麼時候會問出口，沒想到他忍的時間還挺長，她還以為他在堂屋就會問自己呢。「我剛才說了那麼多話，你是指哪一句啊？」

她佯裝不懂，眨著水汪汪的大眼睛看向他。

嚴裕頓了頓，嘴角一撇，扯出一個不自然的弧度。「妳說心甘情願嫁給我那句……」

謝蓁雙手背在身後，長長地哦一聲。她朝他眨了眨眼睛，模樣古怪又狡黠，慢吞吞地繞過他往前踱步。「當然是假的……那時候小玉哥哥對我那麼壞，我怎麼會想嫁給你呢？我是故意說給高洵哥哥聽的，只有這樣才能讓他死心。」

話剛說完，就被嚴裕緊緊扣住雙肩，往他懷裡揉去。

謝蓁足下踉蹌，後背緊緊地貼著他的胸膛，唇角揚起一抹得逞的壞笑。

她知道他想聽什麼，可她才不要讓他如願呢……顯得她很在乎他似的，雖然事實確是如此，但是姑娘家嘛，總愛拿喬，心思讓人猜不透。

嚴裕的下巴抵著她的肩窩，一扭頭就能看到她笑得像隻小狐狸，這才恍悟自己上當了。他一口咬住她小小的耳垂，板著俊臉問：「那現在呢？」

她縮著肩膀往一邊躲，然而無論躲到哪裡都逃不出他的懷抱，她被他舔得癢癢的，又笑又閃。「現在什麼呀？」

嚴裕抱了滿懷，恨不得把她揉進身體裡。「現在想嫁給我嗎？」

她笑聲清脆好聽，說出的話卻有點可惡。「小玉哥哥是不是傻了？我現在想不想有什麼用，反正都已經嫁給你了……就算不想也沒辦法呀……」

說著抬手扳開他似鐵的臂膀，用手擋開他的臉。「快放開我，讓下人看見了不成樣子！」

只能怪她太伶牙俐齒，說得他不能反駁，只能咬牙切齒地瞪著她，又愛又恨。終究是愛比恨多，最後在她的手背上輕輕落下一吻，寵溺地抱怨。「小混蛋。」

謝蓁在他懷裡反駁。「我才不是小混蛋。」

大概是看他態度好，她從他懷裡鑽出來，站到走廊旁邊的欄杆上，張開雙手笑咪咪地說：「小玉哥哥抱抱我。」

這個角度她正好比他高了半個頭，平常都是他俯視她，難得有一次他能仰頭看她，這種感覺很稀罕，也很微妙。嚴裕上前，聽話地張開雙臂對她說：「快下來，不要摔著。」

她毫無預兆地一跳，整個人穩穩當當地落入他的懷中，她的雙手下意識抱緊了他的脖子，貼著他的耳畔像說悄悄話一樣，故意放低聲音。「如果我現在嫁給你，一定是心甘情願的……」

嚴裕猛地一僵，低頭看向懷裡嬌滴滴的小姑娘。

她沒說完，又一字一句慢慢道：「因為，我喜歡小玉哥哥。」

嚴裕不知不覺揚起唇角，臉上的陰霾被笑意取代，只剩下柔和寵溺。他捧著她的臉頰，與她額頭相抵，眼睛對著眼睛、鼻子對著鼻子。「有多喜歡？」

她狡猾機靈的烏瞳一眨，答得聰明。「像小玉哥哥喜歡我這麼喜歡。」

真是一點虧也不吃。

可是這回嚴裕沒有沈默，從喉嚨裡逸出一聲低低的「嗯」。他吻上她的粉唇，輾轉多遍，把她的舌頭都吻疼了，他才問道：「妳怎麼知道我有多喜歡妳？」

她胡亂猜的，張開手臂比劃了一下。「有這麼多？」

他看著她搖頭。

她又從遊廊這頭指到那一頭，扭頭好奇地問：「這麼多？」

他還是搖頭。

謝蓁洩氣了，拇指和食指併在一起比了一個一粒米的大小。「該不是這麼多吧？」

他輕笑，執起她的手放到自己胸口，讓她感受他胸膛撲通撲通的跳聲。他問她聽到了嗎，她點頭說聽到了，他誠實地告訴她。「有這一顆心這麼多。」

謝蓁愣了愣，抬頭對上他鄭重的雙眼。

她有種不好的預感，果不其然，他下一句話就是問：「羔羔，妳有這麼多嗎？」

她剛才挖了一個坑給自己，目下自己跳了進去，救都救不出來了。

想了半天，她選擇老實交代。「我比你少一點點。」說完用手指比劃了一下，大約有半個指頭大，強調道：「只有這麼一點！」

她心裡還要裝著阿爹、阿娘、阿蕁、哥哥……剩下所有的位置都給他了，他應該覺得知足才是！

嚴裕倒也不跟她計較那麼多，今天從她嘴裡套出太多話，他已經很心滿意足了。他握住她的手指頭，帶著她往回走。「只要沒別的男人就行。」

謝蓁笑嘻嘻地跟在他身後，甜膩膩地保證。「我只喜歡小玉哥哥嘛！」

他彎唇，牽著她慢悠悠走路。

連敗三場後，嚴韞士氣大減，十幾萬大軍足足消沈了半個多月，直到有一日，他等來了西夷的軍隊搭救。

嚴韞早就跟西夷將軍有來往，這次更是為了奪位不擇手段。他向西夷借了十萬兵馬，並向西夷族長承諾，若是能攻下大靖的江山，一定割據邊關最富饒的七座城池送給西夷做謝禮，西夷族長這才答應借兵。

西夷是馬上的民族，男孩子還沒學會走路就會騎馬，能騎善射，各個驍勇善戰。當初嚴裕擊敗西夷人花費了好大一番功夫，如今嚴韞又把他們重新請回來，引起了大靖百姓極大的恐慌。

嚴韞的軍隊有了西夷士兵助陣，一夕之間士氣大漲，戰鼓喧天，當天晚上便起兵再次攻城。西夷人從城下往城上射箭，不多時便射殺了城牆上一半的士兵。

太子召集驃騎將軍嚴防死守，士兵死了一撥便接著填上另一撥，堅決不能讓西夷人攻上城牆。

城主高淵憤慨大罵：「這些反賊，竟然把西夷人招來了！這幫人就是野狼，沒有絲毫道理可講！」

仲開一邊指揮士兵迎戰，一邊對他說：「如今說這些也沒用，嚴韞徹底瘋魔了……與其抱怨，城主還不如多派些人手守住城門，已經有士兵衝破護城河，開始撞擊城門了！」

高淵大駭，忙下去部署。

這一仗足足打了兩天一夜，恰好高洵和仲開所在的軍隊及時趕來，救了蘭陵城和城中數萬百姓的性命。太子和城主親自接待了他們，並連夜設宴感謝他們趕來得及時。

仲尚事先沒有知會仲開一聲，免不了被一頓責罵，然而兒子有這份心，他又覺得欣慰。一幫人坐在一起喝酒，不知不覺就講到如今的形勢。說起嚴韞，眾人均表示痛心疾首，沒想到他居然會求助西夷人，真是有辱大靖的皇室尊嚴！

此後又打了兩場仗，高洵和仲尚騎馬上陣，兩人身上都受了大大小小的傷，卻一點也不放在心上。西夷人越挫越勇，蘭陵城怕是撐不了多久，聽太子安插在大皇子那裡的內應說，大皇子最近正在秘密部署一場計謀，計劃十分縝密，只有他和西夷將軍兩人知道，其他人根本不知道什麼內容。

若是這場計謀成功了……那蘭陵也就破城了。

太子說起此事時，眉宇深深蹙成一個「川」字，問眾人。「你們有什麼辦法？」

下方坐著城主高淵、將軍李燊、驃騎將軍仲開和另一位少將軍，還有仲尚和高洵兩人。

眾人陷入沈思，他們都知道這個計劃必定十分關鍵，關係到所有的成敗，不容忽視。當務之急，便是弄清楚大皇子計劃的內容……只有知道他們是如何打算的，他們才能提前做好部署，從容應對。

仲尚思索片刻，出聲道：「我……」

話未說完，便被高洵搶去。「太子若是信得過我，便允我夜間帶領三十人前往大皇子營帳。」

太子坐在寶椅上，第一次正視最後面坐著的這個年輕人。他生得英俊，五官如雕刻一般，年紀最多二十，一看便很年輕，然而眉眼間都是堅韌，說話的氣度也很沈穩。

他記得他，知道他叫高洵。最近兩場仗他是先鋒，英勇無畏地斬下西夷人的頭顱，非但如此，還射術一絕，能在百步之外射中敵人眉心，一招斃命，西夷的副將就是這樣死在他的箭下。

仲開不止一次向他舉薦他，嚴韜重視起來。「你有信心嗎？」

他站起來，擲地有聲。「回殿下，有。」

嚴韜點點頭。「那就你去，探聽到他們的計劃是什麼。若是被發現了別逞強，保住性命回來再說。」

他頷首說是。

夜裡，高洵在軍中整裝待發，為了方便行事，他穿著一身胡服，袖口和腿腳都緊緊紮著，俐落又乾淨。胡服裡面又套了一件軟甲防身，他踩上皂靴，緊了緊腰帶，便準備往營帳外走去。

仲尚叫住他，平素滿不正經的臉罕見地端起嚴肅。「不要大意，時刻提防那裡的動靜。不要被發現了，大皇子陰狠狡詐，落在他手裡沒有好下場。」

高洵笑了笑，這句話天黑以後仲尚就說過不下三次，都不知道原來他這麼絮叨。「你當我不知道嗎？放心吧，你想的那些我都想到了。」

說罷抬手，掀開營帳。

仲尚歪歪斜斜地倚著交椅，黑眸幽幽看向他。「你當時為何要搶走我的話？」

高洵一默。

仲尚雖然看起來什麼都不上心，但觀察卻極其入微。當時他們在帳中議事，原本是仲尚先開口的，才說了一個字，就被高洵搶去了話頭。高洵怎會不知道仲尚想說什麼？他們同時想到了對策，但卻被自己搶先了。

高洵假裝低頭整理腰帶，半晌才笑笑道：「你是家裡獨苗，你阿姊千里迢迢跟過來，就是擔心你有絲毫閃失。我不一樣，我來這裡就是要歷練的，不多經歷些事怎麼能往上爬？」

他說得合情合理，但仲尚卻忍不住把手邊的杯子揮到地上。

什麼狗屁話！

他爹娘遠在青州，若是知道他出事了，該怎麼跟他爹娘交代？

仲尚站起來開始解腰帶，沒有任何廢話，甚至也不跟他商量一下。「把衣服脫下來，我去！」

都什麼時候了，太子派來的三十個精兵都在外面等著，哪裡容得了這樣胡鬧？高洵自然不聽他的，轉身便走。

仲尚一把抓住他，無端端生出幾分沈重之感，他握了握他的肩膀，最後只說一句。「給我全鬚全尾地回來！」

他一笑，神態輕鬆。「我當然要回來，老子還沒娶媳婦兒！」

總算露出了這種爽朗的笑意，這陣子也不知道他是怎麼了，自從離開京城來到蘭陵，他便一直很消沈，連話都比以前少。目下見他還跟以前一樣，仲尚暗自鬆一口氣，拍拍他的肩膀。「我還當你不想要女人，你既然知道就好，快滾吧！」

高洵沒計較他的話，鑽出營帳，從士兵手裡牽過一匹棗紅色的高大駿馬，翻身而上。

他怎麼不想要女人？只不過最想要的那一個，早已成了別人的女人。

身後有三十個跟他一樣打扮的精銳士兵，一個個像極了一把鋒利的匕首，在夜幕下泛著森森寒光，鋒利又精悍。高洵面向眾人確認了一下今晚的行程，眾人得了太子命令，現在都聽從他的吩咐，一個個齊聲附和，跟隨他潛入夜色之中，像一支離弦的箭。

大皇子的營帳在蘭陵城五十里外，高洵領著三十精兵從山上抄近路，抵達營帳的時候正好是子時。

他們一行人立在山上，遠遠地看著腳下大皇子大軍安營紮寨的地方。

這個地方地勢不錯，一面是山，一面是水，身前身後兩條退路，不怕太子的人突然襲擊。山上不時有巡崗的士兵，高洵他們隱在暗處才沒有被發覺。

幾十人在暗中重新部署了一下縝密的計劃，依次行動，高洵見沒有疏漏，便讓他們半個時辰後開始行事。

半個時辰後，其中四人縱馬下山，繞到軍營後方點燃了一把火，燒了他們的糧草。

借著風勢，火勢很快大起來，不一會兒便變成熊熊烈火，染紅了半個夜空。嚴韞軍中士兵察覺的時候已經晚了，高洵他們特意觀察過風向，這時候要燒起糧草來十分容易，而且那四個精兵身手矯健，善於隱藏，不容易被人發現行蹤。

好在軍營另一邊就是一座湖泊，士兵紛紛從被窩裡爬起來，提著水桶到湖裡打水救火。這火起得詭異，很快就驚動了中間營帳裡睡覺的幾個軍官和嚴韞。眾人急忙披上衣服起來察看，嚴韞下令必須將縱火之人捉拿，一個都不許放過！

一時間軍營裡救火的救火，捉人的捉人，場面很有些混亂。

趁著嚴韞還沒有回過神來，高洵又命二十精兵去把馬廄裡的戰馬都放出來，一匹馬背上抽一鞭子，數百匹烈馬瘋了一樣從後面衝出來，踩傷了不少救火的士兵。軍營裡馬鳴風嚣，還有士兵呼喊聲和大火噼啪燃燒的聲音，亂成一鍋粥。場面不好控制，好幾個武官騎上戰馬揮舞著鞭子，讓大家鎮定鎮定，可是那麼大的火，糧食都燒完了他們以後吃什麼？還有這馬，今天晚上難道要死在馬蹄底下嗎？

見火勢漸小，高洵又命三人去把附近幾個營帳也一併燒了，做得神不知鬼不覺。士兵還以為是被糧草的火勢蔓延了，一塊兒燒起來的。

借著大火，高洵甚至能看到嚴韞鐵青的臉，他騎在馬上一勒韁繩，朝僅剩的一個精兵道：「走，該咱們出馬了！」

他們順著小路下山，一路都隱藏在叢林裡，根本沒人發覺。

嚴韞的營帳在中間靠山的一處地方，距離他們下山的山腳很近。此時營帳外站崗的士兵都去救火了，根本無人，高洵悄無聲息地潛入裡面，在翹頭案上一個上鎖的匣子裡找到了行軍佈陣的圖紙。

他打開粗略看了一眼，知道這就是太子想要的東西，直接揣進懷裡帶走了。

那匣子被他一拳砸爛了，案上只留下幾片木屑。

他悄悄潛出營帳，跳上馬背，離開這個鬼地方。

跟隨他而來的精兵在前方開路，他們提前商量好會合的地方，正是這座山後面，只要離開這座山便安全了。高洵俯身貼在馬背上，流暢精悍的背脊線條與黑暗融為一體，一道疾風在耳畔呼嘯而過，牢牢地釘在前面那個精兵背上。

那個一路跟著他的精兵摔在地上，背後插著箭羽，高洵來不及停下，路過他身邊時對上他的眼睛，還沒開口，他就咬舌自盡了。

身後驀地亮起白光，他回頭看去，只見嚴韞領著數百士兵站在身後不遠處，士兵舉著火把，竟比後面燒起來的糧草還要刺眼。嚴韞身前一排弓箭手，銀白色的箭頭紛紛對準他，觸目驚心。

嚴韞唇角含笑，眼神陰狠又毒辣，緩緩開口。「就憑這點雕蟲小技，也想糊弄過本王？」

他說話的時候語氣像一條毒蛇，涼颼颼的觸感從身體上爬過去，一點點滲人。他身後的火光還在燃燒，有漸漸緩和下來的趨勢，失控的馬也被士兵掌控住了，正一匹匹帶回馬廄。

高洵的身體慢慢僵住，只覺得背脊發冷，腦子有一瞬間的木然。

他是怎麼發現的？腦子飛快地想了一遍，然而卻沒發現任何疏漏。

嚴韞其實一開始也被矇了過去，這是一個計中計，先是燒了他大軍的糧草，再是把戰馬放出來攪亂場面，大家都在前面忙著應付混亂，誰還有空注意後方？仔細一想卻覺得不對勁，對方為何要這麼做？沒有傷害他們一兵一卒，只是為了轉移注意力。

嚴韞到底是蟄伏多年的老狐狸，心眼比一般人多，很快就明白過來，有人想要偷圖紙！於是他趕忙回到帳中查看，果見匣子裡的圖紙被人拿走了，好在他追趕及時，沒有讓人跑掉。

嚴韞騎著高頭駿馬往前走了兩步，目光銳利而狡詐，近乎誘惑地說：「把東西交出來，本王饒你不死……」

高洵不動聲色地握緊韁繩，面上極其平靜，沒有露出絲毫慌亂。「什麼東西？」

嚴韞先是一笑，笑聲讓人從骨子裡覺得冷，很快變了一張臉，陰狠狠地瞪著他。「少裝蒜！」他抬起右手，身後的一排士兵立即舉起弓箭，對準高洵。「你若敬酒不吃吃罰酒，就別怪本王把你射成刺蝟，一樣能把東西拿回來！」

高洵默了默，做出畏懼的樣子。「我把東西還給你，大皇子就能放了我？」

嚴韞眸光一閃。「當然。」

他道：「那大皇子親自過來拿吧，我怕你出爾反爾。」

嚴韞勾唇。「本王從不出爾反爾。」

話雖這麼說，人卻騎馬走了過去。剛一靠近，高洵便取出袖中的匕首，直直地朝他胸膛擲去。

饒是嚴韞事先有準備，側了側身，還是沒躲過。

高洵的手法精準，他在軍中就是擅長騎射，如今弓箭換成匕首，一樣穩穩當當地插進嚴韞的胸膛。

嚴韞捂著胸口俯身，咬牙切齒道：「開弓，射箭！」

一時間箭矢如雨，密密麻麻地朝高洵逃離的方向射去。

嚴韞憤怒的聲音穿透箭雨傳來。「誰射中一箭，本王便獎他白銀一百兩！」

聽到有賞金，士兵的士氣更加振奮了，一個個使不完的精力，對準那個身影，接二連三地搭箭射箭。高洵即便身手敏捷，也躲不過接連而來的箭矢，很快肩頭便中了一箭，他悶哼一聲，然後是腰側、大腿、胸膛……

他咬緊牙關，強撐著一口氣衝出軍營，奔向後山與其他精兵會合。

其餘士兵見狀一驚，驅馬上前。「高千總……」

高洵渾身插滿箭羽，衣服都被鮮血浸透了，因為穿著黑色胡服不大明顯，然而從馬背上流到地面的血跡足以證明他的傷勢有多嚴重。

他臉色蒼白，緊緊捂著胸口一處箭傷對眾人道：「先回去！」

其中一人想上前扶他，卻被他躲過了。

一行人沿來時路折返，身後有嚴韞的追兵，誰都不敢鬆懈，快馬加鞭欲趕回蘭陵城中。其他人或多或少受了一點輕傷，卻沒有哪個像高洵傷得這樣重。他目光直直地盯著前方，始終撐著一口氣騎馬跑過護城河，在城門口時，身子一傾，雙眼一閉，終於從馬背上摔了下來。

「高千總——」

閉上眼的那一瞬間，他彷彿聽到謝蓁在耳邊叫他。

「高洵哥哥？」

聲音那麼輕柔甜膩，聽得他心口重重地撞擊了一下。

他想起他們第一次見面的時候，在他家的院子裡，她帶著笑回頭，雙頰玉嫩、晶瑩剔透。那時候他想，就算畫上的小仙女也比不上她好看吧……

「你是誰？」

「我叫阿蓁。」

「你說的這些我都聽過了，有沒有沒聽過的呀？」

他給她講逗趣的故事，只是為了多看看她的笑臉。時間一眨眼過去，他從七歲看到十九歲，不知不覺過去十二年。當初的小仙女成了別人的小妻子，同他再也沒有半分關係。

她勸他找別的姑娘……可他只想要她一個人啊……

高洵渾身都疼得麻木了，心口那塊卻還是一陣一陣地抽疼。自從來到蘭陵他便有了這個毛病，一想起謝蓁就心口疼，他每天都要花很大的力氣才能不想謝蓁，他以為自己能放下，久而久之就像她說的那樣，找一個賢慧溫婉的姑娘過一輩子，但他沒能做到……現在做不到，以後可能都做不到。

他的眼眶濕熱，喉嚨腥甜，一偏頭便吐出一口血來。

高洵被送回軍營時，只剩下一口氣。

他渾身插滿箭羽，其中有兩處致命傷，一個在心口，一個在脖頸，明明昏迷不醒，連開口說話的力氣都沒有，手中卻緊緊握著從嚴韞那裡拿來的圖紙。

士兵把他抬回營帳中的時候，仲尚正在帳中坐立不安，來回走動。

掀開營帳，他抬頭看到高洵時瞳孔猛地一縮。

後面跟著軍醫，顧不得跟他彙報情況，連忙跟到床邊替高洵處理傷口。然而哪裡還有一個好地方？渾身都是窟窿，血不斷地往外冒，堵都堵不住。

兩個軍醫手忙腳亂地給他拔箭、止血，手臂腿腳的傷雖然處理好了，但是胸口和脖頸上的箭卻不敢輕舉妄動。

仲尚回神，揪住一旁的一個士兵責問：「怎麼回事？他怎麼傷成這樣？」雙眉凜然，燃燒著怒火。

士兵跪地，把當時的景況跟他敘述了一遍，他們見到高洵的時候，他就已經傷成這樣了，即便想救他也無能為力。當時嚴韞的追兵在後，他們只能抄小路躲避，對方窮追不捨，一直到護城河三里之外才停下。

仲尚握拳狠狠砸在案桌上，對那兩個軍醫道：「救活他，無論如何都要救活他！」

軍醫擦了擦汗，一句話都不敢說。

高洵胸口和脖頸上插的兩支箭目前只剪斷了箭尾，箭頭仍舊插進皮肉中，不敢輕易拔出來。若是拔出來後血止不住，那這條命便救不過來了……

胸口的箭傷距離心臟很近，兩位軍醫折騰了一個時辰才把箭頭拔出來，止住血。脖子那處傷更難處理，軍醫拔箭的時候手抖了一下，大約是碰到一旁的血路，血流個不停，很快便染紅了身下的床褥。

高洵的臉色蒼白，死人一般。

軍醫「撲通」跪到地上，向仲尚磕頭求饒。「小將軍，恕屬下無能為力……他的傷勢太重，恐怕救不回來了……」

仲尚眼眶發紅，一腳把兩人踢到一邊。「救不回來也得救！他若是死了，你倆也別活了！」

說著一手揪住一人的衣領，把二人提到高洵床頭，看著他受傷的傷口，近乎嘶啞道：「不止血還愣著幹什麼！等我把你們的血放乾嗎？」

軍醫一哆嗦。「小將軍饒命……」

大抵是被他們說話的聲音吵醒，高洵緩緩睜開漆黑雙眼，那眼裡再也沒有昔日迸發的光彩，只剩下虛弱和枯竭。他捂著胸口微微一笑，唇色發白，連笑都要花上十二分的力氣。「別為難他們……」

仲尚鬆開兩個軍醫，狠狠瞪著他命令道：「不想讓我為難他們，那你就給老子活著！」

高洵每說一句話，心口便痛上一痛。他掏出一張被血染濕的圖紙，好在是羊皮做的，上面的內容還很清晰。他費力地遞給仲尚，一字一句道：「這是我從嚴韜那兒拿到的……你交給太子……」

仲尚接過去，讓自己身邊的士兵去交給太子。

高洵濃長的睫毛垂下來，似乎累極了，說一句話就要歇很久。他有一雙很漂亮的眼睛，明亮璀璨，睫毛很長，笑起來整個人都神采飛揚的，可惜現在只剩下疲憊，他想休息了，再也笑不出來。

過了許久，久得仲尚幾乎以為他不會再醒來，他才再次睜開眼，慢慢地從衣襟裡掏出一支金鑲玉翡翠簪。這支簪子被他拿出來看過許多次，夜裡曾摩挲過許多遍，被他當寶貝一樣貼身帶在身上。

他曾經告訴自己，下次見到謝蓁一定還給她。可是拖了一次又一次，始終捨不得。這是他唯一跟她有關的東西，大概是捨不得斷了這僅有的聯結，才會安慰自己，下一次，還有下一次。

其實他不知道，就連這支簪子都不是謝蓁的，是林畫屏買來跟謝蓁一模一樣的簪子。只有他這個傻子，當成寶貝。

如今他把簪子鄭重地交給仲尚，皺著眉頭，艱澀地開口。「幫個忙……」

仲尚凝視著他。「你說。」

他扣住他的手腕，近乎懇求。「把簪子還給謝蓁……幫我，帶句話……」

仲尚反握住他的手，喉嚨彷彿被什麼梗住了，說不出一句話。他咬咬牙，殘忍地揮開他的手。「這個忙我不幫，你要帶話，就自己親口對她說！」

高洵無力地彎唇，或許是身上的傷口太疼，他瑟縮了一下，表情有點委屈。「我也想親口說，但可能沒機會了……」說罷劇烈地咳嗽了幾聲，咳嗽的時候牽扯到身上的傷口，疼得他額頭冒汗，齜牙咧嘴。

都什麼時候了，還有心情玩笑?!仲尚喝住他。「別亂動！」

高洵重新躺回床上，剛才那一下真是傷到了內臟，到現在都沒緩和過來。他把手放在脖子上，拿到眼前看了看，滿手的血。

「你跟她說……」他慢慢閉上眼，聲音越來越輕。「窈窕淑女，寤寐求之……求之不得，寤寐思服……」

關關雎鳩，在河之洲。窈窕淑女，君子好逑。

參差荇菜，左右流之。窈窕淑女，寤寐求之。

求之不得，寤寐思服。悠哉悠哉，輾轉反側。

輾轉反側……

他喜歡她那麼久，喜歡到每一夜都睡不好，如今，總算能安安心心睡著了。

他要到夢裡尋找他的小仙女，最好這一次比嚴裕更快找到她，把她變成他的，永遠也不分開。

第三十一章

太子拿到圖紙，得知了嚴韞的計劃。

嚴韞原本打算裡應外合，將蘭陵城一舉擊潰。如今圖紙上的內容曝露了，跟嚴韞有勾結的官員自然而然地被揪出來，太子命令把這些人押往城牆，當著全城百姓的面斬首示眾。

嚴韞的計謀不攻自破，蘭陵躲過了一場災難。

高洵是一等一的功臣，太子向嚴屹請命，追封他為正四品上階的勇義伯，食邑封六百戶，他的親人都可以接到京城生活。

嚴屹准了。

可是又有什麼用？人都沒了，身後再多的虛榮都挽不回性命。

伴隨這個消息一起送回安王府的，還有那支金鑲玉翡翠簪和一首〈關雎〉。仲尚在前線，抽不出空回京，便讓手下一個值得信任的士兵送回來。

在那之前，謝蓁已經聽到高洵死去的消息。她本不相信，憋著一口氣撐了三天，當看到簪子的時候再也沒忍住，放聲哭倒在嚴裕懷中。

「高洵不會死的……」

他離開前還好好的，跟以前一樣談笑風生，誰知道竟會成為他們最後一次見面。如果知道以後再也見不到他，她還會說這麼絕情的話嗎？

謝蓁泣不成聲，抱著嚴裕久久不肯撒手。她哭得身體都在顫抖，讓人以為下一秒就會昏厥過去，可是她沒有，她不停在他耳邊說「高洵哥哥不會死」。

是啊，他怎麼能死？

嚴裕緊握雙拳，無聲地看向檻窗外的天空。風聲寂寥，雲朵攢動，跟高洵走的那天一模一樣的天氣，什麼都一樣，唯獨他不在了。

不得不說，在這方面他實在混帳。明明知道謝蓁放心不下他，偏偏他就這樣走了，不是存心要讓他們愧疚嗎？念著他，念一輩子。

嚴裕低頭看懷裡哭得上氣不接下氣的妻子，撥開她的頭髮，在她額頭上輕輕烙下一吻，安慰她。「別哭了，這裡還有一封信。」

說著替她打開信封，取出裡面的一張白紙，信上只有一首詩，寫的是〈關雎〉，正是高洵臨終前那句話。

信是仲尚寫的，寫的時候大抵用了很大的力氣，墨汁幾乎把整張紙面都浸透了。

嚴裕一句一句讀給她聽，每讀一句便停頓一下，不動聲色地繼續往下讀。謝蓁從最初的嚎啕變成嗚咽，在他懷裡蹭了蹭眼淚，最後漸漸沒了聲音，竟是哭暈了過去。

嚴裕把謝蓁輕輕地放在床上，在燈下靜靜地打量那張信紙。他斂眸看了許久，不知在想什麼，最後把紙放在燭燈上方，火舌漸漸吞沒紙張，一瞬間便燃燒殆盡。殘留的灰燼掉在地上，就像高洵的生命一樣，燃燒的時候那麼熾熱，卻因為燒得太快，提早把生命都交代完了，只剩下一抹青灰。

他叫來丫鬟清掃地面，又讓人燒來熱水，親自擰乾帕子坐在床邊給謝蓁擦臉。她哭得太厲害，連睡著了都在流眼淚，嘴裡不停地呢喃著。「不要死，不要死……」

嚴裕用帕子拭去她眼角的淚珠，輕輕地摩挲她哭腫的眼睛。「就這麼難過嗎？」

一邊說，一邊緊緊握住手裡的絹帕，連手背上泛起青筋都不自覺。

謝蓁聽不見他的話，嗚嗚悲鳴，小小的身子蜷成一團。她一邊哭，嚴裕就一邊給她擦眼淚，最後實在不行了，眼看著這樣下去要把眼睛哭壞，他索性脫鞋上床，把她罩在身下，寬大的手掌壓著她柔嫩的小手，一點點舔掉她眼裡溢出的淚。

他聲音沙啞，彷彿在極力抑制什麼。「不要哭，羔羔，不要在我面前這樣哭。」

哪怕是因為高洵，也別這樣哭……

想起高洵，他不由自主地握緊雙拳。

這個混人！他這樣死了，以為這樣謝蓁就能記他一輩子嗎？

早知如此，還不如在他去蘭陵那天把他狠揍一頓，讓他清醒清醒！

嚴裕俯身，凝視身下漸漸睡容安穩的小姑娘，在她唇瓣上啄了一下。像是安撫，又像是佔有，他逐漸往下，沿途每一處都吻一下，在她身上打下自己的烙印。這裡是他的、那裡也是他的，高洵想都別想。

翌日清晨，嚴裕早早就醒了，差遣下人去青州送書信。信上把高洵的事蹟一五一十寫明，包括他身前身後的功名和爵位。

蘭陵城死去士兵的屍骨一批批被送回來，卻沒有高洵的。

仲尚來信說直接送回青州了，畢竟高洵的家在青州，死後終是要回歸故土的。

三日過去，一切事情都料理完畢。

謝蓁漸漸接受了高洵離世的消息，雖然不再傷心，卻始終有些悶悶不樂。她想了很久，決定把那支翡翠簪交給嚴裕。「你把這簪子也送回青州……跟高洵哥哥一起葬了吧。他以為這是我的簪子，其實不是……他那麼喜歡，就送給他吧。」

而且她知道嚴裕看到這簪子很不高興，每次她一拿起這簪子，他的眼神就變得晦暗不明，其實他很介意……只不過高洵剛走，他不願意計較那麼多。

謝蓁認真想了想，也覺得留下來不大好，所以才會做出這個決定。

嚴裕接過去，叫來吳濱。「把這個跟高洵的衣物一起送回青州，若是他的家人問起……就說是他的貼身之物。」他的家人應該會明白。

吳濱應下，離去辦事。

屋裡只剩謝蓁和嚴裕兩個，丫鬟都被支開了，這些天謝蓁不喜歡有人在跟前伺候，覺得礙眼，她想一個人靜靜。可是沒有人的時候心裡又會空虛，彷彿大千世界只剩下她一個人，叫天不應，叫地不靈。

每當這時候，她就喜歡躲進嚴裕懷裡。

她最近變得有點纏人，大抵是被嚇怕了，生怕他去到戰場上會跟高洵一樣的下場。白天沒什麼，就是喜歡找他，晚上她以為他睡著的時候，便會偷偷地纏上來，靜悄悄地摟住他的腰，把小臉貼在他後背上嬌糯糯地問：「小玉哥哥也會死嗎？」

嚴裕一翻身，把她壓在身下，黑夜裡一雙星目熠熠生輝。「我不會死。只要妳在，我就不會死。」

他怎麼捨得把她一個人扔下？他早就做好了跟她白頭偕老的準備。他們還沒有生兒育女，現在死多不值得！

可是謝蓁卻一點也沒感到安慰，她一語戳穿。「可你還是要去蘭陵，對不對？」

他雖然沒說，但她都知道。這些天他暗地裡做的準備，她其實都知道，他要去蘭陵，明知道她擔心，還是要去。

嚴裕一下子僵住，不知道該怎麼跟她解釋。

「我……」他語塞，不告訴她是怕她擔心，更怕她一下子承受不來。其實這一趟蘭陵怎麼都逃不過的，他手中還握著大靖的二十萬精兵，若是不去，便是置大靖於不顧。

何況嚴韞未除，豈能安心？

想到那人，他烏瞳一深。這次一定要親手了結嚴韞，等了這麼久，再也等不下去了。父母的死、高洵的死，都跟那人脫不了干係！

謝蓁見他不說話，索性開門見山。「什麼時候出發？」

他默了默，情不自禁握住她的手。「三天後。」

這麼快！

謝蓁生氣了，他三天後就要走了，居然都不跟她說一聲？如果她不問，他是不是打算一直瞞下去？等到他走的那一天，讓她一覺醒來才發現他不見了嗎？謝蓁推開他，一板一眼地問：「能不能不去？」

蘭陵在她眼裡儼然成了危城，誰去都沒有好下場。她不希望嚴裕出事，她私心認為那裡有太子就夠了，有他沒他又能怎麼樣呢？

可是沒用，那僅僅是她自己的看法，男人和女人在某些觀點上天生存在差異。

半晌，嚴裕才道：「羔羔，我一定要去……」

怕她不理解，他便把前因後果解釋了一遍。他跟嚴韞之間的矛盾不可緩解，只會愈演愈烈，不是你死便是我活，若不趁此機會做個了斷，以後再沒有這樣千載難逢的機會。「我要親手殺了他，為爹娘，為大靖子民討回公道。」

謝蓁知道勸不動他，於是沒再說什麼，翻了個身，用後腦勺對著他。

「小玉哥哥若是出事……我不會哭的。」說不出來那個字，她賭氣一般囔囔道。

嚴裕從後面環住她，大手罩住她的小手。「再哭就把眼睛哭壞了，不許哭。」

她不回應，他過了一會兒又道：「妳放心，我們還要一起生小羊羔，我怎麼可能回不來？嚴韞的軍隊已是窮途末路，最多兩個月，我們便能團聚。」

小羊羔？她臉一紅，把頭埋進被子裡。「不生！」

臭不要臉，她明明在生氣，誰要跟他討論生孩子？

嚴裕的手剛摸上她胸口一對軟乎乎的小兔兒，就被她打了回去。「別碰我……」聲音又氣又嬌，平添幾抹誘惑。

為了高洵的事，嚴裕好幾天沒碰她，如今又要走了，如何還忍得住？

她不讓碰，他就用嘴巴吃她的耳垂，吃得她渾身嬌軟，用一雙水汪汪的眼睛瞪他。

屋裡逐漸有了動靜，謝蓁嬌滴滴的聲音傳出來，外面守夜的丫鬟都知道是怎麼回事，眼觀鼻鼻觀心，假裝自己什麼都沒聽見，偏一雙臉頰羞得通紅。這一夜持續了很久，到了後半夜還沒歇下，只聽謝蓁聲音都啞了，帶著無助的哭腔，求著嚴裕停下。

後來又是要熱水又是哄她，一直到天快亮時才消停。

嚴裕帶著二十萬士兵出發時，謝蓁沒有送他。

他領兵出城，走過護城河後，忍不住頻頻往後看。

偏那姑娘心狠，當真不見身影，這時候應該在安王府裡默默地罵他。他今早出府的時候，向她保證兩個月內一定回來，她不信，歪著腦袋近乎挑釁地問：「萬一你回不來呢？」

他抵著她的額頭，與她四目相對。「那我就任憑妳處置。」

她粉唇一噘，把他往外趕。「你快走吧！」

話是牢牢記住了，心裡還是生他的氣的，不然不會連出門送他都不願意。

嚴裕嘆一口氣，不得不承認心裡有點失落。這才剛離開，就迫不及待地想回去跟她重逢了，也不知道接下來兩個月要怎麼熬過去。

他驅馬前行，一路上日夜兼程，緊趕慢趕，硬生生提前了七、八天來到蘭陵。

太子隆重地接待他，親自向他講解目前的戰況。

嚴韞的軍隊目前看似牢固，實則不堪一擊。他與西夷聯手，大靖對西夷人始終存在戒心，不可能真正齊心協力，如今軍心渙散，大靖看不起西夷，西夷不服從大靖，軍營亂成一鍋粥，此時若是給他當頭一擊，保准讓他潰不成軍。

嚴裕和嚴韜略一商量，決定快刀斬亂麻，不給嚴韞反應的時間，第二天便起兵攻打他的軍隊。

嚴裕的二十萬兵各個英勇善戰，能騎善射，他們從前方進攻，後方設有埋伏。嚴韞安營紮寨的地方兩面被圍住了，其他兩面一面是山，另一面是水，就連山上也有嚴裕的士兵，有人想從水中逃跑，沒想到水裡早就設好了陷阱，人一跳進去便被利刃刺穿，清澈的湖水轉眼暈開一層血色。

這場仗注定了勝敗，只有嚴韞還在苦苦掙扎，不肯甘休。

他騎馬迎戰，手持長劍衝向前方，與嚴裕對視，目光狠戾毒辣。「六弟果然不負我所望，一出手便要大哥的命。」

嚴裕目光冰冷，語無波瀾。「讓你多活了這麼些年，還不夠嗎？」

嚴韞一笑，不再多言，一聲令下，身後士兵衝鋒陷陣，兩邊的人再次廝殺起來。

趁著混亂，嚴韞示意身後的人放箭，冷森森的箭矢一個個對著嚴裕的心口。

高洵死的那天是否也是這樣的待遇？嚴裕想起士兵敘述高洵死時的模樣，渾身都是窟窿，身上沒有一處完好地方，滿身的血，止都止不住。

那是他的好兄弟，好夥伴。

他下頷緊繃，竟然沒有躲閃射來的箭，直直地朝嚴韞衝去。弓箭如雨，漫天而下。

嚴韞沒料到他居然不躲，一時愣住。只見他用一柄蛇矛挑開飛來的箭羽，被一箭射中肩膀連眉頭都沒皺一下，眨眼來到自己跟前，舉起蛇矛便刺過來！

嚴韞堪堪躲過，與他在馬背上過了兩招，然而嚴裕積攢了多年的仇恨在此刻爆發，勢如破竹，居然有些招架不住。

嚴裕睚眥欲裂，將嚴韞打得只有防守的分，沒有還手的餘地。嚴韞漸漸露出破綻，嚴裕舉起蛇矛朝他胸口刺去，縱身躍下馬背，兩人一起倒地，蛇矛穿透嚴韞的胸膛，把他死死釘在地上。

一地的血。

嚴韞還想掙扎，伸手想抓住地上的長劍，卻被嚴裕一腳踢開了。嚴裕握住蛇矛往他胸口更深地扎了扎，用力一旋，把他的皮肉都攪成一團，血水不斷地從他的鎧甲下流出。

嚴韞瞳孔緊縮，疼得神志不清，一張嘴便吐出一口血。「你……」

嚴裕那一下刺得正正好，刺在他的心尖上，就算大羅神仙來了也無濟於事。

嚴裕直起身，踩住他的肩膀，垂眸睥睨，帶著冷漠和殘酷，一個字一個字地問：「你想過自己會有這一天嗎？」

當他殘忍殺害宋氏和李息清的時候，當他用謝蓁威脅自己的時候，當他萬箭射穿高洵的時候，可有想過自己的下場？

因果輪迴，報應不爽。

嚴裕握緊蛇矛拔出他的身體，猩紅的血珠濺了一地一身，他卻連眼睛都沒眨一下。「你沒想到也沒關係，今天就可以嘗試一回。」說罷最後看了他一眼，語氣近乎悲憫。「到地下去向我爹娘和高洵賠罪吧。」

嚴韞早就在他拔出蛇矛的那一瞬間疼得渾身抽搐，聽到他的話目露驚恐，更多的卻是仇恨。他怎麼都想不到，當初流落民間毫不起眼的少年會長成今日的模樣。他當初瞧不起嚴裕，以為他不過是被一對平民百姓養大的庸才罷了，根本不把他放在眼裡，卻沒想到當初瘦弱的少年長成頂天立地的男人，手握重兵，殺伐決斷。他親手刺殺他，給他最沈重的打擊。

他這麼多年的處心積慮，終究功虧一簣。

嚴韞兩眼一翻，怎麼能甘心……

嚴裕翻身上馬，轉身走回自己的軍隊中，對早已站成一排的弓箭手命令道：「射箭，誰都不許手下留情！」

弓箭手領命，一個個動作熟練地搭弓射箭。

嚴韞剛站起來，便被一箭刺中小腿，身子一軟重新倒了下去。

箭羽像大雨一樣落下來，身後不斷傳來士兵的哀叫聲，血流滿地，哀鴻遍野。他身上多處箭傷，再加上心口那致命一擊，能撐到現在已是奇蹟。如今兵敗如山倒，士兵逃的逃、死的死，他身邊是數不盡的屍體，倒在血泊之中，不甘地睜著眼睛死去。

嚴韞死後，他的士兵自然而然成了嚴裕的俘虜。

俘虜共有上萬人，大部分是嚴轀生前強行招募的壯丁。誰都不願意手足相殘，同胞相殺，然而身在戰場上誰都沒辦法，只能硬著頭皮前進。嚴裕沒有嚴懲他們，只在為首的幾百名軍官身上施以墨刑，在他們背上刺一個「靖」字，再染上墨，此後一輩子都不能洗掉這個字。「靖」代表大靖，表示他們永遠是大靖的子民。

這已經是最輕的刑罰，眾人對嚴裕千恩萬謝，痛哭流涕。

然而戰爭並沒有結束，嚴轀曾與西夷聯手，如今他死了，西夷士兵卻仍舊留在蘭陵附近蠢蠢欲動。嚴裕與太子商討戰事，定下計劃決定三日後領兵出征，將西夷人趕出大靖疆土。其中一些俘虜自告奮勇上陣殺敵，嚴裕准了，若是能成功擊退西夷人，也算他們戴罪立功。

西夷人胡攪蠻纏，不如嚴轀那般好對付，這場仗足足打了半個月才將他們攆回自己的故土。為防日後仍有這種事發生，太子命人前往西夷與他們簽下條約，未來三十年內都不能進犯大靖一步，若有違背，大靖駐守在邊關的士兵會先一步對他們起兵出征。

這場戰爭總算塵埃落定，勝仗以後，嚴裕來不及參與慶功宴，第一件事便是趕回京城。

太子嚴韜問他。「為何不過幾日同我一起回去？」

他當時正在挑選良駒，從蘭陵到京城有十幾日的馬程，必須要挑選一匹精壯的寶馬才能儘早趕回京城。聽到這話連動作都沒停頓，直接將包袱甩到馬鞍上，翻身而上。「二哥不懂，我要回去陪自己媳婦兒。」

嚴韜一愣，腦海裡浮現出一個靈氣十足的小姑娘模樣。

正如嚴裕所說的，他確實不懂，他跟太子妃相敬如賓，兩人之間沒有感情，根本無從體會這種歸心似箭的心情。

家裡有一個人在等候自己、盼著自己回去，應當很幸福吧？

他有些嚮往，笑著調侃道：「你跟阿蓁的感情倒是越來越深了。」

阿蓁？

嚴裕聽到這個稱呼微微抬眉，朝嚴韜看去。

嚴韜卻恍若未覺，讓人給他多準備一些盤纏路上使用。另外又調遣了兩名身手矯健的士兵隨身保護他。

臨走前，嚴裕騎馬走出兩步，想了想又打馬折返，停在嚴韜跟前道：「二哥想必誤會了。我跟阿蓁幼年相識，青梅竹馬，感情一直很好。無論成親前還是成親後都如此。我著急回去是不放心她，怕她一個人在京城害怕。」

他話裡有話，說了這麼多無非是想表明謝蓁本來就是他的，讓嚴韜最好打消莫須有的心思。

前年那場烏龍兩人都記得清清楚楚，嚴韜想納謝蓁為良娣，中途被嚴裕橫插一腳，最終成了他的六皇子妃。

這件事一直是嚴裕心裡的一塊疙瘩，他知道他們都沒有忘記，他介意，嚴韜應該也介意。只不過兩人都藏得很好，表面上根本看不出任何罅隙，一心一意對付嚴韞。如今嚴韞倒了，嚴裕當初答應嚴韜的事做到了，他們之間的這層窗紙也該捅破了。

嚴韜失笑，顯然沒將這句話放在心上。「六弟在想什麼？你難道還信不過二哥的為人？」

嚴裕不說話。

「阿蓁既然嫁給了你，便是我的六弟妹，我尊重她，不會對她有任何非分之想。」他道。

嚴裕拽緊韁繩，在手臂上纏了兩圈，偏頭凝視他片刻。「二哥多慮了，我只不過闡述事實而已。」

說罷喊一聲駕，馬蹄踏在戰爭過後的土地上，黃沙漫天，漸漸遠去。

嚴裕已經走了兩個月。

一開始謝蓁會向人打探蘭陵的情況，後來也不知怎麼，身體一天比一天懶怠，睡得也越來越多，好像每天都睡不醒似的，做什麼都沒精神。她以為是冬天快來臨的緣故，天氣一冷，人就睡得多，所以也沒放在心上。

與之相反的是，她胃口卻不怎麼好了。

廚房做的東西明明跟以前一樣，但她卻一點食慾都沒有，每每筷子抬起又放下，什麼都不想吃。丫鬟以為她是過度思念嚴裕所致，想方設法勸她多吃點，不然嚴裕一回來看到她瘦了，倒楣的還是她們這些下人。有時候雙魚、雙雁在旁邊勸說，她才勉強多吃幾口，吃完早早地就睡了。

嚴裕勝仗的消息傳回京城，聽說嚴屹很高興，精神都比以往好了很多，還說等他和太子回來，要領著一干大臣去城門親自迎接他們。

嚴韞的屍身被運回高陽，簡簡單單地埋了，甚至比有些平民百姓家的葬禮更不如。

嚴屹剝奪了他的皇子身分，貶為庶民，他的妾室都被發落了，唯有妻子守著他的墓碑，留在高陽陪他。

京城總算恢復往日的繁榮安定。

謝蓁聽到這個消息長長鬆一口氣，問吳濱他何時能回來，吳濱回答道：「王爺已經在回京的路上了。」

也就是說最多半個月就能到京城。

謝蓁又問：「他沒受傷吧？」

吳濱搖頭。「王爺一切安好。」

謝蓁連問了幾個問題，得知他平安無事後才甘休。

她剛睡醒又睏了，揮手讓吳濱出去後，一個人躺在榻上昏昏欲睡。她怕冷，屋裡早早地燒起炭盆，地上鋪著羊絨毯子，整個屋裡都暖融融的，絲毫沒有屋外秋風蕭瑟的冷寒。

雙魚走進來，看到她又要睡覺，免不了擔憂。「娘娘這陣子總瞌睡，要不要請個大夫看看？」

冷氏給謝蓁的兩個婆子前幾天回鄉了，謝蓁放她們幾天假，讓她們回家看看孫兒。

聞言，謝蓁懶洋洋地睜開一雙杏眼。「應該是夜裡沒睡好……不用請大夫了，一請大夫就要吃藥，苦得要命。」

她覺得自己沒什麼事，除了嗜睡沒別的毛病，應該過幾天就好了。

雙魚勸不動她，只好由著她去。

不幾日聽說嚴裕快到京城了，她這才打起精神去外面迎接。她一開始是坐在正堂等候，等了約莫半個時辰，還是不見嚴裕回來，漸漸有點焦慮，就走到院子裡觀望。今天太陽有些熾烈，照得人頭昏腦脹，暈乎乎的。

謝蓁額頭冒汗，舉起袖子擦了擦，忍不住抬頭看了看頭頂的太陽。她一點也不覺得熱，為什麼會冒汗呢？想了很久，才明白原來是冷汗。

雙魚勸她回屋。「還不知道王爺何時回來，娘娘先進屋等著吧，站在外面多累啊。」

她搖搖頭，固執地站在原地。「我都兩個月沒見他了，想第一個看見他！」說著讓其他人都回屋去，只留下雙魚、雙雁兩人在身邊伺候。

快晌午時，嚴裕總算快馬加鞭趕回城門，直奔安王府的方向。

他跳下馬背，直接把轡繩扔給門口的下人，看也不看對方一眼，大步往院內走去。他走得匆忙，頗有些風塵僕僕，這一路下來顧不得打點形象，下巴上甚至冒出青青的胡茬。然而他卻精神得很，足下生風，只因知道有人在等待。

走過影壁，便看到有一個姑娘站在銀杏樹下，百無聊賴地觀賞頭頂的樹葉。

她穿著一襲香色雁銜蘆花對襟衫，下面配一條碧色羊皮金沿邊挑線裙子，外面罩一件櫻色緣金邊褙子，身段窈窕，纖細玲瓏。她頭上戴著金絲翠葉眉心墜，葉子服貼地垂在她光潔的額頭上，隨著她一轉頭，映得雙目流光溢彩。

瘦了。

嚴裕上前兩步，想抱抱她，又想多看她兩眼，站在原地許久沒動。

謝蓁雙手揹在身後，臉色有點蒼白，唇邊卻勾著軟乎乎的笑。「小玉哥哥怎麼不說話？是不是傻了？」

嚴裕問她。「怎麼不在屋裡？」一張口才發現自己的聲音有點沙啞。

她笑靨盈盈。「我想你了。」

嚴裕心軟得不像話，正欲上前，然而剛一動，她就疲憊地閉上眼，身子晃了晃，往地上栽去！

嚴裕一驚，忙把她摟進懷裡，雙臂微微顫抖。「阿蓁！」

謝蓁暈倒在嚴裕懷中，人事不省。

嚴裕這才發現她不只瘦了，臉色也有點蒼白，額頭上沁出細細的汗珠，一看便是病態模樣。方才兩人離得遠，她又站在樹蔭下，是以他才沒看出她的異常。

怎麼回事？

嚴裕冷冽的眸子覷向雙魚，渾身散發著怒意。「她怎麼了？」

雙魚和雙雁也都唬一跳，剛才她們就覺得謝蓁臉色不大好，多次勸她進屋休息，可她都說自己沒事。她們兩個拗不過她，以為她真的沒什麼大礙，沒想到竟嚴重到昏了過去……兩人神色慌亂，屈膝跪地。「王爺恕罪，是婢子照顧不周……娘娘剛才說頭暈，想必是站的時間長了體力不支……」

嚴裕不聽她們兩個廢話，打橫抱起謝蓁便往內院走，冷冷地拋下一句。「去請大夫！」

雙魚、雙雁從地上站起來，不敢耽誤，忙去叫人把大夫請來。

嚴裕抱著謝蓁走回瞻月院，把她小心翼翼地放到床上，拿袖子替她擦了擦額頭上的汗。他輕輕叫她。「羔羔？」

可惜謝蓁聽不見了，無論他叫什麼她都沒有反應。

嚴裕怎麼也想不到回來後會看到這副光景，他才走了兩個月，她怎麼瘦了那麼多？以前那個活蹦亂跳的小姑娘呢？是不是下人沒好好照顧她？一想到她受了委屈，他就心疼得不行，恨不得把府上所有下人都叫過來罰一頓。

他為了儘快從蘭陵趕回京城，這一路都沒好好休息過，如今更是眼巴巴地看著她，連眼睛都不捨得眨一下。

雙魚見他形容憔悴，顯然一副疲憊極了的樣子，勸他到側室休息一會兒，他卻連動都沒動，雙魚不敢再勸，走出屋外讓人看看大夫請來了沒有。

約莫一炷香後，一個丫鬟才領著大夫匆匆忙忙地趕過來。老大夫朱顏鶴髮，被小丫鬟催得氣喘吁吁，走到門口還沒來得及喘口氣，便被雙魚一把抓過去帶到內室了。

雙魚把大夫領到床邊，對著嚴裕恭敬斂衽。「王爺，大夫來了。」

嚴裕坐在床邊沒有挪動位置，只朝大夫點了點頭便把謝蓁的手腕拿出被褥。「有勞大夫。」

老大夫知道兩人的身分，來的路上丫鬟就跟他說了許多遍，目下也不敢含糊，坐在繡墩上認認真真地給謝蓁把脈。他眉頭時舒時展，看得一旁雙魚心驚肉跳，生怕他說出什麼噩耗，好在他最後展顏一笑，捋一把鬍子道：「王妃的脈象往來流利，如珠滾玉盤之狀，是為滑脈。」他不再拐彎抹角，直言道：「王妃是有喜了。」

他剛才故弄玄虛的時候，嚴裕一直面無表情地盯著他，現在聽到他的話，狠狠地愣住了，好半晌都沒回過神來。

隨後才啞聲詢問：「你再說一遍？」

大夫站起來，笑容和煦地重複。「恭喜王爺，王妃已有身孕，府上要添新丁了。」

嚴裕怔怔地轉頭，看著床上睡容不大安詳的姑娘，一時間百感交集、五味雜陳，既激動又驚喜，更多的是不敢置信……她真的有了他們的孩子，他要當爹了嗎？

嚴裕轉頭問道：「她何時能醒？」

大夫仔細交代。「王妃昏迷是因為近來思慮過度，又飲食不規律，王爺在旁邊陪著她，想必傍晚就能醒了。」大夫叮囑謝蓁醒來後要餵她吃點進補的食物，多多照顧她的情緒。「王妃是頭一胎，應當更為注意才是。」

嚴裕頷首，把他的話都記下來，然後讓丫鬟給他診金，把他送出去。

待屋裡的人都離開後，嚴裕這才好好地端詳謝蓁的臉，方才的恐懼煙消雲散，取而代之的是無窮的喜悅。他的手放在她的臉頰上慢慢摩挲，俯身貼著她的額頭，一雙眼睛緊緊地盯著她，看不夠似的，只覺得她怎麼看怎麼可愛。「阿蓁，快醒醒……」

他想親口告訴她，告訴她她肚子裡有了他的孩子。

這個小笨蛋，連自己有孕了都不知道？她是怎麼照顧自己的？站在院子裡那麼長時間，有沒有把自己累壞？

誠如大夫說的，太陽快落山的時候，謝蓁果然醒了。

她是被餓醒的。

她從早上起來就沒吃什麼東西，廚房熬了一碗玫瑰小米粥，她在雙魚的勸說下勉強喝了小半碗，一直撐到現在，肚子早就餓得咕嚕嚕響。她緩緩睜開雙眼，眼珠子滴溜溜轉了一圈，正好對上床頭坐著的嚴裕的眼睛。

她一呆，一動不動地繼續看著。

嚴裕從她醒的時候就注意到了，一直默默地觀察她的動靜，這姑娘剛睡醒的樣子還真傻，一點也沒有平時的機靈勁兒。他唇邊噙著笑，把她從床上扶起來，又在她身後墊了一塊迎枕。「丫鬟說妳今天沒吃什麼東西，餓不餓？」

她誠實地點了點頭，然後終於反應過來有點不對勁，追問嚴裕。「我不是在院裡等你嗎？怎麼到屋裡來了？」

廚房早就準備好晚膳，嚴裕一句話，雙魚、雙雁便端著晚膳走入內室，放到床邊的方桌上，再恭恭敬敬地退出去。

嚴裕把她鬢邊蓬鬆的頭髮別到耳後，捏捏她的小耳垂。「妳昏倒了。」

她回憶了一遍，總算想起來了，她好不容易等到他，還沒投入他的懷抱就眼前一黑昏了過去。

嚴裕端起一碗山藥蓮藕牛骨湯，舀一勺吹涼後送到她嘴邊。「先喝點湯。」

謝蓁覺得他有點奇怪，但是哪裡奇怪又說不上來。她盯著他左左右右看了很久，還是沒看出什麼破綻，他怎麼突然這麼溫柔了？好像把她當成寶貝一樣，跟他以前一點也不一樣！

她就著他的手慢吞吞地喝一口湯，眨巴眨巴大眼睛。「我為什麼昏倒了？」

嚴裕又舀了一勺，薄唇微抿，慢慢地越翹越高。「喝完這碗湯我就告訴妳。」

古裡古怪。

謝蓁狐疑地瞅他一眼，還沒見過他賣關子。想來應該不是什麼要緊事，否則他不會這麼悠哉，所以謝蓁也沒往心裡去，就著他的手乖乖地把一碗牛骨湯喝完了，今天胃口還不錯，另外又吃了兩塊蘿蔔糕和幾口菜餚。

她心滿意足地擦擦嘴，歪頭看嚴裕。「現在可以告訴我了吧？」

嚴裕把碗筷放回八仙桌上，輕輕握住她的手，鑽進被子底下。

謝蓁不解。「你幹什麼？」

他卻不解釋，握著她的手放到她肚子上，聲音帶著難以掩飾的愉悅。「這裡有一隻小羊羔。」

謝蓁呆住，眨眨眼，再眨眨眼。她只覺得手心下的肌膚格外灼熱，隔著一層衣料，她能感受到肚子上的溫度，比以前任何時候都滾燙。

她磕磕巴巴，說話都不利索。「你、你什麼意思？」

關鍵時候腦子就變笨了。

嚴裕彎唇輕笑，精緻冷峻的五官笑起來明朗又柔和，讓人情不自禁地看呆了。「就是那個意思。」他不再捉弄她，另一隻手刮了刮她的鼻子，帶著無限寵溺。「羔羔有了我的孩子，這輩子都是我的人。」

謝蓁檀口微張，還沈浸在他帶來的震撼中。

從沒想過會來得這麼突然，她一點準備都沒有，怎麼就忽然有孩子了？難怪前陣子她總覺得瞌睡，吃得也比以前少，是不是跟這有關係？越想越覺得不可思議，她掀開被子，低頭觀察自己還沒有凸起的肚子，那麼平坦，真的有一個小生命嗎？

她抬頭，彷彿為了確認。「你沒弄錯？大夫看過了嗎？什麼時候有的，我怎麼不知道？」

嚴裕坐到她身邊，把她整個擁入懷中，下巴抵著她的頭頂一個問題一個問題耐心地回答。「大夫來看過了，沒有弄錯。已經有兩個多月，妳對自己一點也不上心，如果不是突然暈倒，還不知道要迷糊到什麼時候。」

謝蓁這才算有一點真實感，一雙杏眼亮亮的，像夜空裡璀璨閃爍的星辰。她驀地扭頭，抬頭對上他的眼睛，唇邊含笑，傻兮兮的。

嚴裕親親她的鼻尖。「笑什麼？」

她埋頭縮進他的懷裡，萬分小心地護住肚子。「我高興嘛！」

以前嚴裕說讓她給他生個孩子，她嘴上說不同意，可是當這個孩子真正到來的時候，還是止不住地喜悅。她既歡喜又恐慌，因為從沒當過母親，不知道該怎麼做，怕自己做得不好。可她願意去學，又不是什麼難事，當初阿娘不也把她生下來了？

這麼一想，更加期待這個孩子的到來。她跟嚴裕的孩子會是什麼樣子的？像她還是像他？

她一個人胡思亂想，把嚴裕拋在一旁。

嚴裕緊了緊摟住她的手臂，不滿地問：「妳在想什麼？」

她沒隱瞞，撐起身子環住他的脖子，與他平視，兩隻眼睛彎彎的好似月牙。「我在想我們的孩子會是什麼樣子，像你還是像我？」說完自己沈吟片刻，得出結論。「還是像我好一點，你脾氣古怪，像你肯定很不可愛。」

嚴裕薄唇一抿。「若是兒子，肯定要像我。」

說起這個謝蓁就不樂意了，嘴巴一噘，底氣十足地反駁。「像你有什麼好的？你小時候就像個小姑娘！」

這句話無疑戳中了嚴裕的痛處，他眼睛一瞪，如果不是看在她有身孕的分上，真想把她壓在床上證實一下自己到底哪裡像姑娘？

謝蓁見他生氣了，嘿嘿一笑，討好地啄了啄他緊抿的薄唇。「那是因為小玉哥哥長得漂亮，我就喜歡漂亮的人！」

他哼一聲。「膚淺。」

謝蓁一點也不介意，反而理直氣壯道：「你說過喜歡我，我也漂亮，那你也是膚淺的人？」

他一噎，居然無法反駁。

論起歪理來，嚴裕永遠說不過謝蓁。好在他早就學聰明了，不跟她一般計較，就讓她討點口頭便宜，她高興就行了。

謝蓁繼續構思了一下以後孩子應該像誰的問題，最後得出結論，眼睛和鼻子應該像嚴裕，嘴巴像她，這樣無論生的是兒子還是閨女都好看。

不過他夫妻倆本就一個比一個好看，生下來的孩子必定也差不到哪裡去。

這幾天嚴裕可謂是把謝蓁捧到手心去了，對她寶貝得不行，生怕她有一丁點閃失，無論她做什麼他都要在旁邊跟著。

謝蓁要去湖邊走走，他亦步亦趨地走在靠岸的那一邊，擔心她掉到河裡，所以把她護得嚴嚴實實。又擔心她著涼，還讓丫鬟回屋拿來一件披風披到她身上，鬧得謝蓁興致大減，最後只能敗興而歸。

回屋以後她的腿不小心絆住繡墩，嚴裕便讓丫鬟把屋裡桌桌椅椅的稜角都用棉布包起來，以免之後她再撞傷。簪子釵鈿等尖銳的東西都收進妝奩，熏香和香料也停了，非但如此，嚴裕居然把她的那些脂粉口脂都收起來，不讓她找到！

雖然她不常用，但是姑娘家嘛，哪個不喜愛這些胭脂水粉，就是擺在梳妝檯上看看也好啊！

謝蓁氣得趴在他胳膊上重重地咬了一口，甕聲甕氣地說：「你還給我！」有身孕的人本就脾氣暴躁，無理取鬧，謝蓁也不例外。她還算好的，平常都很乖巧安靜，偶爾遇見不稱心的事才會朝他發一頓脾氣，今天實在是忍無可忍了，才會咬得這麼毫不留情。

偏偏嚴裕連眉頭都沒皺一下，扶住她的腦袋順了順毛。「那些東西含鉛，有的含有麝香，對妳和孩子都不好。」

謝蓁不甘心，換個地方又咬了一口，頗有點委屈兮兮。「可是我喜歡……我就看著，不用。」

嚴裕還是不鬆口，他不是不相信她，而是不敢拿她和孩子開玩笑。屋裡的丫鬟都信得過，但不排除有發生意外的可能，若是有那些心術不正的下人在她的香料和脂粉裡動手腳，到時候發現就晚了。不怕一萬，只怕萬一。

嚴裕聽大夫說過，懷孕的女人情緒都很脆弱，千萬不能跟她們較真，要哄著疼著，她們說什麼都是對的，你說什麼都是錯的。尤其是謝蓁這種頭一胎的姑娘，本身年紀就不大，心智尚未成熟便要當母親，更要好好照顧才是。

嚴裕一開始不大能理解，有孩子不應該是高興的事嗎？為何會情緒脆弱？現在他是完全懂了，他甚至不捨得對謝蓁說一句重話，因為只要她一露出那種水汪汪、可憐巴巴的眼睛，他就束手無策了。

比如現在，謝蓁咬著粉唇，又氣惱又撒嬌地瞪他。「還給我……」

嚴裕必須要有很堅定的立場才能拒絕，他大掌一蓋，捂住她的眼睛。「不行！」

謝蓁扒開他的大手，立即換成另一張臉，氣呼呼地指控。「小玉哥哥真壞！」到底還是怕他真把東西扔了。「那你什麼時候能還給我？」

嚴裕想了想。「等孩子生下來後。」

那得好幾個月呢！

謝蓁一想到這幾個月都要蓬頭垢面地見人，簡直完全沒法忍受，她是最注重外表的，到哪裡都要穿戴得漂漂亮亮，如何能接受？當即纖手一指，氣呼呼地趕人。「你出去！出去……」

嚴裕站著不動，有點無奈。「我是為了妳好。」

謝蓁杏眼圓圓的，一點兒也不領情。「誰家像你這麼誇張的？我大姊、二姊有身孕的時候，都是滿頭珠翠，大姊夫、二姊夫才沒你這麼謹慎呢！」

她也知道他是因為謹慎，畢竟這個孩子盼了這麼久，他不希望有任何差錯。更不希望她出事。

嚴裕一動不動，末了見她一張小臉氣得紅彤彤，髮鬢亂糟糟的，額頭有幾根碎髮掉在前面，襯得她就跟個小瘋子一樣。他忽然一笑，似乎明白她為何這麼生氣了。他把她的頭髮捋了捋，露出光潔的額頭，俯身在上面輕輕親了一下。「妳就算不戴那些東西，也一樣好看。」

他很少說這些露骨的情話，大抵是自己也不習慣，聲音有點啞啞澀澀的，帶著點討好的意味。

謝蓁哼一聲，把頭一扭，絲毫不領情。

他連忙保證。「我說的是真的。」

謝蓁這才慢吞吞地轉過頭，漂亮的杏眼一動不動地看著他。

他窘迫地咳嗽一聲，正好這時丫鬟端著午膳進來，一碟碟擺在外面的圓桌上，他似乎總算找到臺階了。「我們去吃飯。」

謝蓁抿抿唇。「不吃。」

每天吃飯是頂頂大事，嚴裕為此操碎了心。如今三餐的膳食都換成對身子有益處的菜式，每一樣都是滋陰進補的，可她的口味越來越挑剔，這也不吃那也不吃，就連以前最愛吃的糖醋咕咾肉這會兒也一點胃口都沒有。嚴裕只好讓廚房變著法子做菜，要是有哪道菜她多吃了兩口，下一頓嚴裕肯定會讓人再上這道菜。

就這樣，這兩個月來她瘦下來的肉，總算讓嚴裕幾天內一點一點地養回來了。

在嚴裕好說歹說的勸哄下，謝蓁總算肯坐下來喝一碗枸杞紅棗烏雞湯。只不過還沒喝兩口，她便皺眉捂住嘴巴，偏頭把剛才喝下去的湯都吐了出來。

把肚子都吐空了，還在不住乾嘔。

丫鬟忙圍上來，雙魚拿帕子給她擦擦嘴，雙雁端上一杯清茶讓她漱口，她漱罷口後，把烏雞湯遠遠地推開。「我不要喝這個……」

嚴裕接過雙魚手中的帕子，一邊替她擦拭嘴角一邊問道：「怎麼了，廚房做的不好喝嗎?」

她搖搖頭，不肯看桌子，只覺得看一眼都膩得慌。「我也不知道……一聞到那個味道就噁心，你讓人撤下去……」

嚴裕便讓人把烏雞湯端走，問她想吃什麼，然而她掃了桌子一眼，什麼都不想吃，手腳並用地爬進他懷裡，摟著他的腰把頭埋進他胸口。「什麼都不想吃了。」

可是不吃東西怎麼成?她現在可不是一個人，肚子裡還有一個呢。

她膩葷腥，嚴裕便讓廚房做幾道清淡可口的菜式，她多少吃了點，另外還吃了一碗核桃酪。事後嚴裕把她送回內室，另外找她身邊的嬤嬤問了問，桂嬤嬤昨天剛從鄉下家裡回來，得知謝蓁有身孕後高興了一整夜都沒睡好，目下聽嚴裕一問，立即頭頭是道地回答:「王爺不必擔心，娘娘這是正常現象……等過了這陣就好了。」

嚴裕聽罷，這才放心。不過還是讓吳濱去庫房把嚴屹賞賜的幾棵百年老參拿來，切成片，讓謝蓁含在嘴裡。

謝蓁躺在床上，一隻手不死心地捏住他的袖子。「我的簪子……」

嚴裕拿她沒辦法，捏了捏她的鼻子問:「我都還給妳，妳答應我以後好好吃飯。」

她眼睛一亮，嘴角抑制不住地往上翹。「好。」

於是第二天一早，謝蓁就看到她的首飾脂粉全都放回妝奩裡，一個不少。她不知道的是，嚴裕讓人連夜把胭脂水粉都查了一遍，確認沒有任何問題才還給她的。

第三十二章

謝蓁有孕的消息十來天後才傳到定國公府，一開始謝蓁身體虛弱，嚴裕不想讓人前來打擾，便有意封鎖消息，等到她身子穩定得差不多了，才讓人前來探看。

冷氏和謝蕁第一時間就來了，給她帶了許多補品，叮囑她不少事項。冷氏還給她帶了兩名婆子，對生孩子這方面比較瞭解，留在謝蓁身邊，以後有事方便使喚。

謝蓁很樂意，她跟嚴裕什麼都不懂，總是鬧笑話，有兩個婆子在身邊確實能幫許多忙。

她才三個月，肚子一點都不顯懷，身段還是跟以前一樣窈窕纖細。

謝蕁一下子懂事不少，不再纏著她鬧她，規規矩矩地坐在床邊托腮看她。「阿姊，有孩子是什麼感覺？」

謝蓁歪著腦袋想了一會兒。「就是覺得肚子裡多了個東西……讓我吃不好睡不好，時常牽掛著。」

回答得倒很實在。

謝蕁把手放在她肚子上，揉了揉。「疼嗎？」

她噗哧一笑。「現在還不疼，阿娘說等他長大以後會踢人，到那時候就疼了。」

謝蕁微微張口，跟她一樣覺得稀罕，嗖一下把手縮回去，不敢再摸，生怕把孩子摸壞了。

冷氏和謝蕁沒待多久，嚴裕不想累著謝蓁，便站在門邊委婉地提醒她該休息了，冷氏和謝蕁又逗留片刻，這才起身離去。

這以後，冷氏便時不時送補品過來，可不是一般的上心。

立冬這天，太子和驃騎大將軍從蘭陵回來，嚴屹在宮中設宴。

擊退了內憂外患，這場慶功宴空前盛大，京城百姓舉杯同慶。非但如此，聽說嚴屹還有退位讓賢的打算，要把皇位傳給儲君。這些事原本跟嚴裕和謝蓁沒關係，然而不知道從哪裡傳出來的消息，說嚴屹對太子此次出征蘭陵很不滿意，嫌他優柔寡斷，反而頗為欣賞六皇子的英勇果決……這儲君之位，落到誰頭上還不一定呢。

嚴裕聽完吳澤彙報，面無表情地揮了揮手。「我知道了。」

吳澤欲言又止，最終還是老老實實地退下了。

嚴裕沒跟謝蓁說起此事，免得她知道後多想。

當晚宮中設宴，他們兩個一起出門，馬車行駛至宮門口，正好遇見定國公府和驃騎將軍府的馬車。

謝蓁跟嚴裕在門口分開，一個前往麟德殿，一個前往昭陽殿，臨走前嚴裕不放心，叮囑雙魚、雙雁仔細她的身子。他的一顆心都牽掛在她身上，偏偏這姑娘不領情，見到阿娘阿妹就把他忘了，末了還嫌他囉嗦，把他往旁邊一推不耐煩道：「知道了知道了，你都說一路了，不能走得太快、不能單獨行動，我都記著呢！」

嚴裕踉蹌兩步，即便被她推搡也心甘情願，皺著眉頭道：「也不能這樣冒冒失失……」

謝蓁眼睛一瞪，他只好閉嘴。

好不容易目送著嚴裕離開，她聽到身後傳來噗哧一笑，轉頭看去，正是顧如意在笑話她呢。

顧如意臉上依舊戴著面紗，盈盈站在馬車旁，溫柔的眼裡露出促狹笑意。兩人有好陣子不見，自從嚴裕去蘭陵後她就沒怎麼出門，更沒出現在貴女圈裡，如今懷了身孕，被嚴裕管得嚴嚴實實，更沒機會出門了。

目下相見，被人看見這麼膩歪的一幕，謝蓁有點不好意思，抿唇赧然一笑。「讓妳看笑話了。」

顧如意搖搖頭，偏頭跟母親說了句話，便走上前與她同行。「安王爺這麼關心妳，讓人羨慕都來不及，怎麼會笑話呢？」

那邊謝蕁牽著嬷嬷的手從馬車上跳下來，三兩步來到她跟前穩穩地停住，挽住她一條胳膊。「阿姊，我扶妳走。」說著便來到另一邊攙住謝蓁的手。

謝蓁被這陣仗嚇壞了，真覺得她們大驚小怪，不就是懷個身孕，怎麼一個比一個緊張？她向後看去，朝冷氏抱怨。「阿娘，妳快看看阿蕁……」

誰知道冷氏非但不幫她，還怪罪起她來。「妳自己也該長點心，都是要當娘的人了，還這麼孩子氣，我看阿裕說得一點都沒錯。」

得了，居然還是她的不是。

謝蓁扁扁嘴。「他什麼都管著我……我已經很聽話了。」

冷氏瞋她一眼，顯然不相信。

一旁的顧如意驚詫地睜大了眼睛，不由自主地往她肚子上看去。才三個月，根本看不出什麼跡象，再加上她身材嬌小，還是跟以前一樣纖細。好奇道：「妳有身孕了？幾個月了？」

謝蓁笑咪咪地豎起三根手指頭。「三個月啦。」

那模樣，頗有點小驕傲，看得冷氏連連搖頭，又好笑又縱容。

她們的馬車停在宮門口擋住了別人的路，冷氏便領著她們往裡走，宮內有宮婢接應，一路領著她們往昭陽殿去。路上顧如意跟謝蕁分別走在她兩邊，問東問西，兩人都是未出閣的姑娘，對這些事一知半解，當然好奇。

謝蓁倒挺有耐心，她們問什麼她答什麼，跟她們傳播了不少知識。

這陣子她孕吐一天比一天厲害，常常半夜胃裡不舒服，伏在床頭乾嘔，一整夜都睡不好，整個人都有點神經兮兮。嚴裕心疼她，找了大夫來問，大夫說是正常現象，熬過這段時間就好了。她後來吐著吐著就習慣了，儘量讓自己過得更快活些，這所謂的快活……自然是拿嚴裕撒氣。

嚴裕的脾氣前所未有的好，知道她不舒服，所以什麼都遷就她。

說起這個，謝蓁嘴角止不住地往上翹。「他什麼都聽我的。」

顧如意一笑，朝她看去。「平常可看不出，安王爺是那麼好脾氣的人。」

謝蓁抿唇，這是當然，因為他的好脾氣都給了她一個人。

外人眼裡，嚴裕是個很不好對付的人，冷漠、鋒利、說話不留情面，看人時還仗著身高優勢帶著居高臨下，造成他極不容易相處的感覺，好多姑娘都不敢正眼看他，怕他的眼神一掃過來，就被凍成冰柱了。

偏偏他看謝蓁的時候眼神柔和，就像變了一個人，儘管眼裡有不悅和不滿，但依然溫柔，不知道有多少姑娘羨慕著謝蓁呢。

昭陽殿就在前方，她們走過漫長的丹陛來到殿內。殿內上方端坐著王皇后和太子妃，還有幾位公主。謝蓁一眼就看到旁邊貴妃榻上的嚴瑤安，她穿著織金纏枝花卉夾襖，下配一條雲龍紋雙膝襴馬面裙，明豔照人。嚴瑤安顯然也看到了她們，表情有一瞬間的不自在，視線落在顧如意身上，旋即別過頭去，不再看她們。

自從上回謝榮拒婚後，謝蓁便一直沒有見過她。不見也好，畢竟她們還沒想好該用怎麼樣的表情相見，見了只會徒增尷尬。

賜婚那事，謝蓁可以在謝榮面前埋怨他，但到了外人跟前還是十分護短的。她的哥哥，她怎麼責備都可以，但別人卻說不得打不得。謝榮吃了嚴屹八十個板子，她都悄悄記著呢。不是說嚴瑤安做得不對……只是婚姻本就該講究個你情我願，強扭的瓜不甜，硬湊在一起有什麼意思呢？

謝蓁跟在冷氏後面向王皇后請安，王皇后把她叫到跟前說了幾句話，知道她有身孕後十分高興，連忙讓人賞賜了幾樣寶貝，其中還有一尊南海求來的送子觀音。

謝蓁屈膝感謝，王皇后忙把她扶起來。「妳如今有了身孕，就別跪了，免得讓老六看見心疼，背地裡還要怪我。」

話是玩笑話，沒幾人當真。

謝蓁只好欠身道謝，她跟皇后不熟，說不到一塊兒，在旁邊坐了一會兒便到後面去找謝蕁和顧如意了。

自從顧如意走入大殿後臉色便有點不對勁，謝蓁問她怎麼回事她也不說，只是一個勁兒地低頭喝茶，可是她表現得這麼局促，傻子才看不出來有問題呢！

在謝蓁的連連逼問下，她才老實交代，說那天謝榮到學士府找她大哥顧策，顧策被叫去前堂，恰好被公主看見她和謝榮單獨待在一起的一幕。「瑤安想必誤會了，後來我追出去解釋，她也不聽。沒幾天我便聽阿爹說起皇上賜婚的消息，為此還害得謝大哥被杖責……心裡實在過意不去。」

原來是這麼回事！

謝蓁總算弄明白來龍去脈，她就說嚴瑤安怎麼忽然沈不住氣了，原來是受了刺激。事情都過去那麼久，謝榮背上的傷早就好了，嚴屹也沒因此在仕途上難為他，如今他一帆風順，在兵部連升兩品，已經做到郎中的位置。「我大哥身強力壯，禁得住打……妳就別愧疚了。」

顧如意點點頭，想了想還是過意不去，便打算回府後讓顧策多去定國公府走動走動，順道帶幾樣賠禮。

雖然晚了點，但聊勝於無。

宮婢端上幾碟點心，謝蓁拿起一塊蓮蓉紅豆糕咬一口，就著油茶喝下去。她一面吃一面看暖閣裡的王皇后和公主。「那妳跟和儀公主……還有交情嗎？」

顧如意苦笑著搖了搖頭，頗有些無奈。「我來宮中求見過幾次，但都被瑤安拒之門外了。」

也不知道嚴瑤安是內心過意不去，還是鐵了心不跟她們來往。

謝蓁聳聳肩，顯得很豁達。「她僅憑一個畫面就不相信妳、跟妳斷絕來往，妳也沒必要太傷心。反正還有我和阿蕁呢，妳若是閒來無事，可以找我們兩個談心。」

謝蕁把一塊紅豆餡的山藥糕吃得乾乾淨淨，舔了舔拇指上的餡，聞言扭頭看來。「還有仲柔姊姊！」

顧如意一笑，被她們說得心境開闊不少。「那我去找妳們，妳們可千萬別嫌我煩。」

謝蕁眨眨眼。「才不會呢。」

謝蕁小姑娘最近活潑了不少，更討人喜歡了，幾個姑娘說說笑笑，笑語嫣然，又因為模樣標緻，殿裡的姑娘都不如她們出眾，以至於吸引不少目光頻頻看去。

嚴瑤安坐在暖閣榻上，隔著一道水晶珠簾往外看去，只見謝蓁偏頭與顧如意說話，聽不見她們說了什麼，只見三人眉眼彎彎，一看便知洽談愉快。她撇撇嘴，不忿地哼了一聲。

因為今日宴請的官員眾多，還有不少女眷，嚴屹便讓人把宮宴直接設在麟德殿外的高臺上。高臺有半人多高，占地寬闊，四周圓柱圍抱，柱上浮雕水龍紋，臺後的麟德殿氣勢恢宏、雄偉壯闊。

宴席共設了一百八十桌，幾乎朝中所有的官員都到齊了。

謝蓁與王皇后坐在同一桌，她坐在皇后左手邊，太子妃坐在皇后的右手邊。鄰桌不遠處便是嚴屹和嚴裕他們。

因為是晚上，宮燈明亮、燈火輝煌，謝蓁一抬頭便能看到對面的嚴裕。

他不斷地被朝中大臣敬酒，推拒不過，便一杯接一杯地喝下去。他不放心謝蓁，仰頭喝酒的時候還抽空往她這邊看過來，冷清清的鳳眸一動不動地盯著她，彷彿喝的不是烈酒，而是她手裡的梅子茶。

謝蓁朝他吐了吐舌頭，扭頭回應王皇后的話，不再看他。

宴席到一半，嚴屹忽然示意眾人安靜。嚴屹這陣子身體不好，今日是強打起精神參加宴席的，明顯能看出眼睛下一圈青色。「大靖能有今日太平，少不了太子和安王的功勞。」底下大臣紛紛附和，又是一聲接一聲地朝嚴裕和嚴韜道喜。

嚴屹賞賜了兩人不少東西，其中命太子為監國，又提升了嚴裕在軍中的官階。此次一同前往蘭陵的人最少都官升兩品，仲尚頂替了謝榮以前的位置成為兵部員外郎，與謝榮在同一處謀事。

至於戰爭中殉職的烈士，嚴屹命驃騎將軍好好安撫他們的家屬，儘量補償，一定不要虧待了他們，仲開諾聲應是。

宴後，六皇子府。

小姑娘長成了大姑娘，連胸脯兩團包子都長大了不少，原本他一隻手剛好能握住的，現在有了身孕，那兒也跟著大起來，如今一隻手已經快握不住了。不過他喜歡得緊，這陣子不能同房，他就喜歡吃她那兒，把她都咬腫了，攔都攔不住。

謝蓁又羞又惱，眼瞅著他又要埋進胸口，忙抬手推搡他。「小玉哥哥別這樣……」

他不聽，沒臉沒皮地問：「羔羔，為什麼不出水兒？」

這個問題叫她怎麼好回答！

謝蓁俏臉通紅，儘管兩人同房已久，關起門來什麼事都做過，可不代表她就得習慣聽他的葷話！「我、我怎麼知道！」

他啜了兩口，耳邊是她羞惱的聲音。「那我明天問問大夫……」

不要臉！他要真問大夫，她的臉往哪兒擱！

謝蓁雙頰通紅、杏眼水潤，咬著唇瓣強力忍耐不發出聲音，雙手被他牢牢地按在頭頂，真是被欺負得楚楚可憐。終於被他的厚顏無恥打動了，吞吞吐吐地說：「阿娘說……沒有那麼快的，還要再等幾個月……嗚……別吸了……」

為了她的身子著想，他好長時間不能碰她，難道現在還不能解解饞嗎？

嚴裕抬頭堵住她喋喋不休的小嘴，與她唇齒相依，直至她差點沒喘上氣來，他才鬆開她。

原本謝蓁打算一回府就睡下的，誰知道不知不覺地耽誤了大半個時辰，被他鬧得想睡都睡不了。到後來實在睏得不行了，他這邊還在親她的耳朵，她那邊已經倒頭呼呼大睡了。

雙目緊閉，像蝴蝶翅膀一樣又長又翹的眼睫毛倦倦地垂下來，鼻翼翕動，粉唇微啟，怎麼看怎麼順眼。看來是真累得不輕，嚴裕不再鬧她，替她整理好衣服，低頭碰了碰她的額頭。「今天就饒了妳。」

她聽不見，早就睡死了。然而潛意識裡還知道攀附他，雙手搭在他的脖子上，蹭了蹭他的胸膛。

嚴裕很受用，低聲笑了笑。吹熄了燈，與她同榻而眠。

五個月的時候，謝蓁的肚子總算明顯了點。

她腰身纖細，微微隆起的時候弧度完美，漂亮得很。嚴裕最喜歡把她抱在懷裡，摸著她圓圓的肚子，又或者趁她換衣服的時候，什麼都不做，站在一旁一動不動地看著她，眼神繾綣而癡迷。

可惜天氣一天比一天冷，穿的衣服也越來越多，把謝蓁肚子的曲線完全遮住了。厚實的斗篷罩下來，什麼都看不見。

嚴裕有點失望，從朝廷回來想摸摸她的肚子，可惜被一層層衣服擋著。他的大掌探進斗篷裡，動作輕柔地碰了碰。「今天有動靜嗎？」

謝蓁搖搖頭。「沒有，今天乖得很。」

前幾天，謝蓁偶然發現肚子裡的孩子動了下，把手放上去，能感覺到他微微的動靜，像魚兒在肚子裡吐泡泡。

謝蓁一下子覺得好神奇，養了這麼久總算有點成就感了，當即把這件事告訴嚴裕。

沒想到嚴裕比她還著迷，因為是他們兩個人的孩子，所以格外上心。每天下朝回來就要問問她孩子有沒有動靜，最喜歡做的事就是在下雪的時候，一邊擁著她坐在廊下，一邊跟她討論應該給孩子取什麼樣的名字。

遠遠看去，兩個人好似一個人。他懷抱著她，低頭在她耳邊說話。她杏眼彎彎，抬頭迎上他的視線。

絮絮叨叨的，一說就能說上小半天。

謝蓁懷孕七個月時，仍舊是細胳膊細腿的，但肚子卻大得不像話。冬天尚且看不出來，因為有厚重的斗篷或氅衣掩蓋，天轉入春，一天天暖和起來的時候便明顯了。

脫下厚厚的冬衣，換上輕便的春衫，這才發現她的肚子似乎比一般孕婦還要大一圈。

嚴裕登時慌了，難道懷了個巨嬰不成？依照謝蓁這麼纖細的身板，若是孩子太大，生產的時候必定十分痛苦。嚴裕捨不得她痛，表情一天比一天惆悵，某天早上起來發現肚子又長大了，他心疼地問她。「要不我們不生了？」

謝蓁不可思議地看他一眼，好像他說了什麼瘋話。「你說什麼？怎麼能說不要就不要，這可是我懷了七個月的！」

這七個月來她受了多少苦，她自己可是記得清清楚楚！

一開始孕吐吐得厲害，一天下來根本吃不了幾口飯，即便吃了也會馬上吐出來。到後來不吐的時候，晚上卻常常起夜，那會兒天寒地凍，半夜起來簡直要耗費很大的勇氣，她睡都睡不好，眼窩底下迅速泛起一圈青色。現在七個月了，肚裡的孩子好不容易穩定下來，她都以為苦盡甘來了，他居然叫她別生了?!

謝蓁挺著肚子從他懷裡鑽出來，一手扶著腰一手氣呼呼地指著他。「這是我的孩子，說什麼我都不會放棄的！」

嚴裕握住她的手指，憂心忡忡地看了一眼她的肚子。「聽說生孩子是女人的劫難，我怕妳受不住……」

她這麼小一點兒，他最清楚不過，孩子怎麼能從那裡生出來呢？

而且這個孩子，明顯比一般的孩子要大！

謝蓁橫眉豎目，當真覺得他不可理喻。「那不生了？那他怎麼辦，一直待在我肚子裡嗎？」

這也是個問題，嚴裕眉頭緊皺，彷彿當真思考起這個問題來。

最終想來想去也沒有結果，還被謝蓁狠狠數落了一頓，他沒法，只好讓人把大夫請過來。最後不僅大夫來了，連府上早就準備好的產婆也來了，幾個人圍在謝蓁身邊，挨個兒查看究竟怎麼回事。

大夫只能看一些尋常病痛，對於未出生的胎兒還真是沒轍，只能肯定地告訴嚴裕一句。「王妃和小世子都健康得很，王爺無須擔心。」

產婆在謝蓁肚子上摸了一遍，若有所思，看謝蓁雙頰紅潤，沒有任何不適之狀，也欠了欠身行禮道：「回稟王爺，王妃身體好得很，腹中胎兒也十分健全。」

送走大夫和產婆，嚴裕這才稍微放心一點。

謝蓁笑話他。「都說了沒什麼事……」

其實這也怪不得嚴裕，他太擔心她了，難免會大驚小怪。畢竟聽說生孩子不是件容易的事，想想就替謝蓁擔憂。

八個月時，正值春日，草長鶯飛，百花絢爛。

謝蓁聽從大夫的建議，每天都繞著院子走兩圈，她肚子一天天大起來，夜裡只能側躺著睡，感覺整個人都笨重了不少。她現在低頭都看不到自己的腳尖，也不敢照鏡子，怕看到一個臃腫的自己。她這麼看重外在的人，能為孩子忍受到這分上委實不容易，好像所有的好脾氣都給未出生的孩子了。

其實沒有她想的那麼誇張，她還跟以前一樣，除了肚子大了好幾圈，人還是一樣美。

嚴裕有時下朝早，便扶著她的腰跟她一起逛院子，她走一步他走一步，可真是慢得不行了。難為嚴裕身高腿長，為了遷就她不得不放慢腳步一步一步走，偏偏還一點怨言也無，瞧著十分心甘情願。

這日兩人正一塊兒散步，謝蓁忽然停下「呀」了一聲，嚴裕立即緊張地問：「怎麼了？」

她的手放在肚子上，笑咪咪地朝他看去。「小玉哥哥，他又踢我了！」

嚴裕表情微鬆，扶著她走到廊廡的欄杆上坐下。「讓我聽聽。」說著蹲在她面前，耳朵貼上她的肚皮，認真地聽裡面的動靜。

等了好一會兒，什麼動靜都沒有。

嚴裕直起身。「怎麼不動了？」

謝蓁掩唇偷笑，笑起來狡猾得像隻小狐狸。「一定是他不喜歡你，所以你一來，他就不動了。」

嚴裕無奈地碰碰她的鼻子。「我是他爹，他敢不喜歡我？」

謝蓁彎著嘴角故意挑釁。「有什麼不敢的？」

兩人大眼瞪小眼，最終嚴裕認輸了，站起來正要帶她回屋，還沒走出兩步，便看見前方有人穿過月洞門朝這邊走來，走近了才發現是雙雁。

雙雁一臉著急，心急火燎地通傳道：「娘娘，國公府來人傳話了，說請您快點回去一趟！」

很少見雙雁這麼慌忙，謝蓁不由得心裡一揪，問道：「說什麼事了嗎？」

雙雁搖搖頭。「婢子也不清楚，但來的是夫人身邊的老嬤嬤，說是有要緊事跟您商量……」

阿娘的人？

冷氏既然把身邊的人派來，想必不是小事。

謝蓁拽著嚴裕的手，也跟著著急起來。「快、快，你扶我去堂屋看看。」

她現在大腹便便，走起路來很不方便，避免路上發生什麼意外，還是讓嚴裕扶著比較好。

來到堂屋以後，老嬤嬤果真在這裡等候。謝蓁上前問她怎麼回事，她說是為了謝蕁的事。謝蓁還想再問得仔細一些，然而她卻不肯多說，只有所保留道：「娘娘還是回去後親自問夫人吧……」

謝蓁什麼都問不出來，只好跟她一起回定國公府。嚴裕不放心，正好手邊無事，索性跟她一起出來了。

來到定國公府，謝蓁直接走入玉堂院。

剛到正室，便聽到冷氏冷厲的責問。「你們平時是怎麼伺候主子的？竟沒有一個人通傳我？今日若不是被我發現，還要瞞到什麼時候去！」

謝蓁與嚴裕交換了一個眼神，知道冷氏這會兒一定怒火沖天，便讓嚴裕在門外等候，她一個人進去就行了。冷氏生氣的時候跟前的人越少越好。她舉步進屋，看到屋裡跪了兩排下人，一眼看去全是伺候謝蕁的人，她攙著雙魚問道：「阿娘這是怎麼了？為何生這麼大的氣？還把我也叫過來。」

謝蕁一看見她便像看見救星一樣，眼睛驟亮，「阿姊」兩個字還沒說出口就被冷氏打斷。「妳來得正好，過來說說阿蕁，她非要把我氣死不可！」

什麼事這麼嚴重？

謝蓁朝謝蕁看去，只見謝蕁縮在八仙椅上，眼眶紅紅的，一臉無辜地瞅著她。「我沒有……」

謝蕁一直是三個孩子裡最聽話的，謝蓁想不通她做了什麼事竟讓冷氏如此氣憤？

謝蓁把謝蕁叫到屋裡問了問，才知道原來今天仲尚來找過她，她本不想見，但是仲尚居然在角門等了一個時辰。謝蕁擔心他再等下去會被人發現，只好過去見他一面，他也沒什麼要緊事，就是想跟她說說話。

可說話就說話，他老動手動腳的，謝蕁想走，他卻不讓。

上回仲尚說要從蘭陵帶好吃的給她，後來兩個人都忘了，仲尚前幾天才想起來，忙去西市買了奶油松穰卷酥補償，他在懷裡捂了一路，拿給她的時候她卻不要。

謝蕁撥浪鼓似的搖頭。「仲尚哥哥，我要回去了。」

仲尚抓住她的手。「妳不同我說會兒話？」

謝蕁試圖扳開他，擰起秀眉露出為難。「我阿娘在家……」她不想被阿娘發現，那樣她會挨罵的。

然而事實證明害怕什麼就來什麼，她剛說完這句話，冷氏身邊的老嬤嬤就尋過來了，邊走邊問：「七姑娘，妳在跟誰說話？」

就這樣，謝蕁跟仲尚在後門見面的事被冷氏知道了，冷氏大發雷霆，把謝蕁身邊的人狠狠訓斥一頓。

冷氏本就不大待見仲尚，此人有前科，以前品行不良，現在一時半會兒難以改變對他的印象，再加上他跟謝蕁私會，所以冷氏對他的成見就更深了。又聽下人說他們不是第一次私下見面，冷氏氣得禁止謝蕁外出，讓她未來三個月都待在家中，哪兒也不准去。

謝蕁解釋：「我跟仲尚哥哥之間沒什麼……」冷氏哪裡聽得進去，當即就讓人去安王府把謝蓁請來了，要謝蓁好好勸勸她，以後別再跟仲尚來往。

謝蓁聽完前因後果，沈默片刻，毫無預兆地問：「阿蕁，妳對仲尚是什麼看法？」

謝蕁被問住了，扭頭一臉迷茫。「什麼意思？」

她以為謝蓁會跟冷氏一樣責備她，畢竟她自己也知道錯了，未出閣的姑娘私自跟男人見面，傳出去名聲委實不大好聽。可她當時也沒有辦法，仲尚等了那麼久，總不能一直讓他等下去吧？

謝蕁已經跟冷氏認錯了，保證以後都不會再發生這種事，可冷氏仍舊不滿意，要她跟仲尚斷絕來往。

仲尚哥哥做錯了什麼，阿娘這麼討厭他？她想了好久也想不通，以前仲尚也來過家裡，阿娘都沒表現得這麼排斥，為何這次忽然變了態度？

殊不知以前是以前，以前冷氏拿他當普通小輩看待，反正跟自己家沒什麼關係，也就有一顆包容之心。如今他居然要來禍害自己的女兒，那就不一樣了！看待小輩跟看待女婿完全是兩碼事。

謝蕁還沒想清楚，謝蓁又問她這麼個問題，她自然疑惑。「阿姊也不喜歡仲尚哥哥嗎？」

謝蓁一直對仲尚就抱有敬謝不敏的態度，知道此人放浪形骸，所以一直敬而遠之。沒想到他居然會跟自己妹妹牽扯不清，阿蕁那麼單純的姑娘，同他根本就不是一路人！謝蓁左思右想，覺得還是不能讓謝蕁被仲尚給糟蹋了，她就這一個妹妹，當然希望她過得比別人都好。

她誠懇地點了下頭。「我是不喜歡他，以前聽高洵說他的事……」提起「高洵」二字，她微微一僵，腦海裡浮現出高洵那張笑容和煦明朗的臉，不自覺握緊了榻上的美人靠，直到謝蕁叫她，她才從恍惚中回神，收了收心思繼續娓娓道來：「他是京城裡的小霸王，百姓見了他都要躲著走，是誰都不敢招惹的對象。」

高洵不會主動跟她說這些，都是她不放心妹妹，逼問之下他才說的。

謝蕁聽她說完那些例子，難以想像仲尚以前跟人起衝突的模樣。「我看他現在挺好的呀……」

那是因為仲將軍管著他，把他扔軍營裡歷練了！本性難移，誰知道他以後會不會變回來？謝蓁為了給謝蕁洗腦，一股腦兒地把仲尚的黑歷史都跟她說了一遍，什麼今天跟人打架了，明天跟狐朋狗友鬥雞走狗，過幾天又去賭場賭錢……聽得謝蕁好一陣唏噓，這些她從來不知道呢！

末了，謝蓁蓋棺論定，一句話總結道：「總之妳以後不要再跟他來往了。」

謝蕁為難地皺了皺包子臉。「其實……」

她其實沒覺得謝蓁說得多嚴重，因為那都是過去的事了，現在仲尚跟以前相比有很大的變化。他一心求上進，也沒有那麼多臭毛病，雖然笑起來一樣痞裡痞氣的，但是骨子裡卻大有不同，她也從沒見他跟以前的狐朋狗友來往過，結交的都是京城勛貴子弟，說話言之有物，不像謝蓁和冷氏說的那般不堪。

謝蕁也不知道自己怎麼瞭解那麼多的，忍不住想為仲尚辯解，但看謝蓁一臉憤慨的模樣，話在嘴邊打了個旋兒，最後還是嚥下去了。

謝蓁問：「其實什麼？」

她扁扁嘴，改口道：「我不跟仲尚哥哥來往，可是仲尚哥哥會來找我……」

這倒也是，總不能特地跑到將軍府一趟，對著仲大將軍說，讓你兒子以後別來找我妹妹吧？

謝蓁想了想，想到一個好主意，便跟謝蕁說了。

謝蕁沒有反駁的餘地，合計一番，這事就這麼定了。

當晚謝蓁和嚴裕在國公府住下，住的還是謝蓁以前的閨房。

謝蓁躺在嚴裕懷中，把今天的事跟他說了一遍。「前陣子阿爹阿娘相中了顧大學士家的大公子顧策，我覺得顧策比仲尚好多了，他比仲尚成熟穩重，婚後也會更疼阿蕁一些。」

誰知道嚴裕聽完沈默了一下，卻替仲尚說話。「我在蘭陵跟仲向崇打過幾次交道，他看似輕浮，實則心裡很有想法，再加上重情重義，不見得比顧大公子差。」

嚴裕極少幫人說話，他清高孤傲，沒瞧不起人就不錯了，他這樣誇獎另一個人，還是頭一次聽到。

謝蓁納悶。「你何時跟他關係這麼好了？」

嚴裕一頓，良久才道：「當初處理高洵的後事時，多說了幾句話。」

屋裡霎時安靜下來。

高洵是他們兩個都不願提起的話題，這個人就像一根刺，扎在他們心底，不疼，卻永遠在那兒。前陣子兩人都不說，是刻意避免傷感，如今毫無預兆地提起，才發現這事根本就沒過去，逃避永遠不是辦法，該面對的總歸是要面對的。

謝蓁靜了靜，抵著他的胸膛甕聲甕氣道：「等我生完孩子，我們就回青州看看高洵哥哥吧。」

這一次嚴裕沒有抗拒，摸著她的腦袋點了點頭。「好。」

半晌，從惆悵中恢復過來，謝蓁繼續跟他討論仲尚的話題。

「就算他像你說的那麼好，以前的事就算了，那他今天來角門找謝蕁也太過草率，幸好是被阿娘發現了，若是被有心人看見……」她一頓，語氣比方才軟和了點。「他考慮不周，誰知道是不是對阿蕁真心的，要是想玩弄阿蕁的感情，我是絕對不允許的！正好趁著這次機會考驗考驗他，給他點苦頭吃，看看他的誠意。若是過了我這關，我才放心把阿蕁交給他。」

都說長姊如母，這話一點兒也不錯。謝蓁自己的事都操心不完，還要為謝蕁分一份心，也真是難為她了。

嚴裕揉捏她的耳垂，笑了笑問：「今天走這麼多路，累著了嗎？」

她誠實得很，立刻就說累了。「小玉哥哥給我揉揉腿吧。」

孕婦身體容易水腫，她聽從大夫的建議，每天除了走路還會讓丫鬟捏手捏腳，預防臃腫。有時候是嚴裕幫忙，幾個月下來，他的手法變得熟練不少。

這會兒一聽她要求，沒有含糊，鬆開她坐起身，抬起她的小腿放到腿上，力道適中地捏了兩下。「行嗎？」

她嗯嗯點頭，笑嘻嘻地嗔道：「有點癢……」

嚴裕失笑，故意在她腳心撓了一下。「這樣呢？」

她笑出聲來，杏眼彎彎的，想把腳抽出來，奈何被他握得緊緊的，動也動不了。「不是那裡！小玉哥哥壞蛋！」

到底顧慮著別人，沒有鬧騰得太厲害，嚴裕很快就把她放開了。他抬頭拭去她眼角淚花，啞聲道：「睡吧。」

謝蓁用褥子蒙住頭，哼了哼，不多時便睡著了。

他們在國公府住下第三天，仲尚果真來了，這次沒走角門，而是帶著禮光明正大來的。

謝蓁當然要見一見他，不只要見，還準備了好長一串話對他說。冷氏原本也要來的，被謝蓁按住了，讓她暫時不要出面，她一個人去就夠了。

來到堂屋，仲尚穿著青蓮色直裰，筆直地站在條案前，腰間掛著兩塊玉珮和一個平安符。謝蓁不由得多看了平安符兩眼，只覺得怎麼看怎麼眼熟，很快想起來，這不是謝蕁貼身戴的嗎?!他什麼時候順去了？

心裡雖疑惑，但面上卻裝得平靜，謝蓁坐在花梨木八仙椅中，對仲尚道：「仲公子也坐吧。」

嚴裕也跟著過來了，順勢坐在她旁邊。

仲尚沒有客氣，掀袍坐在對面，英俊的面容掛著客套的笑，這次沒有歪著嘴笑得一臉不正經，反而多了幾分嚴肅。他開門見山道：「阿蕁妹妹還好嗎？」

謝蓁喝了口丫鬟端來的碧螺春，慢吞吞地道：「不大好。」

仲尚立即蹙眉，站起來道：「我要見她。」

上回被冷氏發現後，他本想留下來解釋，但是謝蕁被老嬤嬤帶走了，他又被拒之門外，只好暫時先回家。然而回到家中始終不放心，擔心謝蕁受委屈，這才沒隔幾天就又過來一趟。

謝蓁抬頭，笑問：「仲公子以什麼身分見阿蕁？阿蕁是未出閣的姑娘，與你非親非故，你在角門偷偷見她就算了，如今還要到人家裡光明正大地相見嗎？」

話裡帶刺，仲尚總算明白她的意思了，這是要讓自己知難而退。

他放鬆下來，重新坐回位上，目光凝視謝蓁。「我就是想光明正大見她，不知安王妃答應嗎？」

謝蓁搖頭，一點商量的餘地也沒有。「不答應。」喝一口茶，繼續道：「不僅如此，我還希望你以後都別來找她，免得壞了我妹妹的名聲。」

仲尚眉宇溝壑更深。

她當沒看見，一字一字道：「我阿娘已經為阿蕁定好了一門親事，你若真為阿蕁好，日後就不要再來找她。」

仲尚驀地從椅子上站起來，差點撞翻了八仙桌上的茶杯，茶托叮鈴咣噹響了幾聲，堪堪穩住。他表情有些震驚，咬著牙問：「說給誰家了？」

謝蓁低頭，抿一口茶水。「顧家大少爺，顧策。」

又是他！

仲尚有種小媳婦被人搶走的感覺，勉強定了定心神，想知道事情進展到什麼地步了，他還有沒有挽救的餘地。「顧家來提親了嗎？訂親了嗎？」

謝蓁平淡道：「已經對好八字了，我阿爹阿娘都很滿意。阿蕁跟顧大公子八字相合，婚後應當會合合滿滿。」

都是她胡謅的，其實冷氏和謝立青只不過有這方面的意思，還沒跟顧家透露，八字更沒對。她這麼說，只是為了刺激仲尚而已，想看看他究竟有什麼反應。

仲尚僵立許久，一句話沒說，謝蓁好奇地抬頭，便見他臉色不大好看，慣常揚起的唇角抿了下來，昭顯不悅。

他握了握拳頭，沈聲道：「如果將軍府先來提親呢？」

總算逼得他說出這句話，他大概自己都沒想明白他把謝蕁看得有多重要吧？

謝蓁一笑。「那也要看我爹娘同不同意把阿蕁嫁給你，你要知道，我阿爹喜歡顧大公子那樣學識淵博、彬彬有禮的後生，而不是仲小少爺這樣魯莽的莽夫。」

她話說完，仲尚的臉色又難看了幾分。

這麼說他要娶媳婦，還得先討好將來的岳父岳母？仲尚還從來沒有刻意討好過誰，都是別人上趕著巴結他。但是他仔細想了一下，如果能因此讓謝立青和冷氏對他刮目相看，心甘情願把謝蕁嫁給他，他就算討好一次也沒什麼，為了謝蕁，他可以試試。

仲尚坐在那裡不說話，謝蓁還以為他退縮了，心裡忍不住失望，心想他對阿蕁也不過如此……這個念頭剛升起沒多久，便見仲尚握了握扶手重新站起來，桃花眼漫不經心地往這邊一瞟，說話的語氣卻很正經。「如果我這個莽夫讓令尊令堂認可了，是否可以將阿蕁嫁給我？」

這會兒倒不酸溜溜地叫什麼阿蕁妹妹了，可見還是有幾分認真的。

謝蓁一直想不通他為何要癡纏阿蕁，按理說他這種人，喜歡的應該是風花雪月、妖嬈豔麗的女子，為何卻偏偏看上白兔一樣純真的阿蕁？

謝蓁拉回神智，模稜兩可地回應。「那要看仲少爺打算如何讓我阿爹阿娘認可了。」

仲尚並不氣餒，與她商定以後，打算回府就立即行動。

臨走前被謝蓁叫住，謝蓁故意補充一句。「仲少爺最好動作快一些，我爹娘已經在為阿蕁的婚事著手準備了。萬一顧家的人比你先提親，到那時候我爹娘答應下來，可就沒你什麼事了。」

仲尚僵住，烏瞳一沈，心中很快有了計較，沒有回應謝蓁，大步走出廳堂。

謝蓁讓下人送客，他揮手說不必，人已經走出好遠。

目送仲尚遠去後，謝蓁才捧著臉彎起一雙杏眼，得意洋洋地說：「想娶我家阿蕁，可沒那麼容易。」

嚴裕坐在她身邊，由始至終都沒說一句話，看著她刁難仲尚，竟然有種「夫妻同心」的錯覺。果然是近朱者赤、近墨者黑，他已經被這個小混蛋帶壞了。

嚴裕端起碧螺春喝了一口，笑睨向她。「妳怎麼確定他還會再來，若是他就此放棄了呢？」

謝蓁攤手，一副「那就再好不過了」的表情。「他不來正好，我看阿蕁跟顧大公子挺般配的，正好阿爹阿娘也同意。」

嚴裕一噎，無話可說。

回到玉堂院，謝蓁沒有把跟仲尚的對話完全告訴冷氏，只說他送了幾樣賠禮，有琉璃雕荷花筆洗還有一串開過光的楠木佛珠。冷氏對這些不感興趣，直問謝蓁他還有沒有說什麼。

謝蓁實話實說。「他說上回私下面見阿蕁確實是他考慮不周，這次特地登門賠罪，希望阿娘不要責怪阿蕁，都是他一個人的錯。」說罷見冷氏面色不豫，又補充一句。「不過我沒讓他久留，只跟他說了幾句話便打發他走了。」

冷氏坐在羅漢床上，擰著眉頭一臉嚴肅。「就算他來賠罪，我也不能再讓阿蕁與他來往！」

謝蓁偷偷咧嘴，倚著羅漢床上的錦緞繡牡丹紋大迎枕，摸著肚子笑道：「我看他的意思，是想把阿蕁娶回家的……」

話沒說完，冷氏就喝道：「不行！」

謝蓁抬眸，歪著腦袋眨了眨眼。

冷氏這才恍悟自己太激動了，勉強平定心神，心平氣和道：「我是不會同意的。」

謝蓁問：「為什麼？」

她雖然也不大待見仲尚，但絕對沒冷氏那麼排斥，如果仲尚能改過自新、一心上進，婚後好好疼愛阿蕁，她還是不反對的。再加上今天仲尚在堂屋的表現還不錯，替他挽回了不少分數，謝蓁還算滿意。

冷氏上前握住她的手，猶豫良久，還是忍不住惆悵地說道：「妳不知道……我跟仲將軍的夫人有過來往，好久以前將軍夫人就忙著為仲尚物色妻子，聽她的語氣，似乎偏愛心靈手巧、蕙質蘭心的姑娘。再看阿蕁，除了會吃還會什麼呢？我擔心阿蕁嫁過去會不受婆婆喜歡……」

冷氏當然覺得能吃是福，自己家的女兒自己怎麼看都好，就怕到了別人家受委屈。

謝蓁哪裡想到是這個原因，忍不住噗哧一笑，笑得眉眼彎彎。「那阿蕁嫁去顧家，阿娘就不擔心了？」

說到這裡冷氏鬆一口氣。「顧夫人見過阿蕁幾次，言語裡對阿蕁頗為喜愛，想來是不用擔心的。」

謝蓁頓時樂了，歪倒在迎枕上笑得停不下來。要是讓仲尚知道是這麼個原因，還不得嘔死！媳婦兒沒娶著，先讓母親給攪和了。

不過看仲尚那個霸王性子，若他真疼寵阿蕁，即便將軍夫人不喜歡，有他寵著，將軍府上下也沒人敢為難阿蕁。

仲尚回去以後，派了兩個人去顧大學士府時刻注意顧家的動靜，若是有任何風吹草動便要回去通報他，如果顧策跟謝家的人來往，更要第一時間告訴他！

安頓好一切，他才回府。

傍晚有兩個軍營的兄弟叫他出去喝酒，他拒絕了，破天荒地在書房裡坐了兩個時辰，可把仲將軍嚇壞了！

仲將軍還以為兒子忽然開竅，要開始讀聖賢書了，當即命令誰都不許打擾，留他一人安安靜靜地待著。其實仲尚哪裡是在看書，只不過在思考該如何討好老丈人和丈母娘罷了。

他仲少爺活了二十多年，還沒為誰這麼費心過。

仲尚雙臂環抱，兩條長腿搭在案桌上，姿態懶散地維持這個姿勢坐了很久。他盯著窗外的桐樹，桐花透過窗欞飛入屋中，一些落到案桌上，一些飄到他面前，他「呼」地輕輕一吹，桐花向兩邊散去，有一片正好落到手背上，癢癢的，他不知為何忽然想到了謝蕁。

他抱著她的時候，也總覺得心裡有一塊發癢，怎麼撓都撓不到，只想把她抱緊一點，再抱緊一點。

那個貪吃的小姑娘不知道在做什麼？他為了她這麼愁苦，她知道嗎？

那個小沒良心的，大概就只想著吃吧。等他們成親以後，她想吃什麼他就給她買什麼，把她養得圓乎乎的，抱在懷裡也不硌手。

嗯……這麼一想，現在苦點也沒什麼，反正成親以後她就是他的，關起門來怎麼疼愛都行，還要讓她吃以前沒吃過的東西。

仲尚一直在書房待到深夜，下人奉了將軍的命令不敢來打擾，他夜裡索性直接在這兒睡了一宿，第二天一早就出門了。

下人跟上問他去哪兒，他直接扔下一句。「別跟著我。」從馬廄牽出一匹馬，一個人騎著往西市的方向去了，直到暮色四合才回來。

這兩天都是如此，天不亮就出門，天黑才回來，回來以後便把自己關進書房裡，誰都不見。仲將軍問怎麼了，下人紛紛搖頭，誰也不知道。

第三天下午，仲尚讓人從雲南捎來的南海觀音像送來了，聽說這尊觀音是有名的住持親自開過光的，十分靈驗，他花了好大一番功夫弄來。另外還有今年春天新摘的峨嵋毛峰茶，口感甘醇，茶味飄香，深受官家老爺的喜愛。除此之外還有蓮花翡翠玉洗、金鼠噬瓜戥紋簪、剔紅纏枝蓮紋文具盤……分別送給定國公府的各房長輩，他這些天把每個人的喜好都問得清清楚楚，投其所好，那峨嵋毛峰就是為定國公準備的，剔紅文具盤是為謝立青準備的，相信兩個人一定會喜歡。

仲尚吩咐下人明日送到定國公府，務必要送到每個人手中。下人忙應下，把哪個應該送給誰記得清清楚楚。

翌日下人回來，仲尚問道：「如何？」

下人道：「小人按照少爺說的一一送出去了，只說是將軍府送的，沒有提起您的名字。除了二夫人沒有收下金鼠噬瓜瓞紋簪，其他幾房都很感激欣喜，說改日要到將軍府登門拜謝。」

二夫人就是冷氏，冷氏大抵猜到他是什麼心思，所以才沒有收。

仲尚斜倚著菱花門，看來他想討好丈母娘的這條路，還漫長得很。

他看著院裡的桐樹想了片刻，忽然想見謝蕁了，想看看她，哪怕不說話也好，就看著她在自己面前吃東西，都會讓他有種滿足感，真是著魔了。

可惜現在定國公府防他就跟防賊一樣，即便他想見也見不著。也不知道那小姑娘是什麼心思，願意嫁給他嗎？還是想嫁給顧策？

要是想嫁給顧策，門兒都沒有。吃了他的點心就是他的人，這輩子只能跟著他了，誰都不能搶走。

他哂笑，踅身回屋，準備接下來的打算。

第三十三章

在國公府住了十來天，謝蓁和嚴裕準備動身回家，馬車剛停到安王府門口，嚴裕就被叫走了。

是太子府的人，說嚴韜有要緊事找他，讓他現在就去太子府一趟。嚴裕聽罷不疾不徐，把謝蓁送回瞻月院才跟著那人出去。臨走前還說：「我晚飯前會回來，妳到屋裡睡一會兒，跟前留一、兩個丫鬟，有事便找人叫我。」

越來越嘮叨。

謝蓁連連點頭，怕他耽誤時間會讓太子不快，便催著他往外走。「知道了，你快去吧，我沒事的。」

嚴裕不放心地看了看她的肚子，讓雙魚、雙雁好好照顧她，這才離開。

她的肚子現在大得厲害，掛在那纖細的身體上瞧著頗有些觸目驚心，不怪嚴裕不放心，總想寸步不離地跟著她。

嚴裕離開後，謝蓁到內室躺了一會兒，不知不覺便睡著了。睡到一半肚子傳來一陣疼痛，硬生生被疼醒了，她覺得不對勁，揚聲把雙魚、雙雁叫進來。「我肚子疼……」

雙魚、雙雁一聽就慌了，算算時間孩子正好是這幾天降生，難道是要生了？

還是雙魚冷靜得快，連忙道：「我去把產婆叫來，娘娘在這兒等等，雙雁好好看著，我馬上回來！」

雙雁連連點頭。

不多時雙魚很快把產婆請來，謝蓁一開始只是微微有點疼，到後來越疼越厲害，等到產婆來的時候，她已經滿頭的汗，她抓著產婆問：「我是不是要生了？」

產婆不敢耽誤，走到床邊摸她的肚子，又掰開她的腿看，凝重道：「王妃要臨盆了。」

謝蓁抹一把額頭的汗，有氣無力道：「去、去太子府把嚴裕叫回來……」

她給他生孩子，那麼痛苦，他不在邊上聽著怎麼行？

聽到這話，產婆當時就愣了。女人生孩子是極其晦氣的事，普通官宦人家的男子都要躲避，更何況這種皇親國戚？王妃這會兒要王爺回來，是不是不大合適？

產婆面露猶豫，正欲勸說：「娘娘別急……」

話沒說完，雙魚轉身就往外走。「婢子這就吩咐人去太子府！」

產婆來不及攔，她就走遠了。

雙魚心中自有計較，斷然不是衝動行事。從這些日子嚴裕對謝蓁的重視程度來看，若是謝蓁臨盆，他一定會在邊上守著，相反，若是因為擔心晦氣而沒有告訴他，他才會生氣。所以她立即通知一個下人前往太子府，就說娘娘要生了，讓安王爺趕緊回來。

下人找著一匹馬就往太子府趕。

彼時嚴裕還在嚴韜的書房，兩人分別占了正室內室，中間隔著一道瓔珞翡翠珠簾，面前都擺著一個汝窯水仙紋茶杯，茶色晶瑩，茶湯飄香。可惜嚴裕自從坐在這張太師椅上後，連一口茶都沒喝過。

他微垂著頭，骨節分明的手指握著花梨木雲紋扶手，拇指慢慢沿著花紋的紋路來回摩挲，一語不發，似有所思。

他不說話，嚴韜在書房內室也不說話。

兩人就這樣保持了許久的沈默，嚴韜才慢吞吞地翻了一頁書卷，唇邊含著一抹淺笑，朝嚴裕的方向看去。「六弟考慮得如何？」

說著放下書卷，兩隻手交叉而握，撐在翹頭案上，一副靜待佳音的模樣。

嚴裕的睫毛微微顫了下，卻沒抬起來，始終不肯看他，聲音清冷孤高，彷彿不帶有一絲情緒。「二哥萌生這個念頭，已經有很久了吧？」

一句話似一塊石頭落進平靜的湖泊，激起一圈圈漣漪。

嚴韜不置可否地笑了笑，大抵是覺得這個弟弟聰慧，倒也沒有隱瞞。「確實，這個念頭已經在我心裡構思很久了，只不過一直沒有說出口。」

嚴韜忌憚嚴裕，還沒問鼎大寶就開始忌憚他。

仔細一想也不出奇，嚴裕在蘭陵表現得太過出色，前面還屢屢擊敗了西夷大軍，嚴屹對他刮目相看，文武百官也對他心悅誠服。嚴韜尚未登基便有人謠傳他更適合寶座，怎能不讓嚴韜心生隔閡？

所以太子把他請到府上，與他商量條件。

這個條件很誘人，嚴韜承諾日後登上寶座，便給嚴裕在東南一片劃幾座富庶的城鎮，封他為榮親王。他可以親自管轄那幾座城鎮，城中官員直接受命於嚴裕，等於說他在這幾座城鎮中，地位等同於皇帝。

嚴裕唇角彎起一抹諷刺的笑，因為側臉對著太子，所以嚴韜並未察覺。

地位等同於皇帝……嚴裕點了點扶手，看不出來，二哥為了對付他竟然費了這麼大的心思。

他如果去了封地，手中兵權自然要帶到封地去，到那時候，人不在京城，可不由著他們怎麼說都行了？手握二十萬兵，擁兵自重，隨便安一個造反的帽子，都足以讓他成為千古罪人，跟嚴韞一個下場。

嚴裕沈吟片刻，出乎意料地問：「二哥怕我嗎？」

嚴韜微怔，就連一貫溫和的笑意也僵在了嘴邊。

「二哥擔心我搶走你的位置？」他又拋出一問，語氣平緩，氣度坦然，似乎談論的不是什麼家國大事，而是稀鬆平常的天氣。

他等了片刻，等不到嚴韜的回答，抬頭往內室睃去一眼，鳳眸清冷，似笑非笑。「二哥大可不必擔心，人各有志，我的志向與二哥不同。我既然幫你走到這一步，便不會中途變卦，喧賓奪主。等到父皇退位以後，你御極大寶，我做我的閒散王爺，若是邊關有外族侵犯，我便上陣殺敵，若是天下太平，我便閒在家中，照顧妻兒，我們互不衝突，有何不可？」

他們談論的話題不適合被人聽見，是以書房門裡門外早已支開了下人，只剩下他們兩個。

話說到這分上已經很明顯了，嚴韜若是再不放心，那就說不過去。

他只得暫時壓下顧慮，站起身道：「有六弟這句話，二哥就放心了。」

其實現在說這些為時過早，畢竟嚴屹還沒有退位，他仍舊是太子，若是今天的談話傳出去，對兩個人都不利。然而他太過急進，嚴裕的功勞就像一根刺刺在他心尖上，一日不拔除，便一日寢食難安。

嚴裕沒有接話，跟著他站起來，出來半日，是時候回家了。

告辭的話還沒來得及說出口，窗外便匆匆閃過一道人影，接著一個穿青色直綴的小廝來到書房門口，模樣有些焦急。「殿下！」

嚴韜掀開珠簾從內室走出，叫他起來。「何事慌慌張張？」

小廝站起來回話，對嚴裕道：「回稟殿下，是安王府來人了。聽說、聽說王妃要生了！」

嚴裕渾身一震，狠狠地盯著他。「是誰說的？」

小廝如實稟告。「是奉一個叫雙魚的丫鬟吩咐……」

他神色一凜，不再多問，舉步便往門外走，腳下生風，速度極快。

來到前院後，果見安王府的人正在那裡等著，說的話相差無幾。嚴裕沒想到他剛出來這麼一會兒謝蓁就要生了，當即片刻不敢耽誤，甚至沒有跟嚴韜招呼一聲便出了太子府，騎上馬背快馬加鞭趕回安王府。

安王府。

一人一騎飛快地衝到門口，穩穩地停在門口兩座石獅子跟前，門房下人還沒來得及看清是誰，便見對方扔下馬鞭，一陣風似地捲進了府裡。

再一看那馬，不正是王爺的坐騎青海驄嘛！

嚴裕徑直走向瞻月院，剛來到院子門口，便聽到裡面傳來撕心裂肺的叫聲，他心中一緊，加快步伐往裡面走去。

丫鬟從正室進進出出，熱水燒了一盆又一盆，遮著不讓嚴裕看到，他便喝住那丫鬟，問她手裡端的是什麼。丫鬟掀開蓋在銅盂上的巾子，只見盆裡的水都被血染紅了，也不知道流了多少血，看起來觸目驚心。

嚴裕踉蹌了下，好不容易穩住，便往內室衝去，丫鬟們都不敢攔他，齊齊退到一邊。

內室門窗關得嚴嚴實實，正值春末，撲面迎來一股燥熱之感。

謝蓁的聲音從裡面傳出，她已經叫得沒多少力氣了，從一開始的哭叫變成現在細細嗚嗚的悲鳴，貓爪子一樣撓在他心尖上。

「我疼……好疼……」她抬手抓住床邊的產婆，巴掌大的小臉被汗水浸濕了，一雙水汪汪的眸子滿含希冀。「小玉哥哥還沒回來嗎？我快死在這裡了……」

屋裡有兩個產婆，一個在床尾按著她的腿，一個在床頭給她鼓勁兒。

床頭那個一邊聽她說胡話，一邊拿帕子給她擦額頭的汗。「娘娘別想這些了，先使勁兒把孩子生出來再說……王爺身分尊貴，是不能進來看您的。」

謝蓁顯然疼得迷迷糊糊了，只覺得自己一點力氣也沒有，隨時都有可能昏過去。「為什麼……我……我快生不下來了……」

產婆一聽頓時慌了，這生孩子要是沒了力氣，那可不得了！她趕緊給謝蓁鼓勁兒，讓她想著肚子裡的小世子。「小世子還沒見過爹娘……娘娘一咬牙，就出來了……」

胡說。謝蓁心想，她都咬了好幾次牙了。

正昏昏沈沈間，聽見產婆驚叫了聲「王爺」，她掀眸看去，只見嚴裕正站在床邊。

產婆忙道：「您怎麼進來了……」說著便要把他往外趕。

嚴裕不為所動，坐在錦杌上握住謝蓁冰涼的手。「羔羔，我回來了。」

床上的謝蓁臉色蒼白，渾身被汗水浸得濕漉漉的，他何時見她這麼痛苦過？只覺得一顆心絞成一團，心疼得不得了。

謝蓁有點委屈，豆大的淚珠從眼角溢出來，落在枕頭上，她虛弱地抱怨。「你怎麼才回來？我都快疼死了。」

嚴裕情不自禁握緊她的手，一個勁兒地道「對不起」。

眼看這樣拖下去不行，產婆不再趕走嚴裕，讓他站在一邊免得礙事，兩個產婆輪流給謝蓁打氣，讓她使點勁兒、再使點勁兒。

「快了，娘娘，就快了！」

謝蓁覺得自己快要撕裂了，從沒這麼疼過，她想以後再也不要生孩子了……嚴裕還說要生一窩，他想得美！他自己生吧！

因為謝蓁骨盆小，又是頭一胎，所以生起來十分艱辛。這足足折騰了四、五個時辰，謝蓁床上哭喊，咬得兩瓣粉唇都出血了，嚴裕聽得心肝欲裂，他什麼都做不了，不能幫她分擔痛苦，只能在一旁乾著急。末了把自己手掌送到她嘴邊讓她咬著，另一手撫摸她的額頭。

「阿蓁，阿蓁……不生了，我們以後再也不生了……只要這一個……」

他是真怕了，眼睜睜地看著床下的被褥都被她的血染透了。那麼小的身體，怎麼能流出那麼多血？

謝蓁一張嘴，毫不猶豫地咬住他的手。

也許是他的話起了作用，也許是時候到了，丑時末，屋裡傳來一聲清脆的啼哭。謝蓁只覺得身子一輕，剛要喘氣，便聽產婆道：「還有一個，還有一個！」

什麼還有一個？

小腹又一陣疼，她這才恍悟，原來肚子裡還有一個！

謝蓁這回是真哭了。

一個時辰後，當第二個孩子掉出來時，她已經筋疲力竭，連說話都沒有力氣，她甚至沒來得及看孩子一眼，便沈沈睡了過去。

嚴裕讓人換上乾淨的床褥被子，親自絞乾絹帕，一點點拭乾她臉上的汗珠。眼神專注，視野裡只有她一個人。

產婆抱著清洗乾淨的嬰孩走近，笑盈盈地說：「恭喜王爺，是龍鳳胎，先出生的是小世子，您看看……生得多精緻呀……」

嚴裕抿唇，頭也不回。「抱走。」

產婆一愣，還以為自己聽錯了，只好把另一個孩子抱過來。「那小郡主……」

兩個孩子哭得厲害，男娃聲音洪亮，一聽便十分健康。女娃聲音弱一些，哭不過哥哥，襁褓下只露出一張紅通通的小臉，眼淚吧嗒吧嗒掉下來，可憐得心酸。

嚴裕終於沒扛住這兩個孩子的哭聲，讓產婆把孩子抱給他看看。

產婆把女娃遞過來，他接住襁褓，小小一團，閉著眼睛哇哇大哭，看起來脆弱得不得了。就是這個小東西折磨了謝蓁這麼久？真是不乖，老老實實出來不就行了嗎？他想著，伸手在她臉上碰了碰，太軟了，他有點擔心把她碰壞。

抬頭看一眼產婆懷裡的另一個孩子，男孩比女娃生得強壯些，大抵是在謝蓁肚子裡沒少搶奪妹妹的營養……

猴子一樣。

嚴裕嫌棄地看了兩人一眼，哪有產婆說的標緻？五官都沒有長開，眼睛也緊緊閉著，只有頭上有幾根稀疏的毛髮，一點兒也看不出漂亮的影子來。

他們的阿娘這麼漂亮，怎麼不見他們繼承一點？

嚴裕看夠了，怕兩個孩子在這裡會把謝蓁吵醒，便讓乳母把兩個孩子抱下去，吩咐人給產婆送了厚重的診金和謝禮，不多時就把人都趕走了。屋裡恢復安靜，謝蓁恐怕真的累壞了，她向來淺眠，然而剛才那麼吵鬧的哭聲都沒把她吵醒，可見她睡得多沈。

嚴裕想起剛才她生產時的痛苦，仍心有餘悸……他當時甚至怕她撐不下來，畢竟這樣的例子不是沒有。好在她比他想像中堅強，撐著最後一口氣，把兩個孩子都生下來了。

他伸手探進被子裡，慢慢握住她放在身側的手，又愛又憐地捏了捏她的手心。

「阿蓁……」

她真厲害，一下子就生了兩個小東西。先前他還說想要四、五個孩子，現在卻有點猶豫了，因為不捨得她再受一次這樣的苦，他在旁邊聽著都受不了，她又該有多疼？

窗外晨曦微露，居然已經過去整整一夜。

這一夜他一直沒有合眼，就坐在邊上陪著他，到這會兒一點也不覺得疲憊。他起身到外面用了幾口早膳，回來看謝蓁還沒有醒，便又在床邊坐了半個時辰。

乳母許氏給兩個小不點餵了奶水後，轉身就去廚房讓人準備一鍋乳鴿燉湯給王妃備著，剛生完孩子的女人吃這些好，補血養氣，還不油膩。因為一開始以為是一個孩子，所以乳母也只請了一個，許氏想著長此以往，奶水可能不夠小世子和小郡主喝，便進屋跟嚴裕說了一聲。

嚴裕聽罷點點頭。「那就再請一個。」

一炷香後，有人進來通傳道：「王爺，太子殿下聽說娘娘生下一雙龍鳳胎，特意送了賀禮來，您是否要見見？」

嚴裕有些疲倦，撐著床頭的方桌以手支頤，半晌才道：「就說王妃情況不好，本王在這裡陪她，不便見客。替我謝過二哥的好意，請他早點回去吧。」

下人應是，退了下去。

嚴裕守在床頭，不知不覺睏意襲來，很快就撐著腦袋睡著了。

謝蓁醒來的時候，已經是申時左右。

門窗都關著，看不到外面的光景，但是透過綃紗窗戶能看到一層薄薄的紅色，想來太陽快落山了。她仰躺著，稍微一動便覺得渾身散架一樣疼，而且虛弱無力。她正準備叫人，一偏頭便看見床頭趴著個人，側著頭，濃密的劍眉微微蹙起，就著昏昧的光線，勉強能看到他俊美的五官。

謝蓁動了動手臂，他就有所感應，霍地睜開眼睛坐起來，直勾勾地盯著她。「妳醒了。」

謝蓁勾起蒼白的唇，眨了眨眼。「我的小羊羔呢？」

雖然當時很累，但她還是記得自己生了兩個孩子，聽產婆說大的是男娃，小的是女娃。龍鳳胎！

她當時想著疼死了再也不生了，可是現在又覺得值得，人還沒完全清醒過來，就迫不及待地想見到孩子。畢竟是從她身上掉下來的一塊肉，她想看看兩人長什麼樣，也不知道長得像誰？像她還是像嚴裕？

嚴裕看著她不吭聲，小心翼翼地扶著她半坐起來，往她背後墊一塊大迎枕。「一會兒再讓妳見他們。」

他在旁邊守了那麼久，她第一句話就是問孩子，多少讓他有點受打擊。

謝蓁倚著迎枕，放在床邊的手抓住他的衣襬，仰頭可憐巴巴地問：「為什麼？我還沒見過呢！他們長什麼樣？好看嗎？像我嗎？」

嚴裕想了想，摸摸她的頭說：「有點醜。」

謝蓁的心「啪嗒」碎了，扁扁嘴說：「那我也想看。」

那可是她懷胎十月生下來的！再醜也得讓人看一眼啊，偏偏無論她怎麼求，嚴裕就是不肯，還讓她先喝完一碗乳鴿燉湯才肯讓她見兩隻小羊羔。謝蓁肚子確實餓了，折騰了一天，到現在都沒吃什麼東西，一邊委屈地瞪他，一邊由他餵完一碗乳鴿湯。喝完湯後，趁著嚴裕給她擦嘴的間隙，她又問了一遍。「我的孩子呢？」

嚴裕這回沒再堅持，讓乳母把兩個孩子抱過來。

兩個孩子分別用緞面妝花襁褓包裹著，只能看見一個小小的腦袋。謝蓁驚喜地讓乳母把孩子放到她懷裡，她一邊一個摟著，看了這個看那個，末了得出一個結論。「沒有你說得那麼醜嘛。」

剛才把她嚇了一跳，早就做好了心理準備，沒想到目下一看，兩個孩子都長得挺精緻的。

大的那個已經睜開了眼睛，睫毛又翹又長，烏溜溜的大眼一動不動地看著她，嘴裡還吮著一根大拇指，吃得津津有味。謝蓁心都要化了，低頭碰了碰他的小鼻子，只覺得他渾身上下都軟綿綿的，根本不敢用力。她再看小的那個，還在閉著眼睛睡覺，眼睛有點浮腫，小嘴一砸吧，還當她醒了，沒想到依舊睡得香甜。

就這兩隻小傢伙，她足足看了一刻鐘還不夠，甚至試圖跟大的那個對話。「你叫小鯉魚好不好？妹妹是小羊羔，你們兩個小傢伙，可把我害苦了！」

小鯉魚繼續吃手指頭，聽罷咧嘴朝她一笑，好像聽懂了她的話一樣。

嚴裕在一旁忍不住問：「為什麼叫小鯉魚？」

謝蓁總算有空看他一眼，彎著杏眼，一副很樂意解釋的樣子。「因為你以前叫李裕，諧音鯉魚，他是你兒子，當然要隨你了。」

這麼一說，好像有點道理。

嚴裕沒有再問，看她跟這個玩了又跟那個玩，樂此不疲，不一會兒小的那個就醒了，張嘴「啊啊」地叫著要吃奶水。謝蓁懷孕七、八個月的時候胸脯那裡就脹脹的，生完孩子更是大了一圈，她忍不住想餵，心疼地哄著。「別哭別哭……」

可是嚴裕卻叫來乳母，把兩個孩子都抱走了，她不敢搶，身上又沒有力氣，只能眼睜睜地看著孩子越來越遠，依依不捨地問嚴裕。「為什麼不讓我餵？」

嚴裕是這樣回答她的。「有乳母就夠了，妳剛生產完，身體虛弱，而且……」

謝蓁歪著頭問：「而且什麼？」

他忽然不說了，避開她的視線咳嗽一聲，頗有些尷尬道：「總之，有乳母就夠了，妳不用操心。」

無論謝蓁怎麼問，他就是不肯說。

末了謝蓁鼓起腮幫子重新躺回床上，倒頭就睡。她現在還沒緩過勁來，再睡個三天三夜也不是不可能。

這個問題沒有困惑她多久，過幾天晚上她就知道了。

兩個人躺在一張床上，他膩著她，把她輕手輕腳地撈進懷裡，然後頭一低，埋進她的胸口。

「小玉哥哥？」

她一開始有點疑惑，很快覺得胸口被咬了一下，接著臉一紅，渾身上下燙得像煮熟的蝦子。「你、你起來！」

這個不要臉的……他、他居然真的跟孩子搶奶水！

雙手抗拒地放在他頭上，明明想推開，可是又猶豫了。因為這幾天不能餵孩子，乳汁撐得她胸脯脹脹的，晚上還會疼。現在有人幫她吸出來，那股脹痛感消失了，她……她當然很樂意……可是也不能這樣啊！

謝蓁反抗無效，被他壓在身下狠狠吃了一會兒，她一張瑩白小臉紅得不像話，眼眶濕漉漉的，一看就是被欺負得狠了，嚶嚶嗚嗚地控訴。「你咬我……」

他沒控制好力道，吮得太用力，難怪她會喊疼。

嚴裕吃飽喝足，把她抱在懷裡哄了好大一會兒，才把她給哄住。「乳母說妳母乳不夠，餵了這個便顧不上那個，為了不失偏頗，還是便宜我一個人吧。」

他也知道便宜他了，還說得這麼理直氣壯！

謝蓁沒見過這麼厚顏無恥的人，趴在他胸膛上氣呼呼地咬了一口。「小玉哥哥變了，你以前不是這樣的！」

嚴裕居然也不反駁，一本正經地問：「我以前是什麼樣的？」

謝蓁想了想，想起他小時候的彆扭勁兒，跟今日真是天壤之別。「你以前、你以前啊……口是心非、死要面子唄。」

嚴裕不生氣，低聲失笑，捏捏她嫩生生的臉頰。「妳以前還追在我後面要跟我玩。」

當時他覺得她煩，纏人得要命，甩都甩不開。可她總是給他意外，讓他對她一次次刮目相看，後來不知不覺就會下意識找她，眼神也不由自主地落在她身上，明明想跟她說話，非要端著架子等她來找他。再後來他想跟她玩的時候，他已經回到京城了。

兜兜轉轉這麼大一圈，還能找到她，老天爺真是待他不薄。

孩子出來了，總不能老叫小名，還得起個正兒八經的名字。

謝蓁讓雙魚找來幾本書，坐在床頭翻了整個下午，想了好幾個名字，還是沒找到一個合適的。

她正頭疼，嚴裕輕描淡寫地說一句。「大的叫嚴肅，小的叫嚴槿，不行嗎？」

謝蓁瞠目結舌地看著他，心想要真起這麼個名字，孩子長大以後能同意嗎？她問：「你是認真的？」

嚴裕一頷首，看來是沒開玩笑。

謝蓁還想掙扎一下，但是他動作很快，當天就讓人報到嚴屹面前，詢問了嚴屹的意見。有其父必有其子，嚴屹大筆一揮，賜小孫子一個「肅」字，小孫女兒一個「槿」字，這名字就算定下了。

名字定下來後，自然要寫入族譜，嚴裕順道給兒子、女兒把世子之位、郡主之位也請封了，省得以後再多跑一趟。而且長子本就該立為世子，時間拖得越長越不好，以後兒子再多起來，保不准會為這點小事起衝突，不如趁早斷了他們的念頭，一心一意敬重大哥。

話雖如此，也不知道他跟謝蓁以後還會不會再有孩子……那種痛苦他是不捨得讓她承受了，短期內還是不要再想這件事了，順其自然吧。就算不生，現在這兩個也挺好的。

他這麼想著，從宮裡出來後便回到安王府，把名字的事跟謝蓁說了。「兒子叫嚴肅，女兒叫嚴槿。」

謝蓁恨不得撓他一臉，差點沒一口氣厥過去。「你怎麼這麼草率！就不能再多想幾個嗎？我這裡有好幾個備選，你……你給他們起這麼個名字，究竟走沒走心？」

嚴裕輕飄飄地嗯一聲，一彎腰把她摟進懷裡，下巴抵著她的頭頂磨了磨。「走了，父皇說這名字起得好，寓意深刻。」

謝蓁簡直想哭。

她現在還在月子期間，不能下床，每天吃喝都在床上，大事小事都是他一手伺候的。有些事情難為情，謝蓁不願意讓他幫忙，紅著臉非要雙魚、雙雁伺候，叫他出去，他木頭一樣站在床頭，死活不肯出去，後來見她憋得小臉通紅，索性一把將她橫抱起來，親手放到偏室裡的恭桶上。

考慮到她身子不便，所以特意在偏室置備了恭桶，每隔一個時辰便有丫鬟來打理，室內還熏了香，聞不見一絲異味。

可這不代表謝蓁不會尷尬。

他就站在幾步之外，她小解的聲音他聽得一清二楚，即便沒有親眼看著，也足夠難為情了！

完後謝蓁正準備提褲子，因為那兒傷口沒好，站起來還是會疼。她剛斷一口氣，他就從外面走進來，面不改色地替她穿上褻褲。

謝蓁窘迫。「別、別……」

他蹲在地上，抬頭看她，俊朗的眉峰微微揚起，似笑非笑。「怎麼了，害羞嗎？」

不說還好，一說謝蓁的臉更紅了，就跟初秋熟透的柿子一樣。她支支吾吾說不出話，埋在他頸窩哼唧。「帕子、帕子……」

嚴裕很快會意，取過一旁木架上的絹帕替她仔細地擦了擦，這才提上褻褲。那兒嬌嫩，又因為剛生產而撕裂過，所以絹帕用的是最綿軟的料子，不擔心會弄傷她。

做完這些，謝蓁已經完全沒臉見人了，臉紅得能滴血。偏偏嚴裕就跟上癮一樣，一次不夠還有第二次，無論她怎麼抗拒都沒用，每次小解都是由他親力親為的伺候。以至於謝蓁覺得那些丫鬟的目光都有些說不清道不明的曖昧。

思緒一下子飛遠了，明明在為一雙兒女的名字吵架，她忽然走了神。他見她臉蛋紅紅，笑著問道：「妳想起什麼了？」

謝蓁忙回神，總感覺他笑得不懷好意，移開視線底氣不足地道：「反正已經定下來了……就、就這樣吧。」知道反抗也沒用，於是只好屈服了，想了想還是忍不住嘟囔：「那我以後就叫他們的小名好了，小鯉魚、小羊羔，或者阿肅和阿槿，比嚴肅、嚴槿順耳多了。」

這方面嚴裕從不與她爭辯，她喜歡就好，於是直起身笑看著她。「隨妳。」

畢竟是當爹當娘的人，一夜之間好像長大了許多，嚴裕表現得尤其明顯。大概是一下子多了兩個孩子，還有一個小嬌妻要照顧，所以不得不快速成熟起來，肩膀才能承受他們三個人的重量。

謝蓁在床上躺了二十多天，終於能下床走動了。

這些天來她躺在床上，不能洗澡不能洗頭，只覺得渾身都臭烘烘的。她自己都受不了，真是難為了嚴裕每天晚上睡覺還要抱著她，臉上一點嫌棄都沒有，寵溺的表情能將人融化。

謝蓁好幾次把他趕下床，他受得了她還受不了呢。「你去榻上睡！」

這時候他的表情就有點受傷，不願意挪動，握著她的手低聲下氣地說：「我想陪妳。」

即便謝蓁鐵石心腸，這時候也全部服軟了。她嘆了口氣，往裡面挪了挪。「睡吧。」

於是他薄唇很快揚起一抹笑，心滿意足地跟她同床共枕，耳鬢廝磨。

如今謝蓁能下床，也代表能洗澡了。她足足在浴桶裡坐了大半個時辰，頭髮不知洗了多少遍，身上打了皂莢，還滴了幾滴荷花蜜露在水裡，總算洗得能見人了。雙魚、雙雁替她換上乾淨衣裳，天氣還很熱，她只穿了一件月白織杜若紋的夏衫，下面配一條嬌綠挑線裙子，瞧著頗為清爽。

她坐在廊下，雙魚在後面為她擦頭髮，她讓乳母把兩個孩子抱過來。

如今已經快一個月了，過幾天便要設一場滿月宴，聽嚴屹的意思是要在宮裡舉辦。謝蓁本不想這麼隆重，在府裡辦一場邀請幾個人就行了，又不是皇子，辦得太大容易引人注目，她只希望兩個孩子能在她和嚴裕的保護下健康長大。可惜皇命不可違，這些話她也只能在心裡想想。

正好阿肅和阿槿都醒著，放在竹編的搖籃裡，一個在打哈欠，一個嘴裡正吐泡泡，泡泡「啪」一聲破了，口水濺了阿肅滿臉。

謝蓁笑出聲來，拿帕子輕輕替他擦了擦臉蛋。「小笨蛋！」

哥哥明顯比妹妹活潑些，表情也多，一會兒咧嘴一會兒吐舌頭，自己玩得不亦樂乎。妹妹顯然不如他鬧騰，或許是在娘胎裡沒睡飽，現在愛睡得很，一天裡幾乎有十個時辰都在睡覺，所以能看見她醒著實在不容易。即便醒了也睜著烏溜溜的大眼出神，對於哥哥「哇啦哇啦」的聲音不予理會，偶爾被謝蓁逗一逗才咯咯笑出聲來。

謝蓁拿著一個撥浪鼓在阿槿面前晃了晃，撥浪鼓一擺一擺發出「咚咚」脆響，阿槿的眼睛也跟著她的手轉，小模樣別提多專注，看得人忍俊不禁。謝蓁算是看出來了，哥哥活潑愛動，妹妹是個木樁子，但是對聲音很感興趣。坐月子的時候冷氏來過一次，抱著阿槿就說：「怎麼跟縈兒小時候有點像……」

謝榮小時候也這樣，還是小蘿蔔頭的時候就跟別的孩子不一樣，不愛說話，偶爾很專注。

謝蓁卻覺得沒什麼不好，每個孩子的性格不一樣才好，若都是一個模子那有什麼意思？反正兩個孩子她一樣喜歡，就是覺得阿槿有點瘦弱，讓乳母平常多看顧她一些。

正逗得有趣，身後擦頭髮的人忽然換了，她偏頭笑睇過去。「小玉哥哥什麼時候回來的？」

嚴裕搓著她半乾的頭髮，這些細枝末節的事做多了，居然變得很熟稔。「剛一會兒。」

他今天進宮跟嚴屹商量滿月宴的事情，嚴屹的身體一日不如一日，怕是撐不過今年冬天了。人老了，就喜歡熱鬧，想趁最後的機會給孫子孫女大辦一場，所以場面很隆重，邀請了不少文武官員。嚴裕把名單對了一下，沒什麼問題，便從宮裡回來了。

他喜歡回家看著謝蓁逗兩個孩子，光是在後面看著便覺得一身輕鬆。心裡有一塊被填滿了，說不出的歡喜。

頭髮擦乾以後，他拿著犀角梳一下一下給她梳頭，偶爾把她頭髮扯痛了，她抱怨一聲。「輕點……」

他立刻放輕力道。

謝蓁伸手跟兩個小傢伙玩，阿肅抓住她一根手指頭就啃，啃得她手上都是黏糊糊的口水。她那麼愛乾淨的人，這會兒居然也不嫌棄，彎起眉眼笑容開懷，聲音綿軟悅耳，像穿堂而過的風，吹在人身上又清爽又舒服。

滿月宴時，宮裡設宴，謝蓁和嚴裕抱著兩個孩子去了。
嚴屹和王皇后還沒見過孩子的面，太子和太子妃一直沒有孩子，她想抱孫子想了好久，如今就算不是自己嫡親的孫兒，也是喜愛到了骨子裡，捨不得撒手，抱在懷裡哦哦地逗弄。
王皇后喜歡男孩，仔細端詳阿肅的眉眼道：「都說兒子像娘，這孩子跟阿蓁長得可真像。」
阿肅爭氣，自從入宮後一聲都沒哭，逢人便笑，可愛得不得了。
王皇后對他愛到不行，到晚宴都捨不得還給謝蓁。
相反阿槿便顯得受冷落了，不過孩子太小，不知道計較，縮在謝蓁懷裡閉著眼睛睡覺，偶爾砸吧砸吧嘴，一身的奶香味。
嚴屹反而喜歡孫女兒多一些，阿槿長得像嚴裕，無論鼻子還是眼睛，像一個模子刻出來的。可惜他身體不好，抱不了多久便壓手了，只好還給謝蓁，連說了三個「好」字。
滿月宴結束後，大家都知道安王妃生下一對龍鳳胎，兩個孩子都長得標緻，一個叫嚴肅，一個叫嚴槿。
太子妃跟太子成親多年都沒有孩子，一面惆悵，一面抱著嚴槿來到嚴韜跟前笑著詢問。「殿下瞧瞧，這孩子生得多可愛。」
嚴槿睡了一晚上，這會兒總算醒了，她和嚴肅一樣都不怕生。哥哥逢人便笑，她則是睜著一雙葡萄似的大眼睛，一眨不眨地看人，紅紅的櫻桃小嘴一咧，露出一個笑模樣。

太子妃便道：「一晚上沒見她笑過一回，目下看見殿下反而笑了，可見這小丫頭跟殿下有緣，是喜歡您的。」

太子聞言看過去，果見這粉雕玉琢的小傢伙笑著朝他伸手，那肉乎乎的小手，雪玉一樣白。他不由自主地伸手，小傢伙很快握住他一根食指，放在嘴邊啃了啃，大抵是覺得不好吃，沒啃兩口就放下了，依舊咯咯咯地笑。

這還是阿槿今晚第一次笑得這麼歡快，謝蓁差點看直了眼，心道這小傢伙怎麼回事，莫非真如太子妃所說的，跟太子有緣嗎？

嚴韜到底不是鐵血心腸，從太子妃手中接過襁褓，他沒抱過孩子，頭一回總有些滑稽，太子妃便在一旁細心地教他。「要托著頭，輕輕晃一晃……」

兩個大人對著一個小嬰孩反而束手無策了，好在有嬤嬤在身邊提醒，嚴韜抱了一會兒總算上手了。嚴槿在他懷裡不哭也不鬧，間或發出幾聲「啊啊」的聲音，嚴韜騰出一隻手碰碰她的臉，水豆腐一樣嫩，好像一碰就碎。

嚴槿張著小嘴打了個噴嚏，唬得嚴韜和太子妃紛紛停手。

她眼睛朝謝蓁的方向看過來，舉著手想回到阿娘的懷抱。謝蓁把孩子接回來，一邊拿帕子給阿槿擦臉，一邊佯裝漫不經心地提醒。「二哥和二嫂若是喜歡孩子，自己也該要一個了，皇后娘娘方才還跟我說，想抱孫子想了許久。」

語畢，太子妃臉上露出幾許尷尬，勉強笑道：「這也急不得……」

她跟嚴韜的事情只有自己心裡清楚，兩個人都不愛對方，房事上也不積極，能走到今天已經不容易了。再加上她小時候受過寒涼，每每月事都不準時來，大夫也說了要受孕恐怕不容易，只能喝藥慢慢調理，也不知道要調理到什麼時候。

沒有孩子也好，這樣就沒有太多牽掛，他們還是獨立的兩個人。

謝蓁又勸了她幾句，她都沒聽進心裡，只笑著附和一、兩句。待謝蓁離開後，她轉身尋找嚴韜的身影，卻發現他不知何時早就離開了，正在跟朝中的幾位言官兜搭。

凌香霧失笑，總是這樣，她早都習慣了。

他們想要一個孩子，應該還要很久吧？反正不會太容易。

孩子長得最快，三、五天一個樣。還沒出生的時候冷氏做了許多小衣小褲，因為摸不清是男孩女孩，便每樣都做了一套，如今正好都用得上，可是兩隻小傢伙長得太快，尤其是嚴肅，好多衣服已經穿不上了，還要找嬤嬤另做。

他才六個月！

謝蓁好奇地捏捏他的胳膊腿兒，白藕一樣。「怎麼長得這樣快？你要等等妹妹知不知道？」

嚴肅的五官已經完全長開了，不再如剛出生時那樣像猴子，如今越看越像謝蓁，水潤潤的眼睛，笑起來兩頰還有淺淺的酒窩。聽到謝蓁這樣說，他咧著嘴抱著謝蓁的脖子，「啊嗚啊嗚」啃她的下巴，糊了她滿臉口水，一看便是沒聽懂她的話。

謝蓁嫌棄地哎呀一聲，把他從身上提溜起來，故意把眼睛瞪得圓圓。「不許吃阿娘的臉……」

嚴肅眨巴眨巴眼睛，顯然沒聽懂。

這小子跟他的名字一點兒也不沾邊，說他嚴肅，那可真不嚴肅，明明是調皮搗蛋的典型。嚴裕給他買了好幾種玩意兒，有風車、撥浪鼓、鍾馗面具和布老虎，可是不出三天都會被他拆得七零八落，可憐兮兮地扔在一旁。

那布老虎如今還在角落裡放著呢，渾身上下髒兮兮的，也不知道他是怎麼破壞的。

謝蓁還要再說，嚴肅便被人從後面提起來，一個聲音說道：「阿娘的臉只有阿爹能吃。」

嚴裕站在羅漢床旁，一手托著兒子，一手拿著把木製短刀，把刀送到嚴肅懷裡。「拿去玩吧。」

嚴肅果真對這東西感興趣，那木刀跟他差不多高，他抱著刀坐在一旁的羅漢床上，擺弄了兩下，刀柄從刀鞘裡掉了出來，刀刃上還雕刻著精美的花紋。他睜圓了眼睛，小嘴微張，模樣別提有多驚訝。

謝蓁問道：「不會傷著他吧？」

嚴裕讓她放心。「是木頭做的，又輕，沒什麼大事。」

男孩子嘛，不能總玩風箏、布老虎一類的東西，像什麼樣子？嚴裕正是考慮到這點，才四處尋找適合嚴肅玩的玩意兒。看來這木刀是買對了，嚴肅抱在懷裡便不肯撒手，不再纏著謝蓁。

嚴槿在他身後睡覺，不一會兒醒了，咕嚕翻了個身爬到嚴肅身邊。兩隻小傢伙大眼瞪小眼，哇啦哇啦說一堆大人聽不懂的話，好像還聊得挺愉快。

嚴槿想看他手裡的木刀，嚴肅兩隻小手緊緊護住往後躲，不讓她看，他不讓看，嚴槿偏要看，謝蓁正想勸一勸，嚴槿已經扁嘴哭了出來。

小孩子的哭聲是會感染的，這個一哭，那個也要哭，一時間不知道該哄哪個，謝蓁急得頭大。

嚴裕和她一人哄一個，不一會兒嚴槿哭聲漸止，躺在嚴裕懷裡把玩他腰上的玉珮，不再哭泣。好在嚴裕公正得很，不會偏愛任何一方，給兒子帶了玩具，那自然也少不了女兒的。他變戲法一樣從袖子裡掏出一個鏤空玲瓏球，球裡有兩顆鈴鐺，搖晃起來發出清脆的聲響。嚴槿最喜歡聽聲音，當即就喜歡上了，眉開眼笑地學著嚴裕搖了兩下，鈴鐺「叮咚叮咚」作響。

謝蓁總算回過味來，難怪剛才總聽見鈴鐺聲，她還以為自己聽錯了……原來是他藏了一手。

懷裡嚴肅也漸漸不哭了，她抱起孩子板著臉問：「為什麼不給妹妹玩？」

嚴肅小小年紀就知道撒嬌，以為抱著她的脖子她就不會生氣，還故意裝出一副無辜的樣子。謝蓁果然有點心軟，但該說的還是要說，她點著嚴肅的鼻子道：「為什麼不給妹妹玩？」

他聽不懂，歪著腦袋看謝蓁。

謝蓁又道：「妹妹是你最親近的人，你不能欺負她，以後阿爹阿娘不在了，你們兩個要相依為命的……」

話沒說完，就被嚴裕狠狠瞪了一眼。「說什麼胡話。」

在他心裡，他一直認為能跟謝蓁走到白頭，這一輩子才算結束。

謝蓁嘿嘿一笑。「總有這麼一天嘛。」說完又繼續認認真真地教育嚴肅。「你手裡有好東西，不能只想著你一個人，妹妹也想要，你們兩個一起玩不好嗎？以後她有好東西也會給你的，你想要妹妹的鈴鐺嗎？」

謝蓁把他抱起來，讓他看嚴槿手裡的玲瓏球，球在嚴槿手裡發出一連串的脆響。他果然有點心動，但是也知道自己剛才沒讓妹妹玩木刀，所以眼巴巴地看著，不好意思要。

謝蓁便試著把兩隻小傢伙放到一起，嚴槿很大方，把玲瓏球遞給哥哥一起玩，一點也不計較他剛才的舉動，二人總算重歸於好了。

不知道嚴肅聽懂謝蓁那番話沒有，反正從那以後，他便什麼事都想著妹妹，妹妹想要的東西都給她，絲毫不吝嗇。他越來越有當哥哥的樣子，雖然依舊很淘氣，卻對嚴槿愛護得很，誰若是欺負嚴槿，他一定會很生氣。

今年京城共下了兩場雪，一場是剛入冬不久，一場是除夕前夜。

嚴屹到底沒能熬過今年冬天，除夕夜裡忽然嚥了氣，半個時辰以後才被殿外的老內侍察覺，據說他走的時候很安詳，是閉著眼睛的。那天晚上嚴屹精神很好，還吃了幾個茴香肉餡的餃子，說一會兒要跟王皇后去後花園看煙火，去之前他想睡一會兒，便讓高內侍在殿外守著，殿內的人都趕了出去，一個人躺在龍床上悄悄沒了氣息。

高內侍發現的時候已經晚了，跪在龍床邊叫了好幾聲「聖上」也沒人答應。

嚴裕連夜被召入宮中，與太子一起商量嚴屹的後事。

好在嚴屹生前把一切都安排好了，帝陵建在城外三百里的高坡，後宮沒有生育過的女人都遣散，生過皇子的便留在後宮頤養天年。王皇后和一干妃嬪哭得肝腸寸斷，儘管早就做足了心理準備，一時間還是有些接受不了。

悲慟歸悲慟，身後事還是要料理的。

嚴屹的靈柩在宣室殿停了七天，便送到帝陵埋葬了。

這個年恐怕不好過了。

全京城的百姓都要身穿縞素，不得食用葷腥，不得夫妻同房，要為嚴屹服喪百日。就在嚴屹下葬這一日，京城忽然飄起鵝毛大雪，雪下了一天一夜，足足淹沒人的腳踝。

謝蓁裹著披風站在廊下，袖中揣著手爐等嚴裕回家。這麼大的雪，也不知道會不會耽誤回來的時間？

天快黑的時候，才看到嚴裕迎著風雪從影壁後面走來。他穿著斬衰，外面披一件白裘披風，肩上頭上落滿了雪花，連眉毛上都是。

謝蓁忙把他拉到廊下，掏出絹帕替他擦擦臉。「事情都辦好了嗎？」

嚴裕頷首。「父王葬在帝陵，有三個妃嬪自願留下陪伴，想來應該不會孤單。」

謝蓁說那就好，把手裡的手爐遞給他。「你焐焐，外面很冷吧？」瞧這風雪，恐怕短時間內不會停。前陣子雪下得少，沒想都攢到今天來了，下得沒完沒了。

嚴裕不接，直接包住她的手取暖。「嚴肅和嚴槿呢？」

「在屋裡睡覺，剛才鬧得厲害，乳母剛把他們哄下。」

他點點頭，想了想道：「後天是二哥的御極大典，我也要跟著出面，應當會晚點回來。」說罷，攬著謝蓁的肩膀往屋裡走。「等事情都安定以後，便沒有我什麼事了，我帶妳和孩子回青州一趟。」

回青州看望高洵，這是他們以前就商定好的。

國不可一日無君，嚴屹離世以後，大臣們便紛紛上書請嚴韜即位，嚴韜因為悲慟過甚，推遲了幾天，把日子定在後天。

謝蓁聽罷點了點頭。「也好……」

只是隱隱覺得有些不安。

嚴屹在世的時候，朝中便有不少聲音支持嚴裕，因他戰功煊赫又能力卓群，是以有幾人認為他比二皇子更適合儲君之位，上奏懇請嚴屹廢除太子，改立六皇子。如今嚴韜要登基了，想來那些人的日子也不好過，這會兒應該在家裡後悔呢。

不知道嚴韜會不會對付他們？謝蓁心裡裝著事，心不在焉地走進屋裡。

應該不會吧……太子和小玉哥哥的關係不是很好嗎？他們不是一路人嗎？

正想著，乳母忽然踉踉蹌蹌地跑進來，跪在地上焦急地說：「王爺、王妃，小郡主不見了！」

謝蓁只覺得腦中「轟隆」一聲，震得她整個人差點沒站穩。若不是嚴裕扶著，恐怕整個人都要摔在地上。

她手腳冰涼，囁嚅著一字一字問：「妳說什麼？」

乳母也慌了神，撐在地上的雙臂還在打顫，說話卻很索利。「是、是老奴無用……今天把小世子和小郡主哄睡後，便到暖閣瞇了一會兒，留葛氏一個人照看。沒想到醒來以後，小郡主和葛氏都不見了……」

葛氏是嚴槿的乳母，當初沒想到生的是對龍鳳胎，只請了許氏一個人。後來孩子生下來，管事便另外請了葛氏到府裡，聽說她手腳乾淨、家世清白，人也活泛，便沒太注意她，沒想到竟出了這樣的岔子！

乳母許氏懊悔不已，直起身掌了自己兩個耳刮子。「都是老奴無用，不該睡懶覺……」

先不說弄丟了小郡主要受怎樣的懲罰，光說這半年來她寸步不離地照看兩個孩子，早就有了感情。兩隻小傢伙都生得玉雪可愛，她早就當自己的孩子看待了，如今弄丟了一個，心裡極不好過。

但再怎麼樣，也不及謝蓁難過。

才這麼一會兒的工夫，她便已手腳冰涼，要去隔壁廳房看一眼才相信。

廳房裡面擺著兩張竹編搖籃，一個躺著嚴肅，一個裡面是空的。嚴肅根本不知道發生什麼事，還在玩自己的腳丫子，他倒也厲害，居然能掰到嘴裡啃腳趾頭，看到謝蓁來了，張開手咿咿呀呀要抱。

謝蓁悲從中來，急得眼眶一下子就紅了。

早晨還是兩個人，到現在怎麼只剩下一個？她的心就像被掏空了一塊，補都補不回來了。

嚴裕眼神冰冷，睃向外面跪了一排的丫鬟，語氣難掩憤怒。「這麼多人看著也能把孩子看丟？妳們是廢物嗎？」

丫鬟低著頭認錯，其中一個膽子稍大些，忍不住辯解道：「葛氏平常為人和善，誰都沒想到她會帶走小郡主……小世子和小郡主在屋裡睡覺，婢子們守在屋外，以前都是這樣的，誰承想今天卻出事了……也不知道葛氏是怎麼把小郡主帶走的……」

門外有丫鬟，葛氏不可能從門口出去。但偏廳有一扇窗戶是朝東北方向開的，窗子不高，拿開支撐的棍子便能從那裡跳出去。葛氏在安王府待了這麼久，早就把這裡的一草一木摸熟了，要帶著嚴槿出去想必不難。

嚴肅叫來管事，讓他去門口問問葛氏什麼時候出府的，又往哪個方向去，咬牙切齒道：「掘地三尺也要給本王找出來！」

管事領了吩咐，忙帶人下去查辦。

謝蓁把嚴肅從搖籃裡抱出來，雙臂微微顫抖，額頭緊緊貼著嚴肅的腦門。小傢伙就像能感應到阿娘的恐懼一樣，眨了眨水靈靈的大眼睛，醒來後不哭不鬧，張開一雙短小的胳膊摟著她的脖子，啊啊說話。

那模樣，居然有點像在哄她。

不多時，管事從外面回來，到嚴裕跟前回稟道：「王爺，那葛氏是從角門出去的，當時正好被一個丫鬟看到，可惜那丫鬟只看到一個背影，沒留意她手中是否抱著小郡主……」

嚴裕凌厲的眼神睃過去，他打了個寒顫，終於說到重點。「不過那丫鬟記得她是往北邊去了。」

嚴裕的府邸坐落在京城東北方，再往北不遠便是宮廷。宮廷和安王府之間，隔著一座太子府。

第三十四章

傍晚時分，嚴裕讓人去查看的事情有了結果。

侍衛跪地回稟。「未時左右，太子府確實有婦人打扮的人進出，一炷香後府裡有丫鬟出入，屬下一路跟過去，發現那丫鬟是去街上買半歲孩子穿的鞋子。」

是了，葛氏把嚴槿抱走的時候太過匆忙，沒有來得及給孩子穿鞋。到了太子府後現做又來不及，只好到街上買現成的。

一定是太子把阿槿抱走了！

謝蓁抹抹眼淚從榻上坐起來，胸腔中凝著一股憤怒，咬著牙說：「我要去太子府把孩子要回來。」

太子打的什麼主意她不管，但是他們大人的事，憑什麼要把孩子牽扯進去？嚴槿才半歲，連話都不會說，能妨礙到他什麼呢？

可是沒走幾步便被嚴裕攔住了。他從後面拉住她的手，嗓音乾澀。「阿蓁，妳別衝動，若真是二哥所為，妳即便去了也無濟於事。」

他從後面看她，只覺得她渾身都繃得緊緊的，兩隻拳頭握在身側，纖薄的背脊挺得筆直。他走上前握住她的肩膀，讓她面向自己。「二哥喜歡阿槿，他把她接過去肯定不會傷害她……」

話說到一半，看到謝蓁淚水漣漣的小臉，一下子愣住了。

他的心抽疼，抬手抹去她臉上的淚水，許久沒見她哭得這麼無助，一時間頗有些手足無措。「別哭，別哭……他只是想引我過去罷了。我向妳保證，阿槿不會有事的。」

謝蓁兩手胡亂抹了一下，抬起紅紅的眼睛看他。「他引你過去做什麼？他後天就要登基了，他難道還不放心嗎？要把我們逼到什麼地步才甘心？」

原來她都知道，就算他不說，她心裡一直跟明鏡一樣。

嚴裕把她攬進懷裡，安撫地拍了拍她的後背。「交給我，我會解決的。」

謝蓁在他懷裡動了動，以前是絕對不會問他這些的，然而今天是被嚇壞了，不確定地問：「小玉哥哥，你會威脅到他嗎？你想做王爺還是……」

屋裡的丫鬟都被打發出去了，今天小郡主出了事，雖然是葛氏犯錯，但也是因為她們粗心大意。所以嚴裕每人罰了二十板子，發落出府，讓管事另外添了一批聽話的新人進來。

嚴裕摸摸她的頭，都什麼時候了，居然還有心情開玩笑。「做皇帝要三宮六院，妳願意嗎？」

謝蓁沈默良久，在他腰上狠狠擰了一下。

她的手勁小，擰起人來不痛不癢。嚴裕抵著她的頭頂嘆息一聲，想起嚴韜，臉上表情重又變得冰冷。他不是沒想過那個位置，權力和地位對男人的誘惑是無窮大的，能夠站在天下人之上，坐擁萬里疆土，確實很讓人心動。然而如果這一切要用妻子兒女來交換，那他寧願守在謝蓁身邊，教兩個孩子長大成人，再跟謝蓁白首到老。

嚴韜這一手做得有些卑鄙，他想拿嚴槿當人質，威脅他，這跟當初的嚴韞有什麼區別？若是不傷害嚴槿還好，一旦傷害到他的女兒，即便刀山火海，他也不會放過他！

當天夜裡，嚴裕讓人去太子府打探情況，順便用他的口諭探一探太子的口風——就說是安王府的小郡主丟了，看嚴韜有什麼反應。

可惜嚴韜表面功夫做得很完美，甚至派人幫著去街上尋找，一副全然不知的模樣。

嚴裕在府裡摔碎了三盞墨彩小蓋盅，最後定了定心神道：「去太子府。」

謝蓁緊跟在他身後。「我也去！」

他卻要求她留在府裡，有些事當著女人的面不好說，那場面會把她嚇壞。「妳留在府裡等我，我一定會把阿槿帶回來。」

嚴裕來到太子府，嚴韜親自坐在花廳裡迎接他。院外燈火通明，廳裡點著通臂巨燭，想必等候他很久了。

嚴韜就坐在上方的太師椅上，轉了轉大拇指上的扳指。「如何，阿槿找到了嗎？」

嚴裕上前，也沒有行禮，直直地看著他道：「沒有。」

他一蹙眉，裝得很有些像。「既然沒找到，六弟怎麼有閒情來我府裡？不怕阿槿落入歹人之手嗎？」

聽到這話，嚴裕反而笑了，不疾不徐地坐在一旁的椅子上。吳澤跟隨他進屋，腰上佩刀，貼身站在他身側。他問道：「二哥要跟我裝糊塗嗎？阿槿去了哪裡你不清楚？」

那個所謂的歹人，難道不是嚴韜自己嗎？

嚴韜露出詫異。「我怎麼會知道？」

嚴裕知道，他的這些個兄弟一個比一個會演戲，平素都戴著一張面具，端看誰更會演而已。以前他們是一路人，所以關係比別人都親近，如今在利益面前，只能撕破臉了。

嚴裕讓人把一個丫鬟帶上來，那丫鬟正是目睹葛氏從角門離開的人。丫鬟沒見過太子，跪在地上哆哆嗦嗦把當時的情景描述了一遍，嚴裕才讓她下去。

「二哥聽見了，從安王府往北走只有你這一座府邸，除了你還會有誰？」

嚴韜低頭不語，少頃微微勾出一抹笑。「僅憑這一番話，六弟便認為是我？」

嚴裕眉梢微揚。「這些就夠了。」

嚴韜倒也坦誠，揮手支開屋裡兩側的丫鬟，讓她們都到外面守著。「確實夠了，我早就教過你的，防人之心不可無。如今被我鑽了空子，只能怪你不把二哥的話放在心上。」

屋裡只剩下他和嚴裕還有一旁的吳澤三人。他不擔心吳澤動手，因為手上有人質，所以坐得分外安穩。

葛氏是他半年前就安排好的，是太子妃老家的一個遠親。家裡的孩子出生沒幾天就都死了，嚴韜便把她接到京城來，正好做了嚴槿的乳母。

半年過去了，總算能派上用場。

嚴裕的手放在雕花扶手上，緊握成拳。「你想做什麼？」

嚴韜以為他妥協了，想想也不意外，他把謝蓁看得那麼重要，他們的孩子自然也關愛得很吧。於是笑了笑道：「我同六弟說過，你忘了嗎？南邊那三座城市富饒繁榮，你跟安王妃住過去，三年以後我自會把阿槿還給你們。」

三年以後嚴裕的兵力該削弱的都被削弱了，到那時候便是強弩之末，一點反抗的餘地都沒有。何況誰知道這三年裡，嚴韜會對嚴槿做什麼？

嚴裕憤怒地瞪向他，氣得手抖，一揮手把八仙桌上的茶杯砸出好遠。茶杯在地上碎成片片，茶水濺了一地，他飛快地站起來拔出吳澤腰上的佩刀架在嚴韜的脖子上。「你作夢！」

嚴韜不慌不忙，明明刀刃緊緊貼著他的脖子，臉上卻絲毫不見畏色。「六弟想殺我？」

嚴裕又下了幾分力氣，薄刃割破他的皮膚，滲出血來。「你以為我不敢？」

他眼神一沈，唇邊勾出個譏誚的弧度。「你忘了阿槿還在我手裡？只要我一句話，她就再也回不到你們身邊。」

原來是手裡握著底牌，所以才顯得這麼有恃無恐。

可惜他太過自大，又低估了嚴裕，故而料不到竟會被反將一軍——

外面忽然傳來一陣吵鬧，不多時謝蓁抱著襁褓出現在門口，懷裡的孩子正是嚴槿，她眼神溫柔地替嚴槿掖了掖被角，抬眸看向嚴韜時，眼裡只剩下憎惡。不知道想起什麼，忽然莞爾一笑，眉眼在燈光的映照下分外動人。「二哥沒有照顧過孩子吧？給阿槿買的鞋子都不合腳，小孩子的皮膚嫩，不能穿棉鞋，會磨紅的。」

嚴韜瞳孔一縮，不可置信地盯著她。

他明明讓人好好看著孩子，為何卻被輕易找到了？其他人呢？怎麼沒有來通稟他？

再看嚴裕，早已不復剛才的憤怒，雙目冷靜自持，連握刀的手都變穩了。原來剛才的表現都是裝的，只是為了讓他大意。

院子裡的侍衛分成兩撥，一邊是太子的人，一邊是嚴裕的人，兩方對峙，誰都不肯退讓一步。

原本嚴裕並不打算把謝蓁帶來，但臨時改了主意，要給嚴韜迎頭一擊，他們分開行動；他去前院會見太子，放鬆嚴韜的警覺，謝蓁則由吳濱護送前往後院，找到嚴槿，打得嚴韜措手不及。

一開始謝蓁在後院轉了很久，不知道嚴槿被藏在什麼地方。她來過太子府幾次，所以記得府裡大致的方位，也許是母女心意相通，最後在太子妃的屋裡找到了榻上睡覺的嚴槿。太子妃被侍衛制住，目下已在他們的掌控之中。

事情到了這個地步，不鬧大恐怕是不行了。如果嚴裕妥協，等待他的將會是深淵萬丈，只有趁著這次機會跟嚴韜好好談一談條件，他們才有後路。

嚴裕握著刀柄的手一動不動，屋裡靜得針落可聞，他道：「我本不想跟二哥鬧得這麼僵，可惜二哥總是不信我，要將我逼到絕路才甘休。」

嚴韜坐在太師椅上，抬頭與他對視，臉上不復往昔的溫潤儒雅，嘴角的弧度頗有些自嘲。「阿裕，你知道生在皇家，有一個預設的規則是什麼嗎？」

嚴裕不語，等他解釋。

他淡聲道：「不是你死，便是我活。」

兄弟反目，手足相殘，這在帝王家是再尋常不過的事。他以為自己做得夠好，可惜最後還是被這個弟弟反將一軍，他以為他還是多年前那個從宮外帶回來的小少年，其實他早就長大了，長成他不可控制的樣子。他替他剷除異己，最後成了他最大的敵人，讓他寢食難安，說來也真是可笑。

嚴裕哦一聲，不為所動。「那麼今日，究竟是我死還是二哥死？」

太子府已經被安王府的人包圍了，太子府外面看來風平浪靜，其實裡面早已暗潮洶湧。嚴裕有足夠的底氣和能力可以一刀殺了他，第二天登基大典他不出現，大臣們即便想追究，也會被嚴裕的人打壓下去。到那時候，他怎麼死的、什麼時候死的都不重要，重要的是皇位換了人坐，他不過是奪嫡之爭中的一個失敗者。

思及此，嚴韜後背一身冷汗。

他抬眼看向院外，估計自己的人早就被控制住了，否則不會在他被人舉刀威脅的時候也不出面。今日怕是難逃一死，他索性閉上眼道：「是我失算了，你殺了我吧。」

他表情平靜，不像將要死去的人，反而有種超脫的釋然。

他當了十幾年的太子，每日都要活在勾心鬥角中，算計來算計去，生怕哪一天被人從背後捅了一刀，委實有些累。以前是跟嚴韞鬥，嚴韞死了，他便開始猜忌起嚴裕來，其實現在想想，嚴裕確實沒做過什麼讓他懷疑的事。嚴裕一直都很淡薄，對皇權不大熱衷，大概是從小生長在民間的緣故，比起權勢，更嚮往共挽鹿車的生活。其實跟心愛之人做一對平凡的夫妻也沒什麼不好，起碼能兒女繞膝、含飴弄孫……

唯一遺憾的是有些對不起嚴槿，他是真心喜歡那個粉團子一樣的小丫頭，若是可以，他也希望自己能有一個這麼可愛的女兒。從宮宴上她抓住他的手那一刻起，他的心就柔軟了一塊，所以乳母把她從安王府抱回來後，他怕下人疏忽，還讓太子妃親自照顧她。

說什麼都晚了，嚴裕要殺他，他沒有反抗的餘地。

等了很久也沒等到疼痛，嚴韜睜開眼，看向眼前面無表情的嚴裕。「為何不動手？」

嚴裕一揮手把長刀扔到地上，語氣冷淡。「我殺了你，明日誰去登基？」

他怔住，錯愕地看向嚴裕。

嚴裕不怕嚴韜起身反擊，就算不舉刀威脅他，他也一樣逃不出去。扔開刀，不過是為了方便與他談條件而已。

嚴裕讓吳澤去拿來筆墨紙硯，俯身在八仙桌上寫下一紙契約，遞到嚴韜面前。「我早就說過不會跟二哥爭那個位置，但既然二哥不相信我，那我便不能坐以待斃。玉璽在你手上吧？蓋個章吧，我總要為自己留一條退路。」

嚴韜接過那張紙看了一遍，上面寫著嚴裕的條件，他仍舊做他的安王爺，手中掌握二十萬兵，安居京城一隅，不問朝中之事。嚴韜也不能動他的妻子孫兒，世世代代都以親王之位優待，不得以謀逆之名誣陷之，若有違背，他或者他的後人便可手持這張契約起兵攻打京城，坐實了這造反的名聲。反正有嚴韜親自蓋的龍印和手印，他們怎麼樣都是有理的。

嚴韜看了兩遍，牽出一抹苦澀的弧度。「玉璽在宮裡，不在我身邊。」

嚴裕也不著急，讓他先蓋個手印。

居然連印泥都準備好了，想來在來的路上就已經想好了退路，剛才的舉動只是為了逼他妥協。

嚴韜蓋上手印，嚴裕卻道：「我隨二哥一起到宮裡，只有蓋上玉璽，我才能放心。」是他親手把嚴裕越推越遠的，這時候不被他信任，也沒什麼好抱怨的。

嚴韜起身。「那就走吧。」

月亮越升越高，這時候已經是寅時了，明日一早便要準備登基大典，這時候入宮並不會引人懷疑，甚至還會被誇讚一句勤於政務。可誰都不知道，他如今的性命掌握在嚴裕手中，自由也受制於他。

臨走前看了看站在門口的謝蓁，眼神一低，落在襁褓裡的嚴槿臉上。小傢伙醒著呢，剛才醒來沒有看見娘親，哭了好大一會兒才消停，如今眼睛紅紅的，雖不哭了，瞧著仍舊有些可憐。他停住，想摸摸她，手抬到半空中又落了回去。罷了，有什麼資格呢？

宣室殿內，嚴韜在契約上重重蓋上一印，看向嚴裕。「這樣六弟可以放心了嗎？」

嚴裕抽回紙，看都不看便疊好放入袖中，最後瞥了嚴韜一眼。「這話應該我問二哥吧？」

嚴韜一愣，旋即笑了一下，沒有再問。

他確實可以放心了，被逼到這樣的地步，嚴裕居然還能放棄到手的皇權，把他送上皇位，可見他確實對這個位置沒有多大興趣。

這麼說來，一直都是他一個人杞人憂天。

天邊漸漸亮起來，晨曦衝破雲朵，第一縷陽光照在宣室殿琉璃瓦上，早晨要來了。宮人魚貫而入，跪在他面前聽候他的差遣，宮婢上前為他穿上冕服，戴上冕冠。透過面前的十二旒，嚴韜看到嚴裕站在宣室殿門口，身後是越來越灼眼的晨曦，映得他面容不大清晰，但是聲音卻很清楚。「今日是二哥登基的日子，然而阿蓁受了驚嚇，我便不出席了，請二哥替我向文武百官解釋一句。」

嚴韜靜了靜，頷首道：「回去吧。」

他不客氣地轉身就走，剛才說那番話不是為了得到嚴韜的允許，而是需要一句話，堵住其他言官的悠悠眾口。

看著嚴裕的背影漸漸消失在丹陛上，嚴韜苦惱地捏了捏眉心。古往今來，估計還沒有一位帝王當得像自己這樣窩囊，太子府裡還有嚴裕的兵，天明才會撤去。

可這根刺注定要卡在他的喉嚨裡，拔不出來。因為這個皇位是嚴裕不要，讓給他的。

從宮廷出來，嚴裕本欲騎馬回去，卻看到城外停著一輛馬車，馬車外面站著一個身姿單薄的姑娘，她前面站著兩個人，是吳澤和吳濱。

天氣很冷，剛下過雪，她披著狐狸毛滾邊斗篷，一張雪白的小臉凍得通紅，看到他的時候長長鬆了一口氣。

嚴裕牽馬上前，解下披風披到她身上。「妳怎麼來了？站在這裡冷不冷？」

謝蓁搖晃著腦袋，鼻子紅紅的，臉上卻帶著笑。「我擔心你，所以就叫吳澤、吳濱帶我來了。」

那時的情況委實有些驚險，好在嚴韜是個言而有信的人，最後關頭還留著一點良知，沒有讓人失望透頂。

外面太冷，嚴裕和她坐進馬車裡。馬車裡燒著爐子，四周暖融融的，嚴槿躺在榻上已經睡熟了，這一天想必累得不輕，回到阿娘身邊後便睡得死沈死沈，小小的鼻子一下下翕動，長長的睫毛垂在眼瞼下，像兩排小扇子。

嚴裕碰碰她的臉，少頃從袖子裡取出那張蓋有玉璽的紙。「妳回去把這張紙收起來，嚴韜應當不會出爾反爾。」

謝蓁展開看了看，上面除了龍印外，還有嚴韜的手印。

先不說嚴韜的人格值不值得信任，只要有了這個，便是他們的退路和底牌，不必再擔心嚴韜會做出今天這樣的事。

回到安王府，管事在門口等了一整晚，見他們全鬚全尾地回來，還帶回了小郡主，不禁放下心來，忙將二人迎入府中。謝蓁擔驚受怕一整夜，這會兒一切風平浪靜，倒有些捱不住了，回到瞻月院倒頭就睡。

心裡終歸有些後怕，沒敢再離開兩個孩子。

很多年以後——

「阿娘，我的木劍呢？」一個小小的身影從門外衝進來，皺著漂亮的小臉蛋，氣勢洶洶地問道。

定國公府昨日宴客，謝蓁回來時已是深夜，還被嚴裕按著折騰了一會兒，凌晨才入睡。

早上起得晚，聽到嚴肅的聲音剛一睜眼，就看到胸前埋著一個大腦袋。她驚慌失措地推開嚴裕，攏了攏衣襟從內室走出，酥頰潮紅，水眸動人，即便已經二十有二，卻還是跟十幾歲的小姑娘一樣嬌嫩可人。

她看向門口的小男孩，蹲到他面前問道：「要木劍做什麼？不是跟你說過那個會傷人嗎？」

這個小男孩正是五、六歲的嚴肅，說是嚴肅，其實跟他的名字一點也不(0)合。兩個孩子裡數他最鬧騰，一會兒看不住就要出事。這會兒也不知道怎麼，非要找他的木劍。

那木劍是他一歲時嚴裕送給他的禮物，有一次他玩的時候不小心傷到了嚴槿，從此謝蓁就不許他再玩了。目下忽然要找出來，不知道是為什麼？

嚴肅生氣得不得了，跟嚴裕一模一樣的嘴唇抿起來，氣鼓鼓的。「嚴頌那傢伙又過來了！他纏著阿槿，我要打他，把他趕跑！」

謝蓁一聽這話，噗哧笑了。

嚴頌是當今皇上嚴韜和凌皇后的第一個兒子，比嚴肅和嚴槿小一歲半，生得唇紅齒白，俊秀可愛。嚴頌喜歡纏著比他大的小姊姊嚴槿，小尾巴一樣跟在嚴槿身後，這讓嚴肅看了很不痛快，總覺得自己妹妹要被搶走了，所以每次嚴頌過來串門，他都如臨大敵，恨不得立即把人趕出去，一臉的不待見。

這次也不知道嚴頌怎麼惹他生氣了，居然連木劍都要拿出來！

謝蓁哄著他。「阿槿和頌兒在哪裡？」

嚴肅噘起嘴巴。「在後院放風箏。」

「你為什麼不去？」

他昂首挺胸。「我是哥哥，才不玩小孩子玩的遊戲！」

謝蓁哦一聲，真想揉揉他的腦袋。「既然你不跟他們一起玩，那為什麼要趕走頌堂弟？」

他不說話了，支支吾吾半晌，張開手撲進謝蓁的懷裡。「他搶走阿槿了。」

他和嚴槿是雙生兒，兩個人一起出生，一起學說話，一起學走路，就跟一個人一樣。他聽阿娘的話，把所有的好東西都留給妹妹，妹妹是他最喜歡的女孩子。可是突然有一天，中間突然插進來一個嚴頌，對阿槿言聽計從、百依百順，他當然很有危機感，那可是他從小疼愛的妹妹，憑什麼要讓給別人？

所以他跟嚴頌素來不對盤，就算他是皇子又怎麼樣？他用木劍一樣能把他打趴！

謝蓁笑著道：「阿槿永遠是你妹妹，別人搶不走的。」

真的嗎？嚴肅聽得懵懵懂懂，正想問為什麼，一抬頭看見謝蓁身後的嚴裕，頓時喜笑顏開地叫了聲「爹爹」，才剛說完，他就頓住了。

因為嚴裕臉上表情很不好，臉拉得老長，一看便是慾求不滿。

嚴肅把謝蓁抱得更緊了，害怕地問：「爹爹生氣了？」

謝蓁說：「沒事，別管他。」

嚴裕薄唇一抿，被媳婦兒忽視，一大早吃不飽的怨念更嚴重了。

若是沒有嚴肅這個小傢伙打擾，他們倆能纏纏膩膩到日上三竿。謝蓁這幾年出落得越發豐腴，主要顯現在胸臀上，生過孩子的身體又嬌又軟，他愛不釋手，常常一夜要吃好幾遍。

嚴裕現在是閒散王爺，生活得自由自在，幾天都不用上一次朝，每個月照常拿朝廷俸祿，成天閒著沒事幹，多出來的精力全用來折騰謝蓁了。謝蓁叫苦不迭，有時候被他弄得起不了床，氣得罰他晚上睡書房，她則抱著兒子女兒一塊兒睡覺。

嚴裕本就覺得自從有了孩子以後謝蓁的心思不在他這裡了，見狀更加吃醋，卻又不好拿孩子們撒氣，只得默默地在心裡憋著，憋得臉都黑了。

嚴肅眨巴眨巴水汪汪的大眼睛，鬆開謝蓁，上前抓住嚴裕腰上的玉珮，仰頭道：「爹爹，不要生氣，我不拿木劍了。」

嚴裕彎腰把他抱起來。「你想要木劍？」

他嗯嗯點頭。「爹爹給我嗎？」

「你拿了木劍做什麼？」

他一臉堅決。「我要跟嚴頌決鬥！」敢搶他妹妹，不想活了！

嚴裕摸摸他的頭，看了看對面的謝蓁，再看向嚴肅。「我給你兩把木劍，你們去後院玩，不分出個勝負不許回來，好嗎？」

他眼睛一亮。「真的？」

嚴裕點點頭。「真的。」

那邊謝蓁不同意了。「他們會受傷的！你怎麼能這樣教孩子呢？」

眼看著嚴裕把孩子交到乳母手上，還從書房裡拿出兩把木劍遞給他，謝蓁一下子就惱了，叫了聲「嚴肅」就要追上去。

嚴肅懷裡抱著兩把木劍，跑得飛快，一下子就把謝蓁甩在後面。

謝蓁氣死了，對著嚴裕又捶又打。「你快去把他追回來！」

嚴裕好不容易把孩子支走了，這會兒正樂得一身輕鬆，無人打擾。「有乳母在，不會出事的。」

謝蓁不同意。「萬一出事呢？誰說得準。」

最後還是謝蓁威脅不把嚴肅追回來，以後就再也不讓他近身，他才勉強答應，到頭來還厚顏無恥地指了指自己的臉。「妳親我一下。」

謝蓁暗罵他有毛病，多大了還喜歡玩這種把戲。心裡不情願，卻還是依言踮起腳尖在他臉頰上啄一口。「好了嗎？」

他轉了個頭，指指右臉，示意這邊也要。

謝蓁咬牙切齒地瞪他，這回親得狠了，趴在他臉上咬了一口，正準備離開，卻被他捧住腦袋，深深地吮吻回來，舌頭都被他啃麻了。謝蓁臉紅紅的，到底沒有他臉皮厚，不好意思在光天化日下表演親熱。「你快去呀！」

這一吻雖然比不上吃她一回，但聊勝於無，嚴裕也心滿意足了。他親親她的頭頂，舉步往後院走去。

後院荷花池邊，嚴肅一本正經地站在平坦的石頭上，揮著木劍橫眉豎目。「嚴頌歹人，放開阿槿！」

下面一粉一藍兩個小人，穿粉色百蝶穿花襦裙的正是嚴槿，小小的年紀，烏瞳明亮，粉唇微翹，好看得如同畫裡走出來的玉娃娃，跟謝蓁小時候一模一樣。穿寶藍色衣服的正是當今大皇子嚴頌，明顯比他們小一截，卻圍在嚴槿身邊寸步不離，頭搖得像撥浪鼓。「不要，我要跟阿槿堂姊一起放風箏。」

嚴肅氣得頭頂冒煙。「你都多大了還放風箏？宮裡那麼多宮女陪你，你來我們家幹什麼？」

嚴頌這就有點冤枉了，他今年剛滿四歲，不放風箏，難道跟堂哥一起玩馬球蹴鞠嗎？他又不帶著他。

嚴頌扁扁嘴。「宮女沒有阿槿堂姊好看。」

嚴肅翻了個白眼，他的妹妹當然好看，可是跟嚴頌有什麼關係？「不管，你今天必須回去！」說著扔了一把手裡的木劍給他。「或者我們決鬥，你贏了我就讓你留下。」

小孩子長得飛快，差一歲就差一大截，嚴肅比嚴頌高了半個腦袋，拿著木劍剛剛好，但是對嚴頌來說就有點大了。他盯著木劍看了一會兒，為了不被趕走，只好搖搖晃晃地上前抱起木劍，鄭重地點點頭。「好！」

身為話題的主人翁，嚴槿對他倆的爭執一點也不感興趣，趁著他們倆說話的工夫，她坐到一旁的八角涼亭裡掏出一本書，津津有味地看起來。

她跟嚴肅是完全不一樣的性格，嚴肅好動，她很安靜，甚至可以說是冷漠。

謝蓁一直很納悶嚴槿究竟像誰，她和嚴裕都不是這樣的性子，想了半天，才想起來原來是最像謝榮！

聽冷氏說謝榮小時候就這樣，安靜穩重，沈默寡言。

然而嚴槿也並不常常這樣，她對外人冷淡，對家人卻很熱情，尤其喜歡謝蓁，只有對著謝蓁時她才會甜甜地叫「阿娘」，叫得謝蓁心都化了。

嚴裕和謝蓁一前一後過來時，正好看到他們三人這一幕。嚴槿坐在一旁安安靜靜地看書，嚴肅和嚴頌在荷花池邊對決，丫鬟們攔不住，又怕他們傷害自己，真是急得團團轉，不知如何是好。

目下見王爺、王妃來了，就像找到救星一樣，對兩隻小傢伙道：「小世子、小皇子，快別打了，王爺、王妃來了！」

兩隻小傢伙立即住手，由於嚴肅收手太猛，身子一個不穩，晃了晃便要跌進荷花池裡。

嚴裕連忙上前接住他，把他從半空撈了上來，蹙眉叮囑。「這裡危險，下回不許來這裡鬧。」

謝蓁快步趕來，見兒子沒事，長長鬆一口氣。

嚴肅膽子大，又活潑好動，一點兒也沒覺得害怕，反而意猶未盡道：「爹爹、爹爹誇我，我剛才贏了！」

嚴裕看他一眼。「嚴頌比你小一歲，你贏了有什麼好光彩的？」

他登時如同洩了氣的皮球，一下子蔫了。

好在兩個孩子都沒受傷，就是灰頭土臉的，一看便是摔了不少次。謝蓁拿出絹帕替兩人擦了擦臉，問嚴頌。「頌兒，你這麼喜歡阿槿堂姊，來給我當兒子好不好？」

謝蓁頭一胎生了兩孩子，後來嚴裕一直沒敢讓她再有孕。現在過去五年，她的身體已經養得差不多了，想再生一個孩子，可是又怕疼，遲遲沒跟嚴裕說。她看得出來，嚴裕也想再要一個，就是不想讓她疼，所以仍舊猶豫不決。

她說這番話，不過是為了逗逗嚴頌，想看看他是什麼反應罷了。

誰知道嚴頌還沒開口，嚴肅就先不同意了。「不行，不行！阿娘怎麼能要他？阿娘和阿槿都是我的！」

嚴裕捏捏他的小臉，糾正道：「你阿娘是我的。」

父子倆天天爭來爭去，爭個沒完，也不嫌膩。

嚴頌生性靦覥，唯一做的一件大膽的事就是當嚴槿的小尾巴，聞言臉紅了紅。「不可以，我是父皇的兒子，將來要做太子的。不過父皇說了，我喜歡阿槿堂姊，以後可以娶她當媳婦兒。」

嚴韜這些年根基漸漸穩固起來，每回想起當年對嚴槿所做的事都頗為內疚，對她也格外上心，總是挑她喜歡的禮物送給她，讓外人羨慕不已。

嚴裕在一旁哇哇大叫。「你想得美！」

這孩子才多大，知道什麼叫娶媳婦兒嗎？而且嚴韜平時都給他灌輸些什麼？堂姊弟怎麼能成親？

謝蓁哭笑不得，揉揉他的腦袋就站起來，沒有把這句話放在心上。

八角亭裡嚴槿看到阿爹阿娘過來，放下書飛快地朝兩人撲來，笑盈盈地叫道：「阿娘、爹爹！」

謝蓁接住她，笑道：「什麼事這麼開心？」

她在謝蓁懷裡拱了拱，罕見的小女孩嬌態。「我昨天作夢夢見阿娘，今天早上起來就想妳了！」

謝蓁好奇地哦一聲。「夢到阿娘什麼？」

她說：「夢見阿娘又生了一個小弟弟，不疼我和哥哥了。」

謝蓁覺得好笑，安慰她。「就算有了小弟弟，妳和嚴肅也是爹娘的好寶貝。」

她連忙問「真的嗎真的嗎」，那模樣可愛得不行，謝蓁一邊笑一邊點頭說真的。

嚴槿伸出細長的胳膊摟住謝蓁的脖子，腦袋蹭了蹭她的頸窩，嬌嬌地說：「阿娘也是我們的寶貝。」

嚴裕看著三張摯愛的臉孔，微笑著張開手臂把他們三個寶貝攬入懷中。

——全書完

番外　謝蕁&仲尚篇

仲尚共有五個親姊姊、三個堂姊、兩個表妹，還有三姑六婆……因為家中實在女人太多，以至於他對女人一直沒有多大興趣。他認為女人不過是一種玩意兒，閒來無事打發時間，用來消遣的樂趣。

再加上父親和叔父都是將軍的緣故，家裡的女人都很凶悍，小事動口，大事動手，以至於誰都不敢招惹。就比如他嫁出去的四個姊姊，每一個都把姊夫管教得服服貼貼，四個姊夫在她們面前，那是一點說話的地位都沒有……至於沒嫁出去的五姊，就更不用說了，換上軍裝就是個男人，打起架來比他都厲害。

這叫女人嗎？女人都這樣粗魯嗎？

十二、三歲的時候，他才慢慢懂得男女之別，發現不是所有的女人都跟自家裡的那幾位一樣，女人合該是溫婉多情、細膩柔媚的，而不是整日想著打打殺殺。

有一段時間，他喜歡看女人撫琴彈箏，繡花唱曲，認為這才是女人該有的常態。後來漸漸地又覺得太矯情，柔弱的女人動不動就哭，看多了心煩，還不如他家裡的姊姊來得順眼。

到後來寧願跟一群紈袴公子哥兒喝酒，也不願意去秦樓楚館招惹女人。

當然，這一切都是在遇見謝蕁以前。

第一次見到她的時候倒沒多大的悸動，只是覺得這小姑娘可愛，泉水一樣乾淨，說起話來軟軟甜甜，聽起來很舒服。那時候以為她是高洵看上的人，沒敢招惹，匆匆一眼看過去，有一個大致的印象。

後來才知道自己搞了個烏龍，她和高洵是清白的，高洵喜歡的是她的姊姊。

那一瞬間，也不知道為何鬆一口氣。

都說謝家五姑娘和七姑娘生得美，尤其五姑娘天香國色、嬌美如花。他卻覺得謝蕁比謝蓁更順眼，每當她用一雙水潤清澈的眼神看過來時，他都忍不住想欺負她。

他以為他們的關係夠好了，他把她當成小兔子，就像那天從明秋湖旁撿回來的兔子一樣，卻忘了兔子也是有脾氣，也是會發火的，所以當她生氣地說「我討厭仲尚哥哥」的時候，他竟然有些手足無措。

那時候起，他才明白自己對這小姑娘的感情不簡單。

那天夜裡他做了以前最不屑的事，闖入她的閨房，迫不及待地想從她嘴裡知道是怎麼回事。

他握住她的肩膀，燈光下她的臉蛋光潔、玲瓏剔透，看得他心癢癢，忍不住在她臉頰上啄了一下。「不許跟他訂親。」

謝蕁小姑娘被嚇壞了，連被他親了一下臉頰都沒反應，反應過來後連忙把他推開。「你快走，會被人看到的！」

儘管捨不得，仲尚還是依依不捨地走了。

從那以後謝蕁便開始躲著他，對他的邀請視而不見，就連他要去蘭陵出征，她也沒有讓人捎一句話，最後還是他忍不住來找她，她才勉勉強強出來見他的。

好在小姑娘有良心，臨走前給他送了一個平安符，他貼身佩帶，也許是平安符起了作用，他好幾次從刀下死裡逃生，鬼門關下走了幾遭，回到京城後分外想念她。

高洵走了，他太過悲傷，忘了給她買蘭陵的特產，回去後只能用奶油松穰卷酥代替，可惜還沒說幾句話，便被她的母親發現了。

他認真思考了幾天，重新來到定國公府拜訪，早就準備好了一套說辭，沒想到最後關頭被謝蓁逼上絕路，脫口而出要娶謝蓁……原來他心裡一直這麼想的，想娶謝蓁，想把她領回家，夜裡怎麼親親摸摸都不用擔心被人發現，想給她吃天底下所有好吃的，想把她養得白白胖胖。

可惜縱然仲尚使出十二分的力氣，冷氏也對他沒什麼好感。

謝家二老相中的女婿是顧策。

這日仲尚來到定國公府門口，本欲以仲柔的名義見謝蓁一面，未料卻見顧策先一步走入定國公府。

仲尚掀著簾子，一動不動地看著顧策的背影，嘴邊的笑意隱去，薄唇抿成一條線，握著玉扇重新坐回馬車裡。他就在這裡等著，看那顧策什麼時候出來。

天色漸漸晚了，始終不見顧策走出。

傍晚時候天上下起淅淅瀝瀝的細雨，雨水打在車棚上，發出叮叮咚咚的脆響。天色一下子變暗，一道電光閃過，緊接著天邊轟隆炸起一聲巨響，雨越下越大，有如傾盆，狠狠地砸在地上匯聚成一灘灘水窪。

「你去探探，他和七姑娘見面了沒有。」仲尚吩咐。

侍衛應是，很快回來道：「少爺，謝二爺和謝二夫人說雨勢太大了，這時候不方便回去，要留顧公子在府上住一晚。」

仲尚額頭青筋一冒，握著玉扇的手緊了又緊，最後還是沒忍住，一下子把扇子扔出好遠。

及至深夜，大雨仍舊沒有要停的趨勢，馬車外電閃雷鳴，不少雨珠透過窗簾落進車廂內，打在仲尚臉上，帶來些許陰涼之氣。侍衛坐在車轅上淋得稀濕，然而又不敢出聲抱怨，看了看天色，試探地問道：「少爺，咱們回去嗎？」

層層烏雲擋住月亮，已經到了戌時末。

仲尚始終一言不發，精美的下頜抿出一個冷漠的弧度，許久才道：「不回。」

侍衛嘆了口氣，只得認命地繼續等著，看這架勢，恐怕要在外面等一整夜了。

大雨足足下了一整夜，到了天明時分才見停。

顧策用過早膳後離開。

客人要走，身為主人自然要送一送。謝蕁跟在冷氏和謝立青身後，目送著顧策走上馬車，她才轉身回到府裡。

守門的小廝一溜兒跑到她跟前，殷勤地行禮道：「姑娘，外面有人找您。」

謝蕁停住。「誰要找我？」

她往前面看去，冷氏和謝立青已經走遠了，沒有聽到小廝的話。

那小廝低著頭，頗有點神神秘秘。「是仲將軍府上的人，說是仲柔姑娘要見您。」

仲柔跟謝蕁來往密切，謝蕁經常去仲府走動，仲柔也會讓人到定國公府接她。所以儘管之前沒有約定過，這會兒謝蕁也毫不懷疑，只當仲柔是臨時有事才會來找她。

她轉身往外走。「怎麼不請仲柔姊姊進來？外面剛下過雨，多冷啊。」

小廝笑道：「小人跟仲姑娘說過了，不過仲姑娘說她不方便進去，請您過去見她一面。」

謝蕁偏頭，有什麼不方便的？仲柔姊姊以前又不是沒來過。

她踅回門口，果見不遠處停著一輛平頂華蓋的馬車，確實是將軍府的車子，繡暗地金紋的布簾濕透了，也不知道等了多久。她忙走上前，站在外面叫了一聲。「仲柔姊姊，妳不隨我進府嗎？」

馬車裡沒有聲音，她納悶地又叫了一聲。「仲柔姊姊？」

該不會等得睡著了吧？

丫鬟把車上的腳蹬放下來，她踩著腳蹬走上馬車，掀開簾子。「下人說妳有事找我……」馬車氣氛很有些陰翳，還帶著點雨水的潮濕，她話沒說完，便被一股強大的力道拽進車裡，緊接著撞進一副堅硬結實的胸膛。

仲尚緊緊地箍著她，灼熱的氣息噴灑在她的脖頸，啞聲問道：「妳跟顧策說了什麼？」

少女的腰肢纖細，掐起來綿綿軟軟，熨帖了他等待一整晚的心情。然而還是憤怒，他坐在馬車裡，親眼看著她送顧策出府，不知冷氏說了什麼，她漂亮小臉紅紅豔豔，嬌美可人。

這一晚他們做了什麼？見面了嗎？說了幾句話？

他承認自己妒火中燒，惱極了，恨不得當場就把她搶過來。那甜吟吟的笑是他的，柔軟的身段是他的，她的一舉一動都是他的，只有他才能享用疼愛。那顧策憑什麼？他也喜歡謝蕁嗎？親過她嗎？知道她有多甜嗎？

他坐在馬車裡等了一整夜，一整夜都沒有合眼。只要一閉上眼睛，面前就會自動浮現出她和顧策在一起的畫面，受不了，自己把自己折磨了一宿。這會兒頭疼得厲害，然而捨不得鬆開她，想就這麼把她吞進肚子裡，或者直接綁回家去，疼她愛她，讓她身上沾滿他的味道。

小姑娘被嚇壞了，臉蛋有點發白，嬌美的聲音在他懷裡發顫。「仲尚哥哥？」

仲尚蹭了蹭她的頸窩，一夜之間長出的鬍渣扎在她細嫩的肌膚上，那種感覺既曖昧又旖旎。可是他故意要讓她感受，要讓她知道逃不出自己的桎梏。「阿蕁，妳告訴我，妳跟顧策說了什麼？」

他始終對這個問題耿耿於懷，這一夜能發生太多事，擔心一個不留神，她就被顧策拐了去。

謝蕁不舒服地往後縮了縮，可是他的手托在她的腰窩上，她一動，他就緊上三分。那隻大手曖昧地停留在她腰肢和臀之間，她怕他往下探去，所以即便急得眼眶通紅也不敢再動。

「沒說什麼……他昨天來的時候我就睡著了。」

謝蕁雖單純，但終歸不傻，雖然她跟顧策之間確實沒什麼，但她也不能說實話刺激他，誰知道他會不會做出更出格的舉動。就是不知道他怎麼會出現在這裡的……還用仲柔姊姊的名義，她想，他一定是騙了她，虧她還傻兮兮地上當了，真是愚笨。

仲尚根本不相信她的話，若是真沒說話，她怎麼會親自送顧策出門？他雙手握著她的腰肢把她放到腿上，她這麼小一點點，抱在懷裡跟個小孩子似的。他抵著她的額頭，呼出的氣息滾燙。「說謊。」

謝蕁一滯，沒想到這麼快就被發現了，她眼珠子亂轉，就是不看他。「仲尚哥哥為什麼會來？仲柔姊姊呢？」

他凝睇她粉嫩嫩的小臉，只覺得怎麼看怎麼好看，忍不住親了親她的鼻子。「她沒來，我騙妳的。」

出乎意料的誠實。

謝蕁唔一聲，擋開他的臉。「仲尚哥哥別這樣，你要是沒事，我就回去了……」

仲尚的意圖夠明確了，她再不清楚就是傻子。偏偏她說不上對他是什麼感覺，不討厭他的碰觸，卻又不想輕易被他得逞。

也不知道哪句話刺激了他，剛要下車，便被他狠狠地抓了回去，一下子撞在他的胸膛上，還沒反應過來怎麼回事，便被堵住了嘴。他力氣有點狠，在她唇上輾轉幾下，不像親吻，倒像是野獸咬人，想把她拆吃入腹。

謝蕁驚愕地睜圓了眼睛，他趁著她出神的空檔，舌頭靈活地鑽了進去。

謝蕁從來不知道兩個人還能這樣膠著，他要搶奪佔領她的一切，偏偏她連一點點退路都沒有。不一會兒就被他嚐得乾乾淨淨，唇齒間都是他的氣息，她這才發現他身上滾燙得不像話，連呵出的氣都是熱的。她覺得嘴裡就好像闖進去一團火，橫衝直撞，把她整個人都燒得昏昏沈沈的。

馬車裡面再無說話聲，只有唇舌相撞發出的旖旎聲響。

馬車外面丫鬟總算察覺到不對勁，要上去查看，卻被仲尚的侍衛攔在外面。她又氣又急，朝馬車裡叫了幾聲「姑娘」，卻始終得不到回應。

丫鬟站在外面，偶爾能聽到幾聲自家姑娘的嗚咽聲，聲音細軟，小貓一樣撓在心尖上。

丫鬟更著急了！

難道裡面坐的不是仲柔姑娘？那又是誰？

兩日後定國公府和顧大學士府一同去寶象寺上香。

上過香後，兩家一同下山。

昨天夜裡下過一場小雨，山路不大好走，馬車上不來，只能停在山腳下等他們。兩家人徒步下山，因為多是女眷，所以下山的速度很慢，走走停停，一個時辰後才走到半山腰。

這時候山路已經平坦多了，路上也不見多少淤泥。謝家和顧家大多是深居閨閣的貴婦嬌女，哪曾走過這麼長的山路，謝蕁和顧如意早就走不動了，尤其是謝蕁，一雙白嫩玉足起了兩、三個水泡，腳也腫了，瞧著頗為可憐。

謝蕁背對著顧策穿上鞋襪，對謝榮道：「哥哥先帶阿娘下山吧，我在這裡歇一會兒就跟上你們。」

荒郊野嶺，冷氏哪裡捨得把她一個人留在這裡？便對謝榮道：「榮兒下去看看馬車能不能上來，若是能，便讓車夫到這裡接我們。」

謝榮略一思量，此舉並非行不通，到這裡山路已經好走多了，馬車上來應該沒什麼問題。他點點頭道：「阿娘在這裡等我，我很快回來。」

轉身又不放心地對顧策道：「麻煩展從替我照看我母親與妹妹。」

顧策拍拍他的肩膀。「放心。」

他這才往山下走去。

謝蕁和顧如意坐在一磐圓石上歇腳，雙鶯和另一個丫鬟蹲在一旁給謝蕁揉捏小腿，顧如意指著前面一條小溪問：「那裡有水，阿蕁要不要泡泡腳？這樣腳疼或許能緩解一些。」

那條溪流距離此處不遠，溪水琮琤作響，謝蕁很心動，可是這會兒一點也不想動，只能搖搖頭道：「我在這裡歇歇就好了，如意姊姊想去就自己去吧。」

走了一路身上出了不少汗，顧如意就算不泡腳也想掬一捧清水洗洗臉。她躑躅片刻，站起來道：「那我去了？」

謝蕁蔫蔫地點頭。「妳去吧。」

顧如意跟顧夫人說了一聲，領著兩個丫鬟走到溪邊。

溪流緩慢，清可見底，水下還有幾條小魚游動。顧如意拿出絹帕浸了浸水，擰乾淨後，在額頭上輕點幾下，一股涼意襲來，整個人都感覺清爽不少，她又就著溪水洗了洗手，這才起身往回走。

不遠處謝蕁坐在圓石上，背後是石壁，頭頂有幾塊嵌在石縫中的岩石。

謝蕁正捧著竹筒喝水，她一口一口喝得緩慢，喝完以後遞給雙鶯，剛要開口，便聽前方顧如意驚恐道：「阿蕁小心！」

謝蕁一愣，下意識往顧如意那裡看去。

顧如意的眼睛卻緊緊盯著她的頭上，那裡有一塊不小的石頭鬆動了，從懸崖壁上掉下來，正對著謝蕁而來！

所有人都沒注意她頭上，唯有顧如意離得遠，一抬頭便能看見。然而即便她看到也晚了，謝蕁來不及躲閃，甚至抬頭往上看了看。

她吃驚地張口。「救……」

話沒說完，一道黑影從頭頂閃過，一手摟著她的腰一手護著她的頭，將她整個人罩在身下。謝蕁緊緊地閉上眼睛，聽不到任何聲音，只能聽到頭頂的人發出一聲悶哼，緊接著是阿娘和如意姊姊的驚呼聲。「阿蕁！」

謝蕁慢慢睜開眼，看到一張極其熟悉的臉。

仲尚不知從哪裡冒出來，將她牢牢地護在身下，她看到他的額頭有汗珠，好似忍耐著極大的痛苦。

謝蕁動了動，想從他身下鑽出來，錯愕地問：「仲尚哥哥，你怎麼在這裡？」

她一動，仲尚便痛上幾分。「我一直跟在妳身後。」

今天早上她跟著冷氏離開了，他沒有繼續留在寶象寺的理由，跟住持道別以後，便牽著馬慢悠悠地跟在他們身後。如果不是突然出現意外，想必他也不會這麼早現身。

他雖然護住了謝蕁，但是那塊石頭卻正好砸中他的小腿，從那麼高的山壁落下來，又是一塊巨石，足以想像他有多麼疼。

冷氏又驚又怕，顧不得詢問仲尚為何突然出現，趕忙讓身邊的人把石頭搬開，扶起兩人坐到一旁的圓石上。

這會兒也顧不得追究那些有的沒的，仲尚救了謝蕁一命，還把自己一條腿搭進去了，她親自上前道歉。「多謝仲少爺捨身相救……」

仲尚看向一旁嚇傻了的謝蕁，笑了笑，沒說什麼。

謝蕁眼裡蓄著淚，見仲尚疼得臉色發白，想起他剛才堅固的懷抱，想上去跟他說兩句，或者問問他疼不，卻礙於阿娘和好多人在，始終沒能上前一步。

她揉揉眼睛，正好對上仲尚的視線，仲尚用口型安撫。「我沒事，別哭。」

不多時謝榮帶著兩輛馬車過來，得知方才發生的一切，抱拳對仲尚鄭重道謝，讓人把他抬到車上，送回驃騎將軍府。

謝、顧兩家乘坐另一輛馬車下山，謝蕁跟冷氏回到定國公府，始終放心不下仲尚的傷勢。

不知道他的腿傷嚴不嚴重？還疼不疼？

冷氏是個恩怨分明的人，雖然她以前不待見仲尚，但是仲尚這次救了謝蕁，回府後立即籌備了厚重的謝禮，準備去將軍府登門答謝。

然而謝禮還沒送出去，便聽驃騎將軍府傳來消息，說是仲家小少爺的左腿廢了！

定國公府。

謝蕁坐在燈下，橘黃色的燭光照在她臉上，彷彿一塊白瑩瑩的美玉，看不見一點瑕疵。她一低頭，長睫毛拉出長長的影子，像兩隻振翅欲飛的鳳尾蝶。「仲尚哥哥為了我受傷，我想一輩子照顧他……」

冷氏沒有多大意外，冷靜地問：「妳想好了？」

她輕輕地點了下頭。

「妳知道什麼人才能照顧他一輩子嗎？」

她嗯一聲。「知道的。」

她不小了，說到底已經有十六歲，有些決定自己能承擔。她知道自己對仲尚有好感，雖然仍不確定那是不是男女之愛，但是她不討厭仲尚親她碰她，也不排斥跟他做更親密的事……或許是的，只是她沒開竅而已。

這次仲尚救了她，她一半是想報恩，另一半……是想跟仲尚哥哥在一起，就算他腿殘了，她也不嫌棄他。

這是喜歡嗎？如果是的話，她還挺喜歡仲尚哥哥的。

冷氏沒有多問，既然她已經決定了，那這兩個問題就足夠了。冷氏把今日同仲夫人的對話轉達給她。「妳跟仲尚的婚事，阿爹阿娘會替妳作主的。」

謝蕁呆呆的，沒想到婚事來得這樣快，她以為阿娘肯定會反對，誰知道她跟阿爹都同意了？他們不讓她嫁給顧策了嗎？她摸不著頭腦。「阿娘為什麼……」

冷氏揉揉她的頭，把她摟入懷中。「仲家的這份恩情，咱們是還不起的。阿蕁……只要妳以後不後悔就好了。」

謝蕁在她懷裡唔一聲，聽出了冷氏的不捨，伸手抱住她安慰道：「我不後悔……阿娘，我不會後悔的。」

冷氏長嘆一口氣，沒說什麼。

謝家跟仲家的婚事決定下來了，很快便塵埃落定。

提親、換庚帖、對八字、下聘，這幾件事做完，只用了短短半個月的時間，婚期定在下下個月初八，日子定得有些趕，很多東西都準備得匆匆忙忙，好在定國公府和將軍府的人多，萬事都準備得周全，沒有出現任何疏漏。

很快便到了成親這一日，大清早將軍府便吹吹打打，鞭炮聲不絕於耳，門窗上貼滿大紅囍字，到處都是一派喜氣洋洋。仲尚腿腳不便，騎馬迎親都不方便，原本是要找族裡兄弟代為行禮的，但是他無論如何都不同意。

拜堂成親嘛，當然是他親自拜才行！讓別人代替是什麼意思？那謝蕁究竟是嫁給他還是嫁給別人？

他是絕對不允許的。

一路跨馬鞍，拜天地，入洞房。

謝蕁的視線被擋在銷金蓋頭之外，看不到周圍的光景，只感覺很熱鬧，到處都是人聲鼎沸。她今天聽了太多這樣的聲音，耳朵嗡嗡作響，直到來到新房才感覺好一些，房門關上，隔絕了外面的嘈雜，安靜之餘，又有些讓人不安。

仲尚手持一桿金秤，緩緩地挑起謝蕁面前的銷金蓋頭，目光前所未有的專注。「阿蕁……」

謝蕁今日開了臉，又施了薄薄一層脂粉，她的皮膚原本就白淨，目下更像剝了殼的雞蛋。酥頰融融，唇紅齒白，教人還沒嚐一口是什麼滋味，心就已經醉了。

喝過合巹酒，仲尚去前頭應付賓客。

所有人陸陸續續離開後，她脫下厚重的喜服，讓丫鬟摘去鳳冠，換上一身輕便的常服。天氣到了春末，逐漸熱起來，晚上也穿不了多少衣裳，她裡面穿一件嬌紅色抹胸，外面罩一件素面妝花散花綾，布料輕薄，隱約可見裡面風景。這是出嫁前謝蓁為她準備的，說讓她穿給仲尚看，保准仲尚喜歡得不得了。她站在銅鏡前看了看，這是什麼呀？透得要命，她剛想換下來，外面便傳來一陣陣腳步聲，雙鶯進來道：「姑娘，姑爺回來了！」

謝蕁手上一抖，這麼快？二姊不是說同他很晚回來嗎？

現在換衣服肯定來不及了，謝蕁趕忙拿起一件湘妃色緞地彩繡花鳥紋褙子穿上，剛鬆一口氣，仲尚便從外面進來了。

他仍舊坐著輪椅，被人推進來後一直盯著她看，看得她心虛。「仲、仲尚哥哥……」

仲尚揮手讓人都下去，連她的兩個陪嫁丫鬟都沒留下。他看起來喝了不少酒，臉色還算正常，就是眼神不大清明，瞇了好幾次眼，總算把她看清。

他推著輪椅緩緩朝她而來，他一步步靠近，謝蕁就忍不住一步步後退。不知為何那眼神讓她害怕，有種在他面前無處可逃的錯覺。

「你怎麼樣？我讓丫鬟煮解酒湯，你喝一點吧？」說罷不管他答不答應，繞過他便去叫人。「雙鶯……」

路過他身邊時卻被他一把抓住手腕！

他的手很燙，滾燙的體溫傳來，讓她情不自禁地抖了抖，語無倫次。「仲尚哥哥，你餓不餓，要不要吃點東西？瞌睡嗎？我叫人給你更衣洗漱吧？」

仲尚抬頭問她。「有什麼可吃的？」

她極其認真地想。「雙鶯說這會兒沒什麼東西，可以做一碗八寶餛飩或者滷肉麵，你想吃哪樣……」

他搖搖頭。「哪樣都不想吃。」

那就沒什麼東西了，這會兒天色已晚，廚房灶臺的火都滅了，再叫人做還要費一番功夫。謝蕁頗為苦惱。「那怎麼辦……」

仲尚歪嘴一笑，支著下巴端詳她愁眉苦臉的小表情，怎麼看怎麼可愛。他看夠了，摟著她的腰把她放到自己腿上，附在她耳邊問：「阿蕁，我想吃妳，好不好？」

謝蕁縮了縮，耳朵發癢，腦袋卻深深地埋著，半天也沒抬起來。等了許久，才吞吞吐吐地說：「我、我不好吃。」

她隱約知道仲尚是什麼意思，仲家幾個姊姊剛才都跟她說了，男歡女愛，翻雲覆雨，想想就十分羞人，可是逃不了，每一個出嫁的新娘子都要經歷這種事。

「怎麼不好吃？」仲尚低頭，咬住她小小的耳垂，往她耳朵裡呼氣。「仲尚哥哥嚐過，好吃得不得了，到處都是甜的，甜得我牙疼。」

謝蕁嗚一聲，往邊上躲了躲。「胡說……」她耳朵根都紅透了，一直紅到脖子，腦海裡靈光一閃，終於想起什麼。「可是、可是仲尚哥哥不是腿不好嗎？怎麼能……」

仲尚哦一聲，意味深長地一笑。「不礙事的。」

就算他的左腿真正廢了，做起那事也不礙事，更何況他的腿好好的，要起她來，一點問題都沒有。

香囊暗解，羅帶輕分。

新房中的龍鳳巨燭燃了一整夜都沒有熄滅，床幃搖動，不知盡頭。

屋外查房的婆子聽了一會兒，知道裡面情況激烈，心滿意足地回去跟仲夫人稟告了。留下兩個守夜的丫鬟，聽了一整夜牆角，少夫人的聲音甜軟，她們同為女人聽得身子都酥了，更別提小少爺聽了該怎麼樣。

兩人臉紅得幾欲滴血，少夫人嬌嬌怯怯的聲音在裡面求饒。「仲尚哥哥，燈……熄燈……」

哦，少爺也真是欺負人，居然一直不熄燈，兩支通臂巨燭照得屋裡亮堂堂，可不什麼都看到了？難怪少夫人委屈又害羞得要命。

少爺還道：「阿蕁乖，熄燈就看不清了……」

「不要看，嗚嗚……不許看……」

聲音一直持續到天色將明，東邊漸漸透出一點晨曦，少夫人才不哭了。也不知道是昏過去了，還是被折騰得沒有力氣。又等了半個時辰，仲尚叫她們進去，她們才端著準備好的熱水巾子低頭走進去。

屋裡氣味濃烈，她們什麼都不敢看，規規矩矩地站著等候吩咐。

仲尚站起來穿好衣服，自己洗漱一番後道：「時辰還早，讓少夫人再睡半個時辰，妳們不許叫她，等她醒了以後告訴我。」

說罷束了束紋金腰帶，去院子裡練武了。

他折騰了謝蕁一整夜，這會兒精神奕奕、神清氣爽，練起武來英姿矯健，十分有魄力。

今天一早還要去前院請安端茶，謝蕁不敢睡得太晚，天一亮就趕緊睜開眼睛，奈何昨晚太累，手腳痠疼，坐了好幾次都沒坐起來，最後還是丫鬟扶她起來的。

她在心裡把仲尚埋怨了好幾句，不敢看身上的痕跡，穿好衣服坐在梳妝檯前，讓丫鬟梳了一個隨雲髻，挑了一支翡翠金玉簪戴在頭上，問了問時辰，距離辰時還有一刻鐘。「仲尚……哥哥呢？」

丫鬟看向窗外。「少爺在外面練武呢。」

練武？

就他那腿？

謝蕁一陣疑惑，站起來往窗邊走去。檻窗大開，透過窗櫺能看到院子裡手持蛇矛、意氣風發的年輕人，可不就是仲尚？

他的腿什麼時候好了？

謝蕁呆呆地看了片刻，總算醒悟過來，哪裡有什麼左腿廢了、後半輩子都不能走路了，都是仲尚騙她的！難怪昨晚她覺得不對勁，他精力這麼好，一點也不像左腿受傷的人，原來，竟然……謝蕁蹭地冒起一股怒火，她為他愧疚了這麼久，這個大騙子！

謝蕁氣鼓鼓地瞪著仲尚的背影，直到仲尚一轉身，對上她的視線，笑著問道：「妳醒了？」

謝蕁不回答，當著他的面砰地一聲把窗戶關上。

仲尚哥哥是大騙子，再也不理他了！

——全篇完

番外　謝縈&顧如意篇

因為自己臉上的胎記，顧如意從小到大沒少被人笑話過。

她一開始還會覺得難過，後來漸漸習慣，也就覺得沒什麼了。別人笑話就讓他們笑話吧，反正無論他們說什麼，她都過得好好的，有父母和哥哥疼愛，她依舊是大學士府最受寵的嫡長女。

顧如意上頭有幾個庶出的哥哥姊姊，在她眼裡，有與沒有都沒什麼區別。她只有顧策一個親哥哥，其他人對她都不是真正的疼愛，明裡對她客客氣氣，暗裡不知說了多少冷嘲熱諷的話。

饒是顧策這種好脾氣的人，聽到了也免不了動怒，回稟到老夫人那裡，讓老夫人重重地警告他們一頓。老夫人心疼顧如意，又不喜歡有人在眼皮子底下嚼舌根，所以漸漸的這些人也就消停了，不再傳出一些難聽的話語。只不過看她的眼神依舊沒有善意，充斥著鄙夷與嫌惡。

在這樣的環境下成長，顧如意早已練就了一副冷淡心肝，隨時戴著一副面具和鎧甲，這樣才能不輕易被人傷害。

這麼多年，只有嚴瑤安是她真正的朋友。

再後來她遇見了謝蓁和謝蕁，這兩個姑娘跟別人不一樣，不會對她的臉指指點點、大驚小怪。她們吃驚過一下，很快鎮定下來，沒有虛與委蛇，像對待普通人那樣對待她，這讓顧如意心裡很溫暖。

而且她們的哥哥也讓她刮目相看。

上元節那天晚上她被一名登徒子調戲，是謝榮二話不說把那人打了一頓，帶到她面前讓他給她認錯，顧如意從此就把他記在心上，心存感激。

原本是很坦蕩的情愫，她和謝榮之間光明磊落，不涉及情愛，可是自從被嚴瑤安這麼一攪和，反而有些奇怪了。

嚴瑤安喜歡謝榮，喜歡得毫不掩飾。

其實有時候顧如意很羨慕她這樣的性情，敢愛敢恨，敢作敢當。即便她後來遷怒她，對她不理不睬，她也沒有怪她。

只是後來嚴瑤安還是讓她失望了。

有回謝蓁從她面前跌下去，還懷著身孕，嚴瑤安竟能眼睜睜地置之不理。昔日那個直率純真的小姑娘，已經變了。

顧如意不再有任何負擔，也不再懷揣愧疚，她們之間的情分，隨著這一摔就已經摔得支離破碎了。這樣也好，免得日後見面尷尬，只不過顧如意面對謝榮的時候，多少還是有些不自在。

明明什麼事都沒有，被人一傳倒像跟真的一樣。

這些天顧如意刻意躲著謝榮，以前她跟謝蓁姊妹來往還算密切，這陣子也不常找她們了。可是避免不了，顧、謝兩家關係好，阿娘總是去謝府走動，她逃不過，只好跟著一起去。

這天她在謝蕁的院子裡，同謝蕁說了一會兒話，準備到後院去走一走，未料迎面撞上走來的謝滎。她一愣，躲是不能躲的，只好蹲下行了個禮。「謝公子。」

謝滎恰巧路過，見她看到自己如臨大敵的模樣，面上不動聲色，心裡卻有些不解。自從上次宮宴結束後，她便開始躲著他，他是洪水猛獸嗎？讓她害怕成這樣。

不解歸不解，謝滎終究沒當著謝蕁的面問出來，只點了點頭，往自己院子走去。

謝蕁遲鈍，看不出兩人之間的異常，一邊往後院走一邊扭頭問道：「如意姊姊，妳臉上的胎記是不是淡一些了？」

顧如意下意識摸了摸臉。「有嗎？」

她最近一直在用顧策從南方帶回來的藥膏，每天兩回，至今已經有一個多月。她見謝蕁的時候習慣了不戴面紗，自己沒覺得，倒是謝蕁眼尖，一眼就發覺了。「有的，不信妳問丫鬟，以前是暗紅色的，現在變成淺紅色了。」

說著把自己的兩個貼身丫鬟叫過來，雙鶯、雙鹿見狀，紛紛點頭稱是。

顧如意笑道：「看來那藥還是有效果的。」

原本已經放棄了，沒想到胎記真的淡了些，她多少有點高興。

只不過這麼多年都治不好，這回就能治好嗎？她想了想，還是別抱太大希望吧。

去寶象寺上香這一天，顧如意找了許久沒找到謝蕁，還以為不小心把她弄丟了，正急得團團轉，謝榮卻過來說已經找到了。

她鬆了一口氣。「找到就好……她去哪兒了？我方才找了一圈都沒找到她。」

謝榮頓了頓。「我有事把她叫走了。」

說完就是一陣沈默。

顧如意也不知道自己心虛什麼，總是不敢迎上他的視線，隨手指了一個方向。「我到那邊去了，謝公子告辭。」說罷牽裙便走。

然而一抬頭，卻發現自己去的正是後山楓葉林的方向，謝榮還在後面，這時候回頭是萬萬不能的，免得讓他看了笑話，只得硬著頭皮繼續走下去。越走前面的道路越偏僻，走出寶象寺後院，左右兩旁是叢生的樟樹，順著一條林蔭小道，前方不遠便是楓葉林。

她身邊只帶了一個丫鬟，兩個姑娘家行走在這條偏僻的路上，還是有些膽怯。

誰也說不准不出意外。

丫鬟嚥了嚥口水。「姑娘，要不咱們回去吧……」

顧如意正有此意，早就後悔一個人過來了，點點頭正準備原路返回，未料想身後忽然傳來一聲樹葉婆娑，將她嚇了一跳！她驚愕地看向後方，正準備求救，就見謝榮一臉平靜地從後面走出來。「是我。」

顧如意心中稍安，穩了穩心緒問道：「謝公子怎麼會在這裡？」

謝榮看著她道：「這裡雖然離寶象寺不遠，但山上總歸不安全。顧姑娘一個人來這裡，不怕出什麼危險？」

這話正好說到顧如意心坎裡去了，她點點頭道：「多謝謝公子提醒，我這就回去。」然而路過謝榮身邊時，他卻忽然叫住她。「妳為何躲著我？」

顧如意一僵，偏頭看去。「此話從何說起？」

從這個方向看過去，正好看到她沒有胎記的半張臉，皎潔無瑕，水眸靈動，是個不可多得的美人。謝榮彎唇，都這時候了還裝傻，她以為他是瞎子嗎？這麼明顯的躲避，即便是瞎子也感覺得出來。他沒有拐彎抹角，直接道：「我對妳沒有非分之想，也不會心生歹意，妳不必處處躲著我。」

顧如意臉上一窘，這番話，怎麼好像她自作多情一樣？

既然話已經說開了，也沒必要再遮遮掩掩，她道：「謝公子誤會了，我不是因為這個躲著你……只是男女有別，走得太近總會讓人誤解。」頓了一下，接著又道：「上回和儀公主的事有我的錯，若不是我讓瑤安誤會，你也不會因此被聖上責罰，我心中有愧，不知該如何補償。」

謝榮不動聲色。「都過去很久了，妳不必耿耿於懷。」

她點點頭，旋即朝他釋然一笑。「那就告辭了。」

言訖離去，謝榮看著她走遠，不久後也離開了。

謝榮在兵部任職，仕途一帆風順。新皇即位，十分器重他的能力，知道他在邊境待過一段時間，整飭民風，修築城牆。正巧邊境最近出了點亂子，有一群倭寇流竄，驚擾了那裡的百姓，聖上派遣他去邊境，處理了那邊的情況再回來。

這一去少不得又是一年半載。

冷氏捨不得他，把一年四季的衣著都準備好了，一路不停地囑咐他萬事小心，不要受傷。謝榮一一應下，冷氏又道：「若是那邊有合適的姑娘，帶回來讓阿娘看看……」

冷氏對他的婚事愁壞了，原本打算今年一定給他找個媳婦兒的，沒想到臨時決定出遠門，又要耽擱好長一段時間。她想了想，在邊境找一個未嘗不可，只要他喜歡，什麼都不要求了。

謝榮無奈笑道：「知道了，阿娘。」

離開京城，來到邊境，這裡生活比京城困苦得多，飛沙走石，滿面風霜。謝榮在這裡生活過一段時間，所以還算適應，就是吃食不大習慣。這裡的食物多以饟餅為主，菜式寡淡，饒是謝榮這種不挑食的人，幾個月下來也瘦了一圈。

他從未在家書中提過這些，邊境日子清苦，別人都扛得住，他為何扛不住？

然而三個月後，卻從京城寄來一個包袱。

士兵把包裹送到他帳中，他打開看了看，裡面除了過冬的衣服，還有一些家中醃製的肉醬肉乾，再看那衣服，上面的花紋細緻、針腳細密，一看便是下了不少功夫。

他問士兵：「知道是誰寄的嗎？」

士兵道：「只知是京城寄來的，別的不知。」

除了阿娘，還會有誰？

他笑笑，對士兵道：「你出去吧。」

他下意識認為是冷氏送的，所以沒有仔細追究，把包袱裡的衣服收起，肉醬、肉乾都交給廚房，當天晚上便跟幾個手下坐在一起加菜。

從此以後，每隔一個月便有東西寄過來。

要麼是親手曬的肉乾，要麼是醃的魚乾，還有果脯醃蘿蔔等物。看得出來手法很不熟練，有時味道尚可，有時味道奇怪，但是卻做得很用心，半年以後，味道已經十分不錯了。

莫非是阿娘親手做的不成？

他本欲寫信問一問，奈何最近太忙，每次寫完家書都忘了這回事。有一次他提起醬肉乾味道很好，問冷氏是怎麼做的，冷氏卻沒有回答，彷彿根本不知道這回事一般。他隱隱覺得有些奇怪，正欲寫信再問，城外倭寇便闖進城裡來，傷了幾名百姓，他忙起身出去處理，這事也就擱下了。

再次回到京城時，已是來年秋天。

路上走走停停一個月，一路風塵僕僕趕回京城，聖上親自在宮中接見，詢問他幾個問題，便把他放回家中了。

冷氏和謝立青忙把他迎回府，噓寒問暖，關切備至。

謝榮在家休息兩天，忽然想起在邊境每月都會寄來的包袱，便問冷氏。「我不記得家中廚子會醃肉醬，阿娘換了廚子嗎？」

冷氏似乎比他還詫異。「什麼醃肉醬？」

他一愣，便把這一年的經歷都說了一遍。「您沒有給我寄過衣服肉乾嗎？」

冷氏搖頭，不像隱瞞。「你從沒跟我說過在那邊生活如何，我即便想寄給你，也無從寄起……」

不是母親，那又是誰？他蹙起眉頭，百思不得其解。

這件事要查起來並不難，每一樣送到軍中的物資都有跡可循。他讓人從去年冬天開始查起，京城有誰往邊境送過東西，又送了什麼，不出三天，便有一張詳細的名單送到他面前。

他一一核對，目光停在一個名字上。

那是顧家的一個丫鬟。

謝榮從邊境回來，得閒之後，親自去了顧府一趟，名義上是為了探望顧策，實際上是想一查究竟。

顧策好生接待了他，邀請他到屋中一敘。

一年不見，兩人還是跟以前一樣。

謝蕁嫁給仲尚後，顧策雖遺憾過一陣子，但很快就恢復如常，如今兩人都未娶妻，頗有點同病相憐的意思。

謝榮隨口一問：「令妹許人了嗎？」

顧策喝了口茶道：「尚未，這一年忙著給她看臉上的胎記，倒耽擱了她的婚事。」

謝榮不再多問，見天色不早，起身告辭。

顧策本欲送他到門口，被他拒絕了。他舉步走出庭院，從顧策的竹園到前院必會經過顧如意的院子，他慢慢踱步，刻意在院外停了一會兒。

院裡傳來丫鬟的聲音。「姑娘，您上回繡的花樣怎麼不見了？」

半晌，顧如意道：「我昨天扔了。」

「為什麼扔了？您繡了三天呢，婢子從未見過把柿蒂紋繡得這麼好看的。」

她悶悶道：「反正也用不著了。」

謝榮一動不動，臉上看不出任何表情。他想起在邊境穿的衣服，有一件披風也是繡著柿蒂紋，他以為是冷氏親手繡的，沒承想……

正準備進去一問究竟，便聽裡面又道：「姑娘，您上回吩咐曬的魚乾曬好了，要拿進廚房嗎？」

顧如意想了想。「拿進去讓廚房裡的人分了吧。」

丫鬟哦一聲，似乎還有問題想問，踟躕半晌，忍不住道：「您不送去邊關了嗎？」

顧如意身邊的丫鬟都是親信，從小跟著她一起長大，有些事情瞞不住她們，索性就不瞞了。

顧如意笑著看過去，她沒有戴面紗，一張臉白淨通透、晶瑩無瑕。眼角下陪伴她十幾年的暗紅色胎記消失得無影無蹤，此刻在陽光下一看，模樣出塵、絕麗無雙。「人都回來了，還有什麼好送的？」

丫鬟哦一聲，轉身欲下去辦事，眼角餘光一掃，掃到門口站著的人，頓時嚇得魂都飛了！

「謝、謝……」

謝榮面無表情地從門外走出，緊緊盯著坐在貴妃榻上的顧如意。「人回來了，為何不能送？」

顧如意愣住，顯然沒料到他會突然出現。

他何時來的，為何沒人說一聲？他去大哥那裡了？

正想著，謝榮往前走了兩步。「是妳給我送包袱的？」

不等她答，又問：「為什麼？」

顧如意答不上來，抓起一旁的帷帽戴在頭上，不看到他的臉，就沒有那麼大的壓力。她身子一轉，往屋裡走去。「沒有為什麼，聽大哥說你在那裡過得清苦，念在你與大哥交情好的分上，便讓廚子做了幾樣東西送過去。謝公子請回吧，這裡是內院，你不宜久留。」

謝榮忽然笑了，眉目清和。「廚子？哪裡的廚子手藝這麼差？」

這話無疑戳中顧如意的痛處，只見她回頭狠狠把他瞪了一眼，即便隔著薄紗，也能感覺到她的惱羞成怒。

不識好歹，嫌手藝差還每次都吃得乾乾淨淨！

謝榮執著地問：「為什麼費這麼大的心思？」

他知道是她親手做的，十指不沾陽春水的嬌小姐，為何要為他做到這個分上？

顧如意被問住了，不知是頭頂太陽熾熱，還是他的問題太直白，她的臉慢慢變得熱起來。眼光一閃，避開他的視線。「你別問了。」

她要是知道為什麼，就不會這麼心虛了。

當初知道他要去邊關，鬼使神差地坐上馬車，默默在他後面跟了一路，直到他出城才回府。她覺得自己大概有問題，明裡躲著他，暗裡卻在意他，就連他去邊境任職，她都時刻牽掛著。

她背著父母偷偷給他寄東西，不必讓他知道自己是誰，只要他收到就好。

那些醃肉乾肉醬雖不是她親手做的，卻也是親自調味的，不知道他喜不喜歡，所以每一次送出去都很忐忑。還有那些衣服，她一針一線縫起來，有一陣子眼睛都看花了，卻一心想著他在那裡會不會凍著。

現在想想真傻，他怎麼會凍著呢？冷氏不知道給他準備了多少衣裳。

顧如意既矛盾又苦惱，日復一日，終於在這糾結中看清了自己的心境。她對謝榮有感激，又敬仰，更多的是愛慕。

她喜歡謝榮。

從上元節他救下她的那一刻起。

「好，我換個問題。」謝榮卻不打算放過她，眉眼含笑。「為何遲遲不嫁人？依照令尊在朝中的名望，想必有不少人上門求親吧？」

顧如意別開頭，輕聲道：「與你無關。」

謝榮笑了笑。「怎麼會與我無關？」他看向顧如意，抬手，輕輕摘下她的帷帽，看到了一張精緻無瑕的臉，微微泛著薄紅，許是因為緊張，鼻尖上沁出一層透明的汗珠。

謝榮問道：「妳在等我，是嗎？」

一瞬間，顧如意彷彿被人戳穿了心事，驚慌失措地看向他，很快又別開視線，想否認。「不……」

「如意。」謝榮叫她的名字，趁她想逃離的時候握住她的手。「我沒有對別的姑娘動過心，也不大會哄姑娘開心……但妳若是嫁給我，我不會讓妳受一丁點委屈。」

顧如意驚愕地看著他，彷彿沒聽清他上一句說什麼，許久才找回聲音。「你說什麼？」

謝榮不緊不慢地，又重複了一遍。「顧如意，我想娶妳。」

兜了這麼大一圈，經過了這些年，終於，他們等到了彼此。

——全篇完

文創風 417

莫負蓁心 3 完

國家圖書館出版品預行編目資料

莫負蓁心 / 糖雪球著. --
初版. -- 臺北市 : 狗屋, 2016.06
冊 ; 公分. --（文創風）
ISBN 978-986-328-598-4（第3冊 : 平裝）. --

857.7　　105006110

著作者　糖雪球
編輯　黃暄尹
校對　黃亭蓁　周貝桂
發行所　狗屋出版社有限公司
地址　台北市104中山區龍江路71巷15號1樓
電話　02-2776-5889～0
發行字號　局版台業字845號
法律顧問　蕭雄淋律師
總經銷　知遠文化事業有限公司
電話　02-2664-8800
初版　2016年6月
國際書碼　ISBN-13　978-986-328-598-4
原著書名　《皇家小娇妻》，由北京晉江原創網絡科技有限公司授權出版

定價250元
狗屋劃撥帳號：19001626
網址：love.doghouse.com.tw　E-mail：love@doghouse.com.tw